DONGSUH MYSTERY BOOKS 152

ENDLESS NIGHT

끝없는 밤에 태어나다

애거서 크리스티/박순녀 옮김

동서문화사

옮긴이 박순녀(朴順女)

원산여자사범·서울사대 영문과 졸업. 조선일보 신춘문예 〈케이스워카〉이어 《아이 러브 유》《로렐라이의 기억》《어떤 파리》등 많은 작품을 발표 현대문학상 수상. 옮긴책 《하늘을 나는 메어리 포핀스》등이 있다.

DONGSUH MYSTERY BOOKS 152

끝없는 밤에 태어나다

애거서 크리스티/박순녀 옮김

초판 발행/1977년 12월 1일

중판 발행/2003년 12월 1일

발행인 고정일/발행처 동서문화사

창업 1956. 12. 12. 등록 16-345(윤)

서울강남구신사동540-22 ☎546-0331~6 (FAX) 545-0331

www.epascal.co.kr

＊

편찬·필름·제작 일체 「동판」 자본으로 이루어짐에 따라

출판권 소유권자 「동판」에서 제조출판판매 세무일체를 전담합니다.

사업자등록번호 211-90-02201

ISBN 89-497-0248-7 04840

ISBN 89-497-0081-6 (세트)

끝없는 밤에 태어나다

차례

내게 '집시 언덕'에 얽힌
전설을 처음 들려 준
노라 브리처드에게 바칩니다

매일 밤 매일 아침
서글픈 인생이 태어나고
매일 아침 매일 밤
행복한 인생이 태어나네
찬란한 기쁨으로 피어나거나
끝없는 밤으로 태어나리라
　　　—윌리엄 블레이크 〈순결한 예언〉 중에서

등장인물

마이클 (마이크) 로저스 콜택시 운전수

루돌프 샌토닉스 건축가

엘리 (페닐라 굿먼) 대부호의 상속녀

그레타 앤더슨 엘리의 말벗 겸 비서

프랭크 버튼 엘리의 고모부

코라 반 스타입슨 엘리의 계모

앤드류 P. 리핀코트 엘리의 후견인, 재산관리인, 변호사

루벤 퍼드 엘리의 사촌

스탠퍼드 로이드 엘리의 재산관리인, 은행가

클로디아 하드캐슬 엘리의 승마 친구

필포트 마을촌장 겸 명예 치안판사

에스더 리 집시 할머니

쇼 의사

킨 경관

제1부

집시 언덕

'종말은 곧 새로운 시작의 출발점이다.' 사람들은 흔히 이런 말을 한다. 맞는 말인 것 같다. 하지만 과연 이 말의 진정한 의미는 무엇일까?

어떤 특별한 이야기를 하면서 "어느 날 몇 시 몇 분 이러저러한 장소에서 어떤 일이 계기가 되어 그런 일이 생겼다"고, 우리는 과연 딱 부러지게 설명할 수 있을까?

내 이야기는 '조지 앤드 드래곤' 집 벽에 붙어 있던 '팝니다'라는 그 경매 벽보를 보았을 때부터 시작된다. 벽보에는 호화저택 '탑집'을 경매한다는 얘기와 함께 그 집의 면적이며 대지에 대한 상세한 정보가 곁들여 있고, 탑을 굉장히 미화시켜 이상적인 양 묘사하고 있었다. 아마 탑의 전성시대인 80~100년쯤 전이라면 아주 틀린 말도 아니었으리라.

나는 아무런 할 일도 없이 그저 시간이나 때우려고 킹스턴 비숍 거리를 어슬렁거리고 있었다. 그때 하필이면 그 경매 벽보가 내 눈에 뜨인 것이다. 왜? 운명의 여신이 내게 불행한 장난을 치려는 것이었을까? 아니면 행운이 빙긋 웃음을 지으고 황금빛 찬란한 손을 내밀었던 것일까? 그 어느 쪽으로도 해석할 수 있는 사건이었다.

또는, 샌토닉스를 만나 이야기를 나누던 순간부터 그 모든 것은 시작되었는지도 모르는 일이다. 나는 지금도 눈을 감으면 그때 일이 선연히 떠오른다. 붉게 상기된 그의 뺨, 너무 많은 빛을 품고 있던 그 눈, 평면도며 입면도를 펼쳐놓고 스케치를 하던 섬세하면서도 힘찬 손놀림. 내 집이면 얼마나 좋을까 간절히 바랐던 그 아름답고 특별한 집이여!

내가 열망해 마지 않던 아름답고 웅장한 집, 아무리 발버둥쳐 보아도 도저히 가질 수 없을 것처럼 생각되던 그 집이 꽃잎이 벌어지듯 현실에서 내 눈앞에 모습을 드러낸 것이다. 샌토닉스가 내게 지어주기로한 그 집은 우리 두 사람이 함께 나누던 즐거운 공상이었다. 아! 그의 목숨이 조금만 더 길었더라면……

꿈속에서 나는 사랑하는 여인과 함께, 마치 동화처럼 '영원히 행복하게' 그 집에서 살곤 했다. 물론 모든 게 다 헛된 공상에 지나지 않았지만, 내가 오랫동안 갈망해 왔던 그 어떤 꿈과도 비교할 수 없는 간절한 염원이기도 했다.

만약 이것이 사랑이야기라면…… 아니, 이것은 사랑이야기가 분명하다! 그렇다면 나는 그 집시 언덕의 전나무 그늘에 서 있던 엘리의 모습을 처음 본 순간부터 이야기해야 할지도 모르겠다.

집시 언덕. 그래, 거기서부터 시작하는 게 좋겠다. 그때 어두운 구름이 해를 가려서 나는 흠칫 몸을 떨며 그 경매 벽보판에서 몸을 돌렸다. 근처에서 산울타리를 손보고 있던 한 노인에게 그냥 지나가는 말로 물어 보았다.

"저게 바로 그 탑집이라는 건가요?"

노인이 곁눈질로 나를 살펴보며 이렇게 말하던 것이 아직도 기억이 새롭다.

"이 근처에선 그렇게 부르지 않소. 나 원, 별 희한한 이름을 다 붙여놓았군!" 그러면서 뭐가 못마땅한지 코웃음을 쳤다. "그 집을 탑집이니 뭐니하고 부르면서 그곳에 살던 사람들은 이미 오래 전에 죽고 없다오." 노인은 다시 코웃음을 쳤다.

그렇다면 지금은 어떻게 부르냐고 묻자, 노인은 쭈글쭈글한 얼굴 속에 감추어져 있는 눈동자를 내게서 돌려 마치 내 뒤에 누가 있기라도 한 것처럼 교묘하게 눈길을 피하면서 대답했다.

"이곳에서는 집시 언덕이라고 부른다오."

"어째서 그렇게 부르는 겁니까?" 내가 물었다.

"거기에는 여러 가지 얘기가 있는데 나도 확실한 건 모르겠소. 누구는 이렇게 말하고, 누구는 저렇게 말하니 말이오." 그리고는 다시 말을 이었다. "아무튼 사고가 많았던 집이라오."

"교통사고를 말씀하시는 건가요?"

"온갖 종류의 사고들이지. 요즈음에는 주로 교통사고가 많이 일어나지만. 저기 보이는 모퉁이 길은 정말 불길한 곳이라오."

"정말 내가 보기에도 사고가 많이 일어날 곳 같군요."

"시에서 위험 표지판을 세워 보기도 했지만 아무 소용도 없었다오. 사고가 일어나기는 마찬가지였거든."

"어째서 집시 언덕이라고 하는 거죠?" 나는 또 한번 물었다.

다시 노인의 시선이 내게서 벗어나면서 모호한 대답을 했다.

"여러 가지 설이 있지. 한때는 집시들의 땅이었는데, 그들이 쫓겨나게 되자 저주를 내렸다는 말도 있다오."

나는 웃음을 터뜨렸다.

"물론 젊은이야 어리석은 소리라고 하겠지만, 그래도 세상에는 정말 저주받은 곳이 있기 마련이라오. 당신 같은 도시 젊은이들은 그

걸 이해하지 못할 테지만 저주를 받은 곳이 있다는 것은 틀림없는
사실이고, 바로 저곳이 그렇다오. 저 집을 지으려고 채석장에서 돌
을 캐다가도 사람들이 죽고, 조디도 어느 날 밤인가 저 언덕 꼭대
기에서 떨어져 목이 부러졌지. "

"술에 취해 있었던 게 아닐까요? "

내가 넌지시 떠보았다.

"그랬을지도 모르지. 원체 술을 좋아했으니까. 하지만 술에 취해
구르는 사람은 많아도 죽는 사람은 드물지 않소? 하지만 조디는 목
이 부러졌던 게야. 바로 저기……. " 그는 뒤에 보이는 소나무 언덕을
가리키며 말했다. "집시 언덕에서. "

그래, 바로 그렇게 해서 시작된 것 같다. 그 무렵만 해도 별로 염
두에 두지 않았는데, 이제 막 기억이 난 것이다. 그게 전부다. 그저
내 머릿속 어딘가에 그 일이 조금 남아있었던 모양이다. 그 전인지
그 후였는지는 분명치 않지만, 아무튼 나는 그 노인에게 아직도 그곳
에 집시들이 살고 있느냐고 물어 보았다. 경찰의 단속이 심해서 요즈
음에는 별로 찾아볼 수가 없다고 했다.

"어째서 모두 집시들을 싫어하는 겁니까? "

"집시는 도둑이기 때문이지. " 노인이 당연하다는 듯이 내뱉었다.
그리고는 좀더 세밀하게 내 얼굴을 들여다보고는, "젊은이 몸속에도
집시의 피가 흐르고 있는 것 같은데? " 험악한 눈초리로 나를 쳐다보
며 넌지시 물어 보는 것이었다.

나는 내가 아는 한 그렇지 않다고 대답했다. 하지만 그의 말은 사
실이다. 나는 어딘가 집시처럼 보이는 구석이 있으니까. 어쩌면 그래
서 더 집시 언덕이라는 이름에 마음이 끌렸는지도 모른다. 나는 노인
에게 빙긋 웃어 보이며, 속으로는 정말로 내 몸 속에 집시의 피가 흐
르고 있는 것은 아닐까 생각해 보았다.

집시 언덕. 굽이굽이 언덕길을 돌아 마을을 빠져나와서는 침침한 전나무 숲을 지나서 이윽고 언덕 꼭대기에 올라서자, 푸른 바다와 그 위에 떠 있는 배가 시야에 들어왔다. 참으로 놀라운 광경이었다. 그 것을 보면 누구라도 집시 언덕이 내 것이라면 얼마나 멋질까? 하는 소망을 품게 되리라고 생각했다. 그런 소망은 한갓 어리석은 꿈에 불과했다. 다시 그 노인이 있는 곳으로 내려가자 그가 말했다.

"집시를 보고 싶다면, 리 할멈이 있지. 촌장이 그녀에게 오두막을 한 채 구해 주었거든."

"촌장이라니요?" 내가 물었다.

노인은 깜짝 놀란 듯한 목소리로 대답했다. "그야 물론 필포트 촌장을 말하는 거지." 노인은 내 질문으로 몹시 당황해 하는 것 같았다. 필포트 촌장은 아마 이 지방의 신 같은 존재인 모양이었다. 리 노부인은 촌장의 고용인이었고, 그래서 그가 그녀의 노후를 돌보아 주는 것 같았다. 필포트 가문은 대대로 이 지방에 거주하면서 상당한 영향력을 행사하는 모양이었다.

노인에게 작별 인사를 하고 돌아서려는데 그가 말했다.

"리 할멈의 오두막은 이 거리 끝에 있는 마지막 집이네. 아마 집 밖에서 그녀를 볼 수 있을 게요. 집 안에 틀어박혀 있는 성미가 아니거든. 집시의 피가 흐르는 사람들은 대개가 다 그렇지."

그렇게 해서 나는 집시 언덕을 생각하며 유쾌하게 휘파람을 불면서 거리를 천천히 걸어 내려갔다. 정원 담장 너머로 나를 바라보고 있던 검은 머리의 키가 큰 할머니를 만날 때까지는 노인의 말은 거의 잊어 버리고 있었다. 나는 곧 이 할머니가 리라는 것을 알아보았다. 걸음을 멈추고 그녀에게 말을 걸었다.

"저기 보이는 집시 언덕에 대해서 잘 알고 계시다면서요?" 내가 물었다.

그녀는 헝클어진 머리칼 사이로 나를 쏘아보며 말했다.

"그곳 일에 대해서는 신경쓰지 말아요, 젊은이. 내 말을 듣는 게 좋을 게요. 그곳에 대해서는 다 잊어버리시라고. 잘생긴 젊은이로 구먼. 집시 언덕에 대해서 신경을 써봐야 좋은 일은 하나도 없을 게야."

"팔려고 내놓았다는 벽보를 보았습니다만?" 내가 물었다.

"야, 그건 사실이지. 어떤 멍청이 같은 작자가 그걸 사긴 살 테지."

"어떤 사람들이 그걸 사려고 할까요?"

"건축업자들이지. 사려는 사람들은 꽤 많지만 집값은 계속 떨어질 게야."

"어째서 집값이 떨어질 거라는 거죠? 전망이 상당히 좋던데요."

할머니는 대답하지 않았다.

"건축업자가 그 집을 싸게 살 수 있다 치더라도, 도대체 그걸 사서 뭣에 쓰려는 걸까요?"

그녀는 키들거리며 웃음을 터뜨렸다. 아주 소름끼치는 기분 나쁜 웃음이었다.

"낡아서 이제는 거의 폐허가 되어 버린 그 집을 허물고 새 집을 지을 테지. 20이나 30채쯤 말이야. 그리고는 그 집들은 모조리 저주를 받게 될 거야."

나는 노파의 마지막 말은 못 들은 체해 버렸다. 그리고는 미처 생각을 가다듬지도 못한 채 불쑥 내뱉었다.

"무슨 악담이라도 퍼붓는 것 같군요. 그것도 아주 지독한 저주를."

"아, 젊은이는 걱정할 필요가 없어. 저주는 그 집을 사서 벽돌을 쌓고 모르타르를 바르는 자들에게 내릴 테니까. 사람들이 사다리를 오르다 발을 헛디뎌 떨어지고, 짐차가 길에서 굴러 떨어지면서 슬레이트가 지붕에서 미끄러져 떨어지게 되면 그것이 바로 저주의 징표라는 것을 알게 되겠지. 그리고 커다란 나무들 또한 갑자기 몰아닥치는 돌풍에 뿌리째 뽑혀 나뒹굴게 될 게고. 이제 두고 봐! 집시 언덕에 손을 대서 이로운 건 하나도 없을 게야. 그냥 내버려두는 것만이 최상이지." 그녀는 희미하게 고개를 끄덕이고는 혼잣말로 나직하게 중얼거렸다. "집시 언덕에 손을 대는 자들에게는 결코 행운이 따르지 않는 법이지. 아무렴, 그런 짓을 저지르면서도 행운을 바랄 수야 없는 노릇이지."

내가 웃음을 터뜨리자 노파는 날카로운 어조로 쏘아붙였다.

"웃지 말아요, 젊은이. 젊은이의 입가에서 그 웃음이 사라지게 될 날이 곧 닥치게 될 게야. 집뿐만 아니라 그 땅까지도 영원히 저주받은 곳이니까."

"그 집에서 무슨 일이 있었나요? 어째서 그렇게 오랫동안 비워져 있었던 거죠? 대체 무슨 일이 있었길래 그처럼 폐허가 되어 버린 건가요?"

"그 집에서 살던 사람들은 하나도 빠짐없이 죽음을 당했어."

"어째서 말인가요?" 나는 호기심을 억누를 수가 없었다.

"그 일에 대해서는 다시는 꺼내지 않는 게 신상에 좋을 게야. 아무튼 그런 일이 있고부터는 아무도 그 집에서 살려고 하지를 않았지. 결국 그 집은 아무도 돌보는 사람 없이 다 잊혀지게 되었는데, 그편이 오히려 다행이랄 수 있지."

"하지만 그 이야기를 해주실 수 있을 테죠? 할머니는 그 일에 대해서 모르는 게 하나도 없으실 테니까요." 나는 은근히 노파를 부추겨 세우며 부탁했다.

"집시 언덕에 대해서는 더 이상 이러쿵저러쿵 떠들고 싶지 않아." 그리고는 갑자기 목소리를 낮추며 구걸이라도 하듯 애원조로 말을 이었다. "젊은이만 좋다면 내가 점을 봐줄 수도 있어. 은화로 내 손바닥에 십자가를 그으면 젊은이의 앞날을 말해 줄게. 젊은이는 조만간 크게 운수가 트일 상이야."

"나는 그런 터무니없는 점 같은 건 믿지 않습니다. 할머니한테 줄 은화도 없고요. 아무튼 관심 없어요."

노파는 내게 가까이 다가서며 더욱 애절한 목소리로 계속 치근거렸다. "6펜스면 돼. 응, 6펜스만. 6펜스만 있으면 충분해. 젊은이는 얼굴도 잘생긴데다가 말솜씨까지 좋으니 6펜스만 내면 돼."

나는 호주머니에서 6펜스짜리 동전을 꺼냈다. 터무니없는 미신 따위를 믿어서가 아니라, 그 노파가 사기꾼이라는 사실을 알면서도 어쩐지 마음에 들었기 때문이다. 노파는 내 손에서 동전을 나꿔채면서 입을 열었다.

"손을 이리 줘봐요, 두 손 다."

노파는 쭈글쭈글한 손가락으로 내 손을 잡고는 뚫어질 듯이 손바닥을 들여다보았다. 한동안 말없이 내 손바닥을 들여다보기만 하더니 갑자기 멀리 밀어내기라도 하듯이 내 손을 밀쳐 버렸다. 그리고는 한 발짝 뒤로 물러서며 쉰 목소리로 내뱉었다.

"지금 당장 집시 언덕을 떠나 다시는 돌아오지 않는 게 좋을 거야! 그게 내가 젊은이한테 해줄 수 있는 가장 좋은 충고야. 다시는 돌아오지 말라고!"

"왜죠? 어째서 이곳을 다시 찾아오지 말라는 거죠?"

"이곳에 다시 돌아오면 젊은이에게는 슬픔과 상실, 그리고 아마 커다란 위험이 따르게 될 테니까. 고통이, 암울한 고통이 젊은이를 기다리고 있어. 이곳에 대해서는 영원히 잊어버려. 이건 경고야!"

"글쎄요, 그건……."

하지만 노파는 몸을 돌려 오두막 안으로 들어가 버렸다. 물론 행운은 믿지만 나는 기본적으로 미신 따위는 믿지 않는다. 더구나 저주가 깃든 폐가에 대한 터무니없는 미신 따위는 결코. 그럼에도 나는 기분 나쁜 노파가 대체 내 손바닥에서 무엇을 보았길래 그렇게 말했는지 한편으로는 불안한 생각을 떨쳐 버릴 수가 없었다.

나는 손바닥을 펴고 내려다보았다. 도대체 내 손바닥을 보고 뭘 알아냈다는 건가? 점이란 순전히 엉터리야. 단지 돈을 뜯어내기 위한 구실일 뿐이지. 사람들의 어리석은 믿음을 이용해서 돈을 뜯어내려는 술책에 지나지 않는 거라구. 하늘을 올려다 보았다. 어느덧 해도 구름 속으로 자취를 감추었고, 날씨가 갑자기 달라진 것 같았다. 하늘은 사람들을 위협이라도 하려는 듯 잔뜩 흐려 있었다. 곧 폭풍우가 몰아닥칠 것 같았다. 바람이 세차게 불기 시작했고, 나뭇잎들은 거센 바람을 못 이겨 가지에서 떨어져 나갈 듯이 애처롭게 파닥거렸다. 나는 다시 기운을 차리려고 짐짓 휘파람을 불며 마을길을 걸었다.

다시 탑집의 경매를 알리는 벽보가 눈에 들어왔다. 이번에는 날짜도 눈여겨 보았다. 그때까지만 해도 부동산 경매에 관심을 가져 본 적은 한 번도 없었는데, 이번 경매에는 꼭 와서 봐야겠다는 생각이 들었다. 누가 그 집을 사게 될지 알아두는 것도 재미가 있을 것 같았다. 그러니까, 누가 그 집시 언덕을 소유하게 될지 알고 싶었다. 그렇다! 바로 거기서부터 모든 것은 시작되었다. 어떤 장면이 환상처럼 떠올랐다. 나도 집시 언덕을 사려는 구매자로 가장해서 그 경매에 참석하는 것이다! 그 지방 건축업자들과 경쟁을 하여 값을 부르는 것이다! 이윽고 그들은 떨어져 나가고 그 집을 싸게 사리라는 희망을 버리게 되리라. 결국 내가 그것을 사게 되고, 루돌프 샌토닉스를 찾아가 이렇게 말하리라. "멋진 집을 지어 주게. 자네가 집을 지을 만한 좋은 집터를 사놓았네." 그리고 아름다운, 정말로 아름다운 여인을 만나 그 집에서 우리는 영원히 행복하게 살아가는 것이다……

나는 이따금 그런 꿈들을 꾸어 왔다. 물론 그런 꿈들은 결코 실현된 적이 없었지만, 그래도 그런 환상에 잠기는 것만으로도 나는 즐거웠다. 그때는 그렇게 생각했었다. 즐거움? 즐거움이라니, 제기랄! 아, 그때 알 수만 있었다면!

본드 거리

　그날 내가 집시 언덕 근처에 가게 된 것은 정말이지 순전히 우연이었다. 나는 콜택시 운전사로 일하고 있었는데, 런던에서 손님을 태우고 경매장에 가게 되었던 것이다. 집을 경매하는 것이 아니라, 집에 있는 물건들에 대한 경매였다. 그 집은 런던 근교에 있는 커다란 저택으로 몹시 보기 흉한 집이었다. 그때 내 차를 탄 중년부부의 대화로 보아서는 무슨 칠기 같은 것을 수집하는 데에 관심이 있는 모양이었다. 그러나 나는 칠기가 정확히 어떤 것인지 알지 못했고, 딱 한 번 들은 것이 고작이었다. 어머니가 옛날에 칠목기 세면기는 아무리 시대가 흘러도 그 빛을 잃지 않는 법이라고 하셨던 것이다. 하지만 일부러 그런 물건을 사겠다고 수고를 마다 않는 부자들의 심리가 좀처럼 이해가 가지 않았다.

　하지만 나는 칠기가 무엇인지 나중에 사전에서 꼭 찾아보기로 했다. 사람들이 차를 빌려 변두리까지 찾아가서 사들이려고 하는 데에는 틀림없이 그만한 가치가 있을 테니까. 그 무렵 나는 무엇이든 알고 싶어했다. 22살 치고는 여기저기에서 주워들은 지식도 꽤 많은 편이었다. 자동차에 대해서도 상당히 알고 있어서 훌륭한 기술자에다가 솜씨 좋은 운전사였으니까. 또 한때는 아일랜드에서 말을 돌본 적도 있다. 그리고 위험한 마약밀매단과 얽힐 뻔한 일도 있었지만 눈치가 빨라 제때 도망친 적도 있고, 고급 콜택시 회사의 운전수란 직업은 결코 나쁘지 않은 편이다. 팁만 해도 수입이 상당한데다 크게 힘든 일도 아니니까. 그러나 별로 재미있는 일도 아니었다.

여름철에는 농장에서 과일 따는 일도 해보았다. 수입은 형편없지만, 일은 그런대로 재미있었다. 나는 여러 가지 경험을 쌓고 싶었던 것이다. 삼류 호텔 웨이터 노릇도 해보았고, 여름에는 해변에서 인명구조원으로 일한 적도 있다. 백과사전이라든가 진공소제기 등등 여러 가지 외판원 노릇도 해보았다. 한때 식물원에서 원예사로 일한 경험까지 있어서 꽃에 대해서도 조금 알게 되었다.

나는 한곳에 진득하게 붙어 있지를 못한다. 왜일까? 아마 내가 거의 모든 것에 관심을 가지고 있기 때문일 것이다. 어떤 일들은 상당히 힘도 들었지만, 사실 그런 건 문제가 되지 않았다. 나는 결코 게으른 사람은 아니다. 사실 나란 인간은 태어날 때부터 방랑벽을 타고난 모양이다. 모든 곳엘 가고 싶어하고 모든 걸 알고 싶어 하며, 모든 것이 다 해보고 싶으니 말이다. 그렇다, 바로 그거다. 나는 무언가를 찾고 싶었던 것이다.

초등학교를 졸업한 이후로 줄곧 무엇인가를 찾고자 했지만, 그게 무엇인지 나 자신도 알지 못했다. 그저 막연하게, 늘 만족을 느끼지 못하며 찾아 헤맸던 것이다. 그것이 틀림없이 어딘가에 있긴 있을 것이다. 조만간 그게 무엇인지 확실하게 알게 될 것 같았다. 어쩌면 어떤 여인을 찾아 헤맸는지도 모른다. 나는 여자를 좋아했지만, 사실 그때까지만 해도 깊이 사귄 여자는 하나도 없었다. 모두 좋은 여자들이었지만 곧 싫증을 느끼고 또 다른 여자를 사귀는, 마치 직장을 바꾸듯 여자를 바꾸었던 것이다. 잠깐 동안은 만족한 듯했지만 이내 싫증을 느끼고 다른 상대를 찾아 헤매곤 했다. 초등학교를 나온 이후로 나는 줄곧 새로운 것을 찾아 세상을 전전했던 것이다.

많은 사람들은 내 생활 방식을 못마땅하게 여겼다. 물론 내가 잘되기를 바라는 마음에서 그렇게 생각했겠지만, 그들은 나를 이해하지 못했다. 참한 아가씨를 만나 결혼을 하고, 안정된 직장을 가지고 알뜰하게 저축을 하면서 안주하기를 바랐던 것이다. 하루 이틀, 달이 가고 해를 거듭해서 세상 끝날 때까지…… 아멘! 하지만 인생이란 다 똑같을 수는 없는 법이다! 틀림없이 그 이상의 무엇인가가 있을 테니까.

아무런 야망도 없이, 그저 안정만을 추구하며 낡아빠진 행복론에 도취되어 일생을 무미건조하게 보낼 수는 없었다! 인공위성을 쏘아 올리고 달에도 갔다오는 세상에 뭔가 젊은 피를 끓어오르게 하고 가슴을 두근거리게 만드는, 온 세상을 찾아 헤맬 만한 가치가 있는 그 무엇을 틀림없이 찾고 말리라!

언젠가 본드 거리(런던의 상점 거리)를 걸었던 일이 생각난다. 호텔 웨이터를 하고 있을 무렵이다. 나는 쇼윈도에 진열된 구두를 구경하며 천천히 걷고 있었다. 정말 멋진 구두들이었다. 신문 광고에서나 볼 수 있는 그런 구두 말이다. '오늘도 멋쟁이 신사들은 이 구두를 신고 있습니다'라고 적혀 있는 그 글귀 옆에는 광고에서 말한 그런 멋쟁이 신사의 사진이 실려 있기 마련이다. 솔직히 말하자면 좀 건방져 보이는 그런 작자들 사진 말이다! 그런 광고들은 대개 내 비위에 거슬렸다.

그 구두 가게를 지나치자 다음은 화방이었다. 진열장 안에는 그림이 세 점이 걸려 있었는데, 그 뒤로 중간 색조의 부드러운 벨벳 휘장이 쳐져 있어서 예술적인 분위기를 자아내고 있었다. 감상적인 여인네들이나 좋아할 그런 분위기라고 할까. 물론 나는 예술에 대해서는 문외한이다. 한번은 순전히 호기심 때문에 국립미술관에 간 적이 있는데, 감명을 받기는커녕 오히려 짜증스럽기만 했다. 타는 듯이 강렬한 색채로 표현된 험준한 계곡에서의 전투 장면, 또는 화살을 맞은 성자들의 가련한 모습, 실크와 벨벳과 레이스로 화려하게 치장된 옷을 입고 앉아 멍청하게 빙긋 웃고 있는 귀부인들의 초상화, 그런 것들을 보고 나는 그림과는 인연이 없는 사람이라고 스스로도 생각했었다.

그런데 그때 거리에서 본 그 그림은 뭔가 다른 인상을 풍겼던 것이다. 세 점의 그림 가운데 하나는 흔히 볼 수 있는 풍경화였는데, 한 여인이 균형감각을 잃은 우스꽝스러운 모습으로 표현되어 있어서 사실 여인의 모습이라고 보기도 어려운 그림이었다. 소위 말하는 아르누보(19세기 말부터 20세기 초에 걸친 미술 공예 양식의 하나) 형식인 모양이었다. 나로서는 이해할 수 없는 그림이었다. 내 관심을 끈 것은 세 번째 그림이었다.

사실 뭐 그렇게 대단한 그림도 아니었다. 글쎄, 어떻게 표현해야 할까? 그냥 단순한 그림이었다. 여백이 많고 점점 확대되는 여러 개의 원들이 그려져 있었다. 전혀 상상할 수도 없는 기이한 색채들로 여기저기 거칠게 칠해져 있었다. 아니, 어쩌면 무슨 의미가 담겨져 있는 것인지도 모른다! 나한테는 설명하는 재주가 영 없다. 아무튼 내가 할 수 있는 말은 자꾸만 눈길이 가는 그림이었다는 것뿐.

나는 뭔가 묘한, 마치 전혀 예기치 못한 일을 당한 듯한 기분으로 그 그림 앞에 서 있었다. 아까 그 구두를 보았을 때는 한번 신어 봤으면 하는 생각이 들었다. 그건 당시 내 차림새에 대해서 열등감을 느끼고 있었기 때문이다. 멋지게 차려입고 싶었지만, 사실 평생을 살아도 본드 거리에서는 구두 한 켤레도 사서 신을 수 없을 것 같았다. 그런 구두는 엄청나게 비싸서 한 켤레에 15파운드는 넉넉히 나가리란 것을 잘 알고 있기 때문이다. 수제화는 보다 비싸기 마련이다. 그런 비싼 구두를 산다는 것은 순전히 낭비이리라. 물론 멋진 구두이기는 했지만, 내게는 너무 비쌌다. 나는 고개를 돌릴 수밖에 없었다.

하지만 저 그림은 과연 값이 얼마나 나갈지 궁금했다. 저 그림을 살까? 미쳤군! 나는 속으로 중얼거렸다. 일반적으로 그림이란 별 쓸모가 없는 것이다. 정말이다. 하지만 나는 저 그림이 갖고 싶었다. 저 그림이 내 것이었다면……, 저것을 걸어놓고 내 것이라는 사실을 확인하며, 그러한 만족감을 즐기며 오래오래 쳐다보고 싶었다. 세상에! 그림을 사다니! 정말 정신나간 생각 같았다. 다시 쳐다보았다. 하지만 내가 그림을 원하고 있다는 것을 나타내고 싶지는 않았다. 사실 그때 나는 주머니가 제법 두둑한 편이었다. 운좋게도 팁을 많이 받았기 때문이다. 그 그림은 꽤 비쌀 것 같았다. 20파운드? 25파운드? 뭐 값을 물어 봐서 손해날 거야 없겠지. 나를 잡아먹지는 않을 테니까. 나는 결연한 태도로 화방으로 들어갔다. 가슴이 쿵쾅거렸다.

화방 안은 아주 조용하고 으리으리하게 꾸며져 있었다. 숨죽인 듯 고요한 분위기에 사방 벽은 중간 색조로 꾸며져 있었고, 앉아서 그림을 감상할 수 있도록 벨벳 시트가 놓여 있었다. 광고에 나오는 모델 같은 남자가 다가와 분위기에 어울리는 나지막한 목소리로 나에게 말을 걸었다. 뜻밖에도 본드 거리의 상점에서 흔히 보는 그런 사내가 아니었다. 그는 내 말을 듣고는 그 그림을 꺼내와 벽에 걸어 놓고 내가 충분히 감상할 수 있도록 해주었다. 그러자 문득 그런 생각이 들었다. 대개의 경우 사람들은 일의 진척을 어느 만큼 정확하게 예측할 수 있지만, 그림과 관계된 일에 있어서는 그렇지 않다는 것이다. 허름하고 남루한 옷차림을 한 사람이 실은 백만장자로서 그림을 수집하기 위해 들어온 것일 수도 있는 법이다. 아니면 나처럼 제법 번지르르하게 보이기는 하지만, 실은 그림이 너무 갖고 싶은 나머지 어디서 사기라도 쳐서 돈을 구해온 사람일 수도 있다.

"정말 훌륭한 작품이지요."

그 사람이 그림을 들고 말했다.

"얼마입니까?"

나는 밝은 목소리로 물었지만 그 대답에 그만 숨이 콱 막히고 말았다.

"2만 5,000파운드입니다."

그가 부드러운 목소리로 대답했다.

나는 조금도 표정을 바꾸지 않았다. 속마음을 드러내지 않았다. 아니, 내 생각에는 적어도 드러내지 않았던 것 같다. 그는 외국인인 듯한 어떤 이름을 말했다. 아마 화가의 이름인 듯싶었다. 이 그림은 어떤 시골집에서 막 시장에 나온 것인데, 그 사람들은 그림의 가치를 전혀 모른다는 것이었다. 나는 끝까지 자세를 흐트러뜨리지 않고 있다가 이윽고 한숨을 내쉬었다.

"꽤 비싼 편이지만, 그래도 그만한 값어치가 있겠어요." 내가 말했다.

2만 5,000파운드라니, 원 세상에!

"물론입니다." 그렇게 말하면서 그도 한숨을 내쉬었다. "그만한 값어치가 있지요." 그는 조심스럽게 그림을 벽에서 끌어내려서 진열장으로 가져갔다. 그리고는 나를 쳐다보며 빙긋 웃었다. "훌륭한 취미를 가지고 계시군요."

그와 나는 서로를 어느 만큼 이해하는 것 같다는 생각이 들었다. 나는 그에게 고맙다고 인사하고 다시 거리로 나왔다.

샌토닉스

나는 글을 어떻게 써야할지 잘 모른다. 내 말은, 진짜 작가들처럼 쓰지는 못한다는 것이다. 이를테면 그 그림에 대한 이야기가 그렇다. 사실 그건 어떤 인과관계를 가지고 있는 것도 아닌데 내게는 어쩐지 굉장히 중요하게 느껴졌다. 마치 집시 언덕이나 내 친구 샌토닉스가 내게는 아주 큰 의미를 지니듯 그렇게.

그러고 보니 샌토닉스에 대해서는 별로 언급하지 않았다. 그는 건축가였다. 물론 그에 관해서는 대충 짐작하고 계실 것이다. 나는 건축업에 대해서는 약간 알고 있었지만, 건축가에 대해서는 거의 아는 바가 없었다. 나는 여기저기 떠돌아다니다가 우연히 샌토닉스를 만나게 되었다. 택시 운전사로 일하며 돌아다니던 시절이라 외국까지 간 적도 있다. 독일에 두 번(난 독일어를 조금 한다), 프랑스도 한두 번(프랑스어도 조금 통한다), 포르투갈도 한 차례 갔다. 손님은 대개 돈 많은 노인네들이었고 가진 돈만큼 건강도 안 좋았다.

그들을 태우고 여러 곳을 돌아다니다 보면 결국 돈도 별 게 아니라는 생각이 들게 된다. 언제 발작할지도 모르는 심장병 때문에 온갖 약병들을 노상 지니고 다녀야 하고, 호텔에서 제공되는 식사나 서비스 때문에 기분도 상하기 일쑤였다.

내가 겪어본 부자들은 대부분 비참한 생활을 하고 있었다. 걱정거리도 많았다. 세금이라든지 투자 문제 등등. 자기들끼리, 혹은 친구에게 그런 문제들에 대해서 이야기하는 것을 종종 들을 수 있었다. 걱정, 걱정……! 그들에게는 온갖 걱정이 끊이지 않았다.

그들의 성생활 역시 원만치 못했다. 미끈한 다리와 금발의 매력 넘치는 그들의 아내는 다른 곳에 정부를 두고 즐기고 있거나, 아니면 끊임없는 불평을 늘어놓으며 바가지를 긁어댔다. 부자들은 그런 끔찍한 아내들과 살고 있었다. 맙소사! 그들보다는 오히려 나, 이 마이클 로저스가 훨씬 행복한 편이리라. 세상을 두루 구경 다니고 마음내킬 때마다 아름다운 아가씨들을 사귈 수 있으니!

물론 하루살이 인생에 지나지 않지만 그런 것은 능히 견딜 만했다. 인생은 즐거운 것이다. 즐거운 인생을 영위할 수 있는 것만으로도 나는 만족할 수 있었다.

하지만 그런 즐거움에도 한계가 있으리라. 그러한 즐거움은 젊음이 있음으로 해서 유지되는 것이니까. 젊음이 지나고 나면 더 이상 그런 즐거움은 찾아오지 않는 법이다.

그 내면에는 언제나 뭔가 다른 것이 있었던 것 같다. 누군가를, 무엇인가를 원하는……하지만 이제는 다른 이야기를 해야겠다.

나는 오랜 친구인 샌토닉스를 태우고 리비에라에 내려가곤 했다. 그는 그곳에서 어떤 집을 짓고 있는 중이었는데 일이 어떻게 진척되고 있는지 살펴보기 위해서였다. 샌토닉스는 건축가였다. 사실 나는 샌토닉스가 어느 나라 사람인지도 모른다. 듣기에 전혀 생소한 아주 이상한 이름이기는 했지만 그냥 처음부터 나는 영국인일 거라고 생각했다. 하지만 지금은 영국인이 아니었을 거라고 생각한다. 스칸

디나비아 계통이 아닐까 싶다.

그는 병약한 사람이었다. 그가 환자라는 사실은 금방 알 수 있었다. 젊고 제법 준수한 모습이지만 여위고 이상한, 어딘지 일그러진 듯한 얼굴을 하고 있었다. 얼굴 양쪽이 서로 다르게 보였다.

그는 자기 고객들에게 몹시 까다롭게 굴곤 했다. 흔히 돈을 내는 사람이 주도권을 잡고 거만하게 군다고 생각하기 십상이지만 샌토닉스는 달랐다. 오히려 그가 자신만만 당당하게 굴었고, 비례적으로 고객들은 움츠러들었다.

이 유별난 내 친구가 일이 어떻게 되어가는지 살피기 위해 건축 현장에 내려가서는 걷잡을 수 없이 격노하던 모습이 생각난다. 그저 공손한 자세로 옆에서 대기하고 있던 나는 상황이 어떻게 돌아가는지 어느 정도는 짐작할 수 있었다. 혹시 콘스탄틴 씨가 심장마비라도 일으키면 어쩌나 싶으리만큼 둘 사이에는 팽팽한 긴장감이 감돌았다.

"왜 내 말대로 하지 않소?" 콘스탄틴 씨는 거의 비명에 가까운 날카로운 어조로 소리쳤다. "당신은 돈을 너무 많이 써. 정말이지 너무 지나치게 많이 쓴다고! 우리가 합의 본 내용과는 전혀 다르잖소? 내가 애초에 생각했던 것보다 비용이 훨씬 더 들 것 같단 말이오."

"당신 말이 모두 옳아요." 샌토닉스가 말했다. "하지만 써야 할 때 돈도 써야 하는 법입니다."

"더 이상 쓰면 안 돼! 절대 안 되오. 내가 정해 놓은 선 안에서 해결하시오. 당신, 내 말 이해하겠소?"

"그렇다면 당신이 원하는 그런 집을 갖지는 못할 거요. 당신이 어떤 집을 원하는지 잘 알고 있어요. 나는 당신이 원하는 바로 그런 집을 지어 줄 수 있습니다. 그 점은 당신이나 나나 모두 잘 알고 있어요.

시시하게 돈 몇 푼 아끼려 들지 말아요. 당신은 좋은 집을 원하고 있고, 곧 그런 집을 갖게 될 겁니다. 그렇게 되면 당신은 친구들에게 여봐란 듯이 자랑할 수 있을 테고, 모두 당신을 부러워하게 될 거요. 이미 말했지만, 나는 누구를 위해서 집을 짓지는 않습니다. 거기에는 돈보다 더욱 중요한 게 있어요. 이 집은 다른 여느 집들과는 전혀 다른 집이 될 겁니다."

"끔찍한 집이 될 테지, 지독히도."

"오, 천만에! 그렇지 않습니다. 문제는 당신이 진실로 원하는 것이 무엇인지를 모르고 있다는 겁니다. 아니면, 사람들이 당신이 원하는 것을 잘 모르고 있다고 생각하거나.

하지만 당신은 자신이 원하는 것을 잘 알고 있고, 다만 그것을 당신 마음속에서 제대로 형상화시키지 못한다는 것뿐입니다. 그것을 분명하게 볼 수가 없다는 거죠.

그러나 나는 알고 있습니다. 사람들이 어떤 것을 원하고 무엇을 추구하는지 나는 잘 알고 있어요. 당신에게는 질(質)에 대한 높은 안목이 있어요. 나는 바로 그것을 충족시켜 드릴 겁니다."

그는 늘 그런 식으로 말하곤 했다. 그리고 나는 옆에서 그의 이야기를 들었다. 그럴 때면 어쩐지 일반 여느 집들과는 전혀 다른 모습으로 지어지고 있는, 소나무 숲 속에 자리잡고 앉아 바다를 내려다보고 있는 멋진 집을 나는 생생하게 그려 볼 수 있었다. 흔히 볼 수 있는, 바다를 향해 반쯤 돌출된 그런 집이 아니었다. 내륙 깊숙이 자리잡고, 그 옆에 우뚝 솟은 언덕의 능선을 따라 희미하게 펼쳐진 하늘과 닿을 듯이 지어진 신비하고, 특이하고, 감동적인 집이었다.

내가 쉬는 날이면 샌토닉스는 종종 이런 말을 하곤 했다.

"나는 내가 지어 주고 싶은 사람들을 위해서만 집을 짓는다네."

"그러니까 부자들을 말하는 거로군?"

"부자가 아니면 그 비용을 댈 수가 없지. 하지만 내가 관심을 두고 있는 것은 돈이 아닐세. 물론 나는 비용이 많이 드는 집을 짓고자 하기 때문에 내 손님들은 돈이 많아야 해. 그러나 집만 가지고는 충분치가 않아. 그 집이 위치할 주위 풍경이 있어야 하네. 그것이 바로 중요한 점이지. 마치 루비라든가 에메랄드와도 같은 것일세. 그냥 아름다운 보석에 불과해. 그 이상 아무런 의미도 없는 거지. 보석에 어울리는 훌륭한 틀 속으로 끼어들기 전까지는 말이야. 마찬가지로, 그 틀 또한 아름다운 보석을 품게 됨으로써 그 가치를 더욱 빛내는 것이고, 나 역시도 집이란 존재를 돋보이게 할 풍경을 중시한다네. 그리고 내 집이 들어서야만 풍경도 돋보일 그런 곳을." 그는 나를 쳐다보며 웃음을 터뜨렸다. "무슨 말인지 알겠나?"

"글쎄." 나는 천천히 입을 떼었다. "잘 모르겠지만 그래도 조금은 알 것 같기도 하고……."

"그럴 거야." 그는 묘한 눈빛으로 나를 쳐다보았다.

그 뒤 우리는 다시 리비에라에 내려갔다. 그 집은 거의 완성되어 가고 있었다. 뭐랄까…… 제대로 표현할 수 없지만, 아무튼 아주 특이하고 아름다운 집이었다. 나는 그걸 알 수 있었다. 사람들에게 자랑스럽게 보여줄 수 있고, 또한 자기 자신도 만족해 할 만한 그런 집이었다. 어느 날인가 샌토닉스가 나한테 불쑥 이런 말을 했다.

"자네를 위해 집을 한 채 지어줄 수도 있어. 나는 자네가 어떤 집을 원하는지 잘 알고 있거든."

나는 고개를 설레설레 저었다.

"나 자신도 어떤 집을 원하는지 잘 모르고 있는 형편인데?" 나는 솔직히 말했다.

"그럴지도 모르지. 하지만 나는 알 것도 같아." 그리고는 다시 덧붙였다. "자네가 돈이 없다는 것이 정말 유감이네."

"앞으로도 나는 결코 부자가 되지 못할 거야."

내가 말했다.

"그건 자네도 장담할 수 없지. 가난하게 태어났다고 해서 언제까지나 가난하게 살라는 법은 없으니까. 돈이란 것은 이상한 존재야. 돈이란 자기를 필요로 하는 곳으로 흘러가거든."

"나는 그다지 절실하게 돈을 필요로 하고 있지는 않아."

내가 말했다.

"자네는 너무 야망이 없어. 지금까지는 자네의 야망이 제대로 활동하지 못했지만, 그래도 자네 내부에는 야망이 살아 숨쉬고 있다는 사실을 자네도 알 거야."

"글쎄, 어느 날인가 그 야망이 살아 움직여서 내가 많은 돈을 벌게 되면, 그때는 자네에게 집을 한 채 지어 달라고 부탁함세."

그러자 그는 한숨을 내쉬며 다시 말했다.

"나는 그때까지 기다릴 수 없어. 안 돼, 난 기다릴 수가 없다네. 이제 살 날이 얼마 남지 않았거든. 앞으로 한두 채나 더 지을 수 있을까? 그 이상은 힘들 거야. 아무도 한창 젊을 때 죽기를 바라지는 않겠지만……그래도 때로는 어쩔 수 없이 죽음을……그건 사실 문제가 되지 않는다고 보네."

"그렇다면 야망을 빨리 일깨워야 되겠군."

샌토닉스가 말했다.

"아니야, 자네는 지금 건강하고 즐거운 삶을 누리고 있어. 그러한 자네의 생활 방식을 바꾸려 들지 말게나."

"바꾸려고 해봤자 소용이 없을 거야."

그때만 해도 정말 그렇게 생각했다. 나는 내 생활 방식을 좋아했고, 하루하루를 재밌게 보냈으며, 건강에 대해 염려할 일도 전혀 없었다. 나는 부자들을 많이 태우고 다녔는데, 그들은 자신을 너무 혹사한 탓인지 대개들 위궤양으로 고생하거나 아니면 동맥경화증으로 시달리곤 했다. 나는 일벌레가 되고 싶지는 않았다. 물론 일을 할 수 있는 능력은 있지만, 단지 그것으로 족했다.

또 내게는 야망도 없었다. 아니, 야망을 가지려고 생각해 본 적도 없었다. 하지만 샌토닉스는 야망을 가지고 있었다. 집을 설계하고 건축을 하는 것 모두가 진심으로 그의 내부에서 끓어오르는 것 같았다. 그는 선천적으로 건강한 사람이 못 되었다. 나는 종종 그가 자신의 야망을 추진시키기 위해 지나치게 자신을 혹사시켜서 스스로 자기 명을 단축시키는 게 아닌가 하는 생각이 들곤 했다. 나는 열심히 일하고 싶지가 않았다. 일한다는 것이 영 마음에 차지 않고, 도무지 싫기만 했다. 일이란 인류를 불행하게 만드는 아주 좋지 못한 것이라고 생각되었다.

샌토닉스는 늘 내 뇌리에서 떠나지 않는 사람이었다. 그는 어느 누구보다도 나에게 많은 영향을 끼쳤다. 살아가는 데 있어서 가장 기이한 일 중 하나는, 사람들이 기억을 한다는 것이다.

사람들은 특별한 것들을 취사 선택해서 기억하는 것 같다. 내부에 있는 무엇인가가 그렇게 취사 선택하도록 하는 모양이다. 샌토닉스와 그가 지은 집들, 그리고 본드 거리에서 보았던 그 그림과 황폐한 탑 집을 찾아갔던 일, 그리고 집시 언덕에 대한 이야기──그 모두 내가 취사 선택해서 기억 속에 집어넣은 것들이리라.

때로는 여인들과 사귀기도 했고, 또 손님들을 태우고 외국 여러 나라를 여행하기도 했다. 손님들은 모두가 똑같았다. 단조롭고 지루한 사람들이었다. 그들은 항상 비슷비슷한 호텔에서 지내며 같은 종류의 음식으로 만족해했다.

하지만 나는 내게 제공되는 것인지 덮쳐오는 것인지 모를 막연한 그 무엇을 기다리고 있었다. 그 야릇한 감정을 어떻게 표현해야 좋을까? 또는, 그저 여자를 찾고 있었는지도 모를 일이다. 내게 딱 맞는 반쪽을…….

　물론 어머니나 조슈어 아저씨, 또는 주변의 친지들이 바라는 그런 정숙하고 참한 가정적인 여인을 말하는 것은 아니다. 그 무렵만 해도 나는 사랑이란 것에 대해서 아무것도 몰랐다. 내가 아는 것이라곤 오로지 남녀 간의 육체관계가 전부였다. 내 나이 또래에는 그 정도가 고작일 테니. 우리는 그 일에 대해서 지나치게 떠들었고, 너무 많은 이야기를 들었으며, 너무 과장되게 받아들였던 것 같다. 하지만 실제로 겪게 되면 어떤 일이 일어나게 될지는 전혀 몰랐다. 내 말은, 사랑에 빠지면 말이다. 우리는 젊고 혈기왕성했으며 아가씨들을 만나게 되면 그녀의 몸매와 각선미, 그리고 마주보는 눈길을 감상하며 이런 생각을 하곤 했다. "한번 사귀어 볼까? 괜히 시간만 낭비하게 되는 건 아닐까?" 그리고 많은 아가씨들을 사귀고 자만심에 빠져, 그 일에 대해서 많은 사람들에게 떠벌리면 떠벌릴수록 멋진 녀석이라고 생각했다.

　그런 것만이 연애의 전부가 아닐 거라는 생각은 전혀 들지 않았다. 그렇지만 이르거나 늦은 시간 차는 있겠지만 사랑은 누구에게나 찾아오는 법이다, 그것도 어느 날 갑자기. 마음 먹는다고 해서 될 일도 아니지만, 적어도 나는 "이 여자야말로 내 여자다. 꼭 내 여자가 되어야 한다"고 느껴본 적도 없었다. 그런데 언제 그런 일이 시작되었는지 하여간 갑자기 그렇게 변해 있었다. "저 여자와 함께 가야해. 나는 저 여자의 것이고, 영원히 그녀의 종속물이다!" 젠장! 나는 그런 일은 꿈에도 그리지 않았다. 어느 희극배우가 과거 이런 말을 하지 않았던가? 아니, 흔한 농담이었나? 여하튼 이런 말을 했다. "나는 언젠가 사랑에 빠진 적이 있었는데, 만약에 그런 감정을 다시 느끼게 되면 아예 이민을 가버릴 생각입니다."

　나도 마찬가지다. 알고 있었다면, 그런 감정을 느끼게 되면 어떻게 되리라는 것을 알 수만 있었다면, 나 또한 이민을 가버렸을 것이다！
내가 조금만 더 현명했다면…….

첫 만남

나는 여전히 경매장에 가봐야겠다는 생각을 버리지 않고 있었다.

그때까지는 아직도 3주쯤 남아 있었고, 나는 두 번 더 유럽을 다녀와야 했다. 한 번은 프랑스였고, 한 번은 독일이었다. 결정적으로 일이 틀어지게 된 것은 내가 함부르크에 있을 때였다. 그 한 가지 원인은 내가 태우고 다닌 사람과 그의 아내에 대해서 정말 참을 수 없으리만큼 혐오감을 느꼈기 때문이다. 그들은 내가 가장 싫어하는 점을 모두 갖추고 있었다. 무분별하고 교양이라고는 전혀 없어 쳐다보기조차 역겨운 그들은, 나로 하여금 남의 비위나 맞추어 주는 이런 생활을 더 이상 해나갈 수 없을 것 같다는 생각이 들게 했다. 하지만 나는 신중히 행동했다. 어느 날인가는 이런 일을 더 이상 해나갈 수 없으리라고는 생각했지만, 그렇다고 해서 무작정 그만두겠다는 말은 하지 않았다. 사장과의 관계를 악화시켜서 좋을 건 하나도 없기 때문이다. 손님들에게는 전화를 해서 몸이 아프다고 했고, 런던 본사에도 같은 내용의 전보를 쳤다. 사람들과의 접촉을 피해야 할 것 같으니나 대신 다른 운전사를 보내는 것이 좋을 것 같다고 둘러댔다. 아무도 그 일로 나를 탓할 수는 없었을 것이다. 그들은 더 이상 나에 대해서 알아보려고 하지도 않았을 테고, 내가 소식을 보내지 않는 것도 병이 너무 심해져서 그러려니 단순하게 생각했을 것이다. 나중에 런던에 돌아가서 내가 얼마나 아팠는지 장황하게 늘어놓으면 모든 게 다 잘 될 테니! 하지만 정말로 그렇게 하리라고는 생각지 않았다. 운전사 노릇도 이제는 진력이 났기 때문이다.

그러한 나의 반란(?)은 내 인생에 있어서 중대한 분기점이 되었다. 그리하여 결국 나는 제시간에 경매장 안으로 들어서게 되었다.

개인적으로 경로를 통해 매물이 사전 판매되었다면 그러한 내용을 게시하게 마련이다. 그러나 원래의 경매 벽보가 그대로 붙어 있는 것으로 보아 개인적인 거래는 없었음이 분명했다. 나는 뚜렷한 대책도 없이 그냥 몹시 흥분되기만 했다.

앞서도 말했지만, 나는 한 번도 부동산 경매 같은 데 참석해 본 적이 없다. 상당히 흥미진진할 거라는 기대를 가지고 있었지만 실상은 그렇지도 않았다. 아니, 전혀 그렇지가 못했다. 그때까지 내가 참석해 본 모임 중에서도 가장 따분하고 침체된 모임이었다. 침침한 분위기에 고작 예닐곱 사람만이 모여 있을 뿐이었다. 경매인도 내가 전에 가구 경매장에서 보았던 익살스러운 목소리에 정열적이고 농담으로 가득찬 그런 경매인들과는 전혀 달랐다. 이 경매인은 침울하면서도 한편으로는 생동감 있는 목소리로 부동산의 가치와 대지의 크기 등에 대해서 설명하고는 냉담한 어조로 입찰에 들어갔다. 누군가가 5,000 파운드를 불렀다. 경매인은 사실 우습지도 않으면서 마치 농담이라도 들은 양 애써 빙긋 웃음을 지어 보이려고 했다. 그가 몇 마디 주의를 주자 그보다는 좀더 높은 수준에서 입찰이 시작되었다. 그곳에 모인 사람들은 대개가 시골 사람인 듯싶었다. 농부처럼 보이는 사람도 있었고 건축업자로 보이는 사람도 있었으며, 변호사도 두 사람 있었는데 그 중 한 사람은 런던에서 내려왔는지 깔끔하고 빈틈없는 차림새를 하고 있었다. 그가 실제로 입찰에 참가했는지는 잘 생각이 나질 않는다. 설령 입찰에 참가했다 하더라도 모든 게 조용하고 거의 손짓에 의해 이루어지기 때문에 알 수가 없었을 것이다. 아무튼 입찰은 끝났는데, 경매인은 우울한 목소리로 제한 가격에 못 미쳐서 무산되고 말았다는 사실을 알렸다.

"정말 재미가 없군요."

나는 경매장을 나오면서 옆에 있던 시골 사람에게 말을 걸었다.

"대개가 그렇답니다. 그런데, 이런 곳에는 자주 참석하시나 보군요?"

"아니, 실은 이번이 처음이랍니다."

내가 말했다.

"그냥 호기심에 오신 건가요? 아까 보니까 입찰은 하지 않더군요."

"네. 그냥 결과가 어떻게 되는지 보고 싶었거든요."

"지금까지도 대충 이런 분위기였습니다. 하지만 파는 사람 입장에서는 어떤 사람이 관심을 나타내는지 보고 싶은 게 당연하죠."

그가 무슨 말을 하는지 몰라 나는 상대의 얼굴을 잠시 들여다보았다. "오늘도 정말 관심있는 사람도 세 명뿐이었어요." 그 친구가 말했다. "헬민스터에서 온 건축업자 웨더비, 리버풀에 있는 '더킹 쿵'이라는 회사 대표, 그리고 런던에서 온 변호사라고 짐작되는 낯선 인물 말입니다. 물론 이들 말고도 다른 사람들이 있을 수도 있겠지만, 내 생각에는 이들 셋이 주요 경쟁자가 아닌가 합니다. 값은 자꾸만 내려갈 겁니다. 다들 그렇게 말하고 있지요."

"그 소문 때문에 말인가요?" 내가 물었다.

"저런! 당신도 집시 언덕에 대한 소문을 들으셨나 보군요? 그건 이곳 사람들이 쓸데없이 입방아 찧는 것에 지나지 않습니다. 벌써 몇 년 전에 시 당국에서 그 길을 고쳤어야 하는 건데……. 그건 정말 죽음의 길이거든요."

"하지만 길뿐만 아니라 그 지역 자체가 평판이 좋지 못한 것 같습니다만?"

"순전히 미신에 불과해요. 아무튼 진짜 거래는 비밀리에 진행될 겁니다. 개인적으로 접촉해서 값을 정하려고들 할 거예요. 내 생각에는 리버풀에서 온 사람이 이기게 되지 않을까 합니다만. 웨더비는 그렇게 높은 값을 제의하지는 않을 겁니다. 그는 싸게 사려고 하니까요. 요즘에는 개발이다 뭐다 해서 팔려고 내놓은 부동산들이 많거든요. 그러니 다 쓰러져 가는 집을 사서 그것을 허물고 다시 집을 지으려는 사람이 그렇게 많지 않으리란 것도 당연하지 않겠습니까?"

"요즘에는 그게 일반적인 추세인 것 같더군요." 내가 말했다.

"사실이랍니다. 세금도 많고, 시골에서 살면 여러 가지로 불편한 점 투성이거든요. 그러니 사람들도 차라리 도시에 있는 16층짜리 현대식 빌딩에다 수천 파운드를 호가하는 초호화 맨션에서 살려고 하지, 크기만 하고 볼품없는 시골 저택들은 요즘 매기가 영 신통치 않아요."

"하지만 편리한 현대식 주택을 지을 수도 있지 않습니까? 사람 손을 필요로 하지 않는 식으로요."

"그럴 수도 있겠죠. 하지만 그건 비용도 많이 들고, 또한 사람들은 혼자 떨어져 외롭게 사는 것을 가히 좋아하지 않는 법입니다."

"그렇지 않은 사람도 있을 겁니다." 내가 말했다.

그는 웃음을 터뜨리며 작별을 고했다. 나는 미간을 찌푸린 채, 알 수 없는 당혹감에 사로잡혀 걸음을 옮겼다. 정처없이 걸음을 떼어놓다 보니 나무 사이로 난 길은 점점 숲이 되고, 마침내 황야로 이어지는 굽잇길로 접어들었다.

그렇게 해서 나는 엘리를 처음 만나게 되었다. 그녀는 커다란 전나무 밑에 서 있었는데, 뭐랄까 잠시 전까지도 없던 모습이 이제 막 그 전나무에서 빠져나와 형체를 갖춘 듯한 모습을 하고 있었다. 짙은 녹색 트위드 차림에 가을 낙엽을 연상케 하는 부드러운 갈색 머리를 한 그녀에게서는 뭔가 비현실적인 분위기가 풍겨나왔다. 나는 그녀를 보자마자 걸음을 멈추었다. 그녀는 조금 놀란 듯 입술을 약간 벌린 채 나를 쳐다보고 있었다. 나도 놀란 표정을 지어 보였을 것이다. 무슨 말이든 하고 싶었지만 도대체 어떻게 말을 꺼내야 좋을지 알 수가 없었다. 이윽고 내가 말했다.

"미안합니다. 저, 정말 당신을 놀라게 해드릴 생각은 없었습니다. 이런 곳에 누군가가 있을 줄은 몰랐거든요."

그러자 그녀는 부드럽고 그윽한, 마치 어린 소녀의 음성 같은 목소리로 말했다.

"괜찮아요. 사실은 저도 이런 곳에 다른 사람이 올 줄은 몰랐거든요." 그녀는 주위를 약간 돌아보며 말을 이었다.

"여기는 정말 쓸쓸한 곳이에요." 그리고는 흠칫하며 몸을 떨었다.

그날 오후에는 상당히 쌀쌀한 바람이 불고 있었다. 하지만 그건 아마도 바람 때문만은 아닌 것 같았다. 그게 무엇이었는지는 나도 알 수가 없다. 나는 그녀에게로 한두 발 다가섰다.

"좀 으스스한 곳이지요?" 내가 다시 입을 열었다. "내 말은, 저렇게 거의 폐허가 되어 버린 집도 그렇고요."

그녀가 조심스럽게 말을 받았다.

"탑집 말씀이시군요? 저 집을 탑이라고 한다는데 내가 보기에는 전혀 아닌 것 같은데 말이에요. "

"그냥 붙인 이름에 지나지 않을 겁니다. 사람들은 자기 집이 좀더 웅장하게 느껴지도록 탑 같은 이름을 붙이기 십상이거든요. "

그녀는 나직하게 웃었다. "그럴지도 모르지요. 그런데 이 일대가 오늘 팔린다든가, 아니 경매에 붙여진다고 하던데 혹시 알고 계신가요? "

"예, 나도 지금 경매장에서 오는 길이랍니다. "

"아! " 그녀는 나직이 탄성을 터뜨렸다. "그렇다면 당신도 이 땅에 관심이 있나 보죠? "

"수백 에이커나 되는 숲이 딸린 허물어져 가는 집을 살 만큼 부자는 못 된답니다. 그럴 만한 신분이 아니거든요. "

"팔렸나요? "

그녀가 물었다.

"아뇨, 제한 가격에도 못 미쳤는걸요. "

"아, 그랬군요! " 그녀의 목소리에는 안도감이 담겨 있었다.

"혹시 당신이 사시려는 건 아닐 테죠? " 내가 물었다.

"오, 아니에요. 그럴 리가 있을라고요. " 그녀의 목소리에는 다소 당황하는 기색이 담겨 있었다.

나는 잠시 망설이다가 이윽고 용감하게 입을 열었다.

"사실 아까는 내 본심을 말한 게 아닙니다. 돈이 없어서 살 수가 없을 뿐이지 저 집에 대해서는 무척 관심이 많지요. 살 수만 있다면 오죽 좋겠습니까! 정말 사고 싶답니다. 물론 비웃으실 테지만 정말이랍니다. "

"너무 낡지 않았나요? "

"물론 그건 그렇지요. 그러나 내 말은 지금 상태대로 갖고 싶다는 게 아닙니다. 모조리 허물어 버리고 싶어요. 보기도 흉한데다가 내

력 또한 그다지 유쾌한 것이 못 되더군요. 하지만 이곳의 경관 자체는 전혀 그렇지가 않죠. 정말 아름다운 곳입니다. 여길 보세요, 이쪽으로 조금만 와서 저 숲을 보십시오. 나지막하게 솟아 있는 언덕과 부드럽게 펼쳐진 황무지를 보세요. 보입니까? 여기서 보면 시야가 확 트이지요. 그리고 이쪽을 보세요……."

나는 그녀의 팔을 잡고 다른 곳으로 끌고 갔다. 그건 좀 예의에 벗어난 행동——처음 만난 사람의 행동으로는 지나쳤다고 할 수 있지만 그녀는 전혀 의식지 못하는 것 같았다. 아무튼 나도 그녀의 팔을 잡기 위해서 한 행동은 아니었다. 내가 본 것을 그녀에게도 보여 주고 싶었을 뿐이었다.

"자, 이쪽을 보십시오. 저 아래 펼쳐진 바다와 여기저기 솟아 있는 바위들 말입니다. 그리고 저 뒤에 마을이 있는데, 지금은 언덕에 가려서 보이지 않지요. 또 울창한 계곡도 볼 수 있을 겁니다. 집 주위에 있는 나무를 베어버리고 주변 경관을 확 트이게 하면 정말 아름다운 집이 들어설 수 있지 않을까요? 기존의 집터에 그대로 지어서는 안 되죠. 한 50, 아니 100미터쯤 오른쪽으로 옮겨야 합니다. 그러면 정말 멋진 집이 될 겁니다. 천재적인 건축가에게 부탁하는 거죠."

"그런 천재적인 건축가를 잘 알고 계신가요?" 그녀의 목소리에는 의심스러워하는 기색이 담겨 있었다.

"한 사람 알고 있습니다." 내가 말했다.

그리고는 그녀에게 샌토닉스에 대해서 이야기하기 시작했다. 우리는 쓰러진 나무 위에 나란히 걸터앉았다. 그렇다. 나는 처음 본 이 가냘픈 숲 속의 소녀에게 내 모든 꿈을 이야기해 주고 있었던 것이다.

"하지만 그런 일은 이루어지지 않을 겁니다. 나는 그걸 잘 알고 있지요. 있을 수 없는 일이거든요. 그러나 생각은 자유 아닙니까? 나처럼 한번 생각해 보세요. 저 숲을 베어 시야를 확 트이게 하고는 만병초와 진달래를 심는 겁니다. 그리고는 내 친구 샌토닉스를 데려오는 거죠. 그는 폐병으로 거의 죽어가고 있고 그 때문에 기침을 몹시 하지만, 그래도 집은 지을 수 있을 거예요. 자기가 죽기 전에 그것을 해낼 겁니다.

그는 세상에서 가장 아름다운 집을 지을 수 있어요. 그가 짓는 집들이 어떤지 당신은 잘 모를 거예요. 그는 굉장한 부자들만 위해서 집을 짓는데, 그것도 제대로 된 집을 원하는 사람이어야 한답니다. 이 제대로 된 집이란 흔히 말하는 그런 집이 아닙니다. 꿈을 원하는 사람들이 진실로 이루어지길 바라는 그런 집이랍니다."

"나도 그런 집을 갖고 싶군요." 그녀가 말했다.

"당신 이야기를 듣고 있으니 그런 집이 정말 눈 앞에 보이는 것 같아요. 마치 손으로 만지고 있는 듯한……그래요, 이곳은 정말 아름다운 곳이에요. 꿈을 실현시킬 수 있는 그런 곳이죠. 여기에서는 간섭받지 않고 자유롭게 살 수 있을 것 같아요. 자신이 원하지도 않는 일을 해야 하고, 자기 마음대로 하고 싶은 일들을 하지 못하도록 강요하는 사람들로부터 벗어나서 말이에요. 아, 난 정말 내 생활이, 나를 둘러싸고 있는 사람들과 그 모든 것들이 정말 견딜 수 없어요!"

이렇게 해서 엘리와 나는 서로를 알게 되었다. 나는 내 꿈에 대한 이야기를, 엘리는 자기 생활에 대한 불만을 털어놓음으로써. 우리는 이야기를 멈추고 상대의 얼굴을 쳐다보았다.

"이름이 뭐예요?" 그녀가 물었다.

"마이크 로저스, 아니 마이클 로저스라고 합니다. 당신 이름은?"

"페널라예요." 그녀는 잠시 머뭇거리다가 다시 말을 이었다. "페닐라 굿먼이에요. " 그리고는 다소 곤혹해 하는 듯한 표정으로 나를 바라보았다.

우리 사이는 아직도 상당히 서먹했지만, 그래도 우리는 여전히 상대방을 말없이 바라보았다. 우리는 둘 다 다시 만날 수 있기를 바랐지만 그 순간에는 그걸 어떻게 표현해야 할지 몰랐던 것이다.

저주 받은 땅

엘리와 나의 관계는 이렇게 시작되었다. 그러나 우리의 관계가 그렇게 빠른 속도로 가까워졌다고는 볼 수 없는데, 그것은 우리가 서로 나름대로의 비밀을 감추고 있었기 때문이다. 서로가 상대방으로부터 지키고 싶어하는 것들이 있어서 우리는 자신들에 관한 이야기를 그렇게 많이 서로에게 터놓을 수 없었던 것이다. 그것은 우리들 사이를 가로막는 장벽과도 같았다. 우리는 서로 터놓고 이렇게 말할 수 없었다. "언제 다시 만날까요? 어디에서 당신을 뵐 수 있을까요? 어디에 살고 계신가요?" 등등. 왜냐하면, 내가 이렇게 물으면 상대도 나에게 똑같이 물을 것이기 때문이다.

페닐라는 자기 이름을 말해 주면서 어쩐지 마음이 편치 않은 듯했다. 순간 나는 그것이 그녀의 진짜 이름이 아닐지도 모른다고 생각했다. 그녀가 꾸며댄 이름이 아닐까 생각하기까지 했었다. 하지만 그럴 리 없다고 믿었다. 나는 그녀에게 내 진짜 이름을 말해 주었으니까.

우리는 그날 어떻게 헤어져야 좋을지조차 알 수가 없었다. 참으로 어색하기 짝이 없는 노릇이었다. 날씨도 추워지고 해서 이제 그만 탑

집 땅에서는 멀어지고 싶었지만, 어떻게 해야 좋을지 몰라 나는 좀 어색하게 지나가는 말투로 슬쩍 물어 보았다.

"이 근처에서 지내고 계신가요?"

그녀는 채드웰에서 지내고 있다고 했다. 그리 멀지 않은 상점가이다. 거기에는 3층 짜리 커다란 호텔이 있었다. '아마 그 호텔에 묵고 있나 보다'고 나는 생각했다. 그녀도 어색한 표정으로 내게 물었다.

"이곳에 살고 계신가요?"

"아뇨, 이곳에서 살고 있지는 않답니다. 오늘 한번 들러본 것에 지나지 않아요."

그리고는 다시 어색한 침묵이 흘렀다. 그녀는 조금 몸을 떨었다. 쌀쌀한 바람이 고요히 불어왔다.

"좀 걷는 게 좋을 것 같군요. 몸도 따뜻해질 테고 말입니다. 차를 갖고 계신가요, 아니면 버스나 기차를 타고 가실 건가요?"

그녀는 마을에 차를 두고 왔다고 했다.

"하지만 괜찮아요. 걱정하지 마세요."

좀 짜증스러운 모양이었다. 이제 내가 귀찮아져서 나에게서 벗어나고 싶지만 그걸 어떻게 표현해야 좋을지 모르는 것 같았다. 내가 말했다.

"그렇다면 마을까지만 걷기로 하죠."

그러자 그녀는 고마워하는 듯한 시선을 내게 보냈다. 우리는 자동차 사고가 많이 일어났다는 그 굽잇길을 천천히 돌아 내려갔다. 우리가 모퉁이를 돌아섰을 때, 전나무 그늘에 몸을 숨기고 있던 한 사람이 불쑥 모습을 드러냈다. 너무 갑작스러운 출몰이어서 엘리는 깜짝 놀라 비명을 질렀다. 언젠가 오두막집 정원에서 본 적이 있는 리 부인이었다. 그날따라 노파는 바람에 마구 헝클어진 검은 머리와 어깨에 걸친 진홍빛 망토로 인해 더욱 사납게 보였다. 게다가 위협적인 자세로 버티고 서 있는 모습은 그녀의 키를 훨씬 더 커 보이게 만들었다.

"아니, 뭘 하고 있는 거지? 대체 뭘 하려고 이 집시 언덕에 온 거유?"

엘리가 말했다.

"아니 우리가 무슨 잘못이라도 했나요?"

"잘못했다고도 볼 수 있지. 여긴 집시의 땅이야. 집시의 땅인데도 우리는 쫓겨났지. 여기서 얼쩡대 봐야 좋을 게 하나도 없어. 집시 언덕에서 얼쩡대면 결코 온전치 못할 거야."

엘리는 조금도 다투려고 하지 않았다. 또 그런 여자도 아니었다. 그녀는 부드럽고 공손한 어조로 말했다.

"정말 죄송해요. 오지 말았어야 했는데. 저는 이곳이 오늘 팔리는 줄 알았어요."

"여길 사는 자는 누굴 막론하고 저주를 받게 될 거야!" 노파는 계속 떠들었다. "이봐요, 예쁜 아가씨, 아가씨는 정말 예쁘구먼! 하지만 누구든지간에 이곳을 사는 자에게는 재앙이 닥치게 될 거야. 이 땅에는 저주가, 오래 전부터 내려진 저주가 깃들어 있어. 그대로 내버려두어야 해. 집시 언덕은 결코 손을 대서는 안 돼. 그건 죽음과 재앙을 불러들이는 짓이 될 테니까. 바다 건너 돌아가는 게 좋을 거야. 그리고 다시는 돌아오지 말라고! 이건 아가씨에 대한 경고야."

엘리가 조금 화난 기색으로 말했다.

"우린 아무 잘못도 없어요."

"이봐요, 리 부인." 내가 말했다. "괜히 이 아가씨한테 겁주려고 하지 말아요."

그리고는 엘리에게 설명해 주려고 몸을 돌렸다.

"리 부인은 이 마을에 살고 있답니다. 오두막에서 점을 쳐 주기도 하고 예언을 하기도 해요. 그게 전부랍니다, 그렇죠, 리 부인?" 나는 짐짓 농담이라도 거는 투로 노파에게 물었다.

"나한테는 영적인 능력이 있지." 노파는 집시다운 몸매를 더욱 꼿꼿이 세우며 짤막하게 말했다. "내게는 영적인 능력이 있어. 그건 타고난 거야. 우리 집시들은 모두 그런 능력이 있지. 이봐요, 예쁜 아가씨, 내가 한번 점을 봐줄까? 은화로 내 손바닥에 십자가를 그어 봐. 그러면 내가 아가씨의 운세를 말해 주지."

"내 운세를 알고 싶은 생각은 없는걸요."

"점이란 것은 한번 봐둘 필요가 있어. 미래에 무슨 일이 있을지 알아야 한다고. 무엇을 피해야 하는지, 조심하지 않으면 어떤 일이 닥치게 될지 알고 있어야 해. 자, 아가씨의 주머니 속에는 돈도 많구먼. 자신의 운세에 대해서 알아보는 것이 아가씨한테도 좋은 일이 될 게야. 아무렴, 그렇고말고."

여자들은 대개 천성적으로 점 같은 것을 보고 싶어하는 강한 욕구를 가지고 있는 게 아닌가 싶다. 전에 사귀던 여자들한테서도 그런 면을 엿볼 수 있었다. 여자들을 데리고 무슨 축제 같은 데라도 갈라치면 늘상 점쟁이들한테 가서 점은 그녀가 보고 복채는 내가 내주곤 했다. 엘리는 핸드백에서 2크라운 반짜리 은화를 하나 꺼내 노파의 손에 올려놓았다.

"이런, 예쁜 아가씨, 이거면 충분하다우. 이제 이 리 할멈이 하는 얘기를 잘 들어 봐요."

엘리는 장갑을 벗고 그 작고 섬세한 손을 노파의 손 위에 올려놓았다. 노파는 그녀의 손을 들여다보며 혼잣말로 중얼거렸다.

"자, 무엇이 보이나 어디 보자, 무엇이 보이나……"

갑자기 노파는 엘리의 손을 거칠게 떨쳐 버렸다.

"내가 아가씨였다면 여길 떠났을 거야. 가! 그리고 다시는 돌아오

지 마! 아까 내가 아가씨한테 한 말은 전부 사실이야. 아가씨 손
바닥에서 그걸 다시 볼 수 있었어. 집시 언덕에 대해서는 잊어버
려! 지금까지 본 것은 모두 잊어버리라고, 저기 다 허물어져 가는
집만이 문제가 되는 게 아냐. 저주를 받은 것은 이 땅 자체야."

"할머니는 이 땅에 대해서 지나치게 광적이군요." 내가 거칠게 말
했다. "이 아가씨는 이곳과 아무런 관계도 없어요. 단지 오늘 한번
산책을 나온 것에 지나지 않아요. 이곳과는 아무런 상관도 없는 사람
이란 말입니다."

노파는 내 말에 대해서 전혀 신경을 쓰지 않았다. 노파가 음침한
어조로 말했다.

"내 말을 들어, 예쁜 아가씨. 아가씨한테 경고를 하는 거라고, 아
가씨는 행복한 삶을 누릴 수도 있어. 위험을 피한다면 말이야. 위험
이 있는 곳이나 저주가 내린 곳에는 가지 말아야 해. 아가씨를 사랑
해 주고 보살펴 주는 곳으로 돌아가. 자기 몸은 자기가 지켜야 해.
그 점을 기억하라고, 그렇지 않으면, 그렇지 않으면……" 노파는 흠
칫하고 몸을 떨었다. "나는 그걸 보고 싶지 않아. 아가씨 손에 나타
난 것이 보기 싫다는 말이야."

그리고는 갑자기 기묘하게 활기찬 동작으로 그 2크라운 반짜리 은
화를 엘리의 손에 다시 쥐어 주면서 뭐라고 알아듣기 어려운 소리로
중얼거렸다. 대충 이런 말 같았다.

"그건 잔인한 일이야! 그런 일이 일어난다면 너무 잔인해!"

노파는 돌아서서 빠른 걸음으로 멀어져 갔다.

"정말이지, 너무 무서운 할머니예요." 엘리가 말했다.

"신경쓰지 마십시오. 머리가 반쯤 돌아버린 노파가 분명해요. 그저
당신을 겁주려고 하는 겁니다. 아마도 이곳에 무슨 억하심정이라도
있는 거지요."

"이곳에서 무슨 일이 일어났나요? 무슨 안 좋은 일이라도 있었어요?"

"사고가 날 수밖에요. 저기 굽잇길과 좁은 도로를 보세요. 시 직원들은 아무런 조치도 취하지 않고 저대로 방치해 둔 것에 대해 책임을 져야 합니다. 앞으로도 계속 사고가 날 거예요. 경고 표지판도 부족하고요."

"단지 사고뿐이었나요. 아니면, 무슨 다른 일도 있었나요?"

내가 말했다.

"세상 사람들은 스스로 재액이나 불행을 불러들이는 셈이지요. 또 재액이라는 것도 긁어모으면 얼마든지 나오는 법이고요. 그러면서 어느 한 지점에 쌓이게 되지요."

"그것이 이곳이 싸게 팔리게 될 거라고들 말하는 이유 가운데 하나인가요?"

"글쎄요, 그렇게 볼 수도 있겠지요. 이 지역에서는 그렇다는 겁니다. 하지만 이 지역 사람들에게 팔리지는 않을 것 같아요. 내 생각으로는 개발용으로 팔릴 것 같습니다. 떨고 계시는군요. 자, 좀더 빨리 걷도록 하죠." 그리고는 다시 덧붙였다. "혹시 마을로 돌아가기 전에 나하고 헤어지고 싶은 게 아닌가요?"

"아뇨, 그렇지 않아요. 어째서 그런 생각을 하시죠?"

나는 간신히 용기를 내었다.

"저…… 나는 내일 채드웰에 가려고 합니다만…… 그때까지 당신이 그곳에 계실런지…… 내 말은…… 당신을 다시 뵐 수 있을까요?"

나는 이리저리 말끝을 끌며 고개를 돌렸다. 아마 얼굴도 붉게 달아올랐을 것이다. 하지만 지금이야말로 무슨 말이든 해야만 했다.

"좋아요. 저녁때까지는 런던에 돌아가지 않을 거예요." 엘리가 말했다.

"그런데 그게 혹시 당신을 귀찮게 만드는 것이 아닌지……?"

"아뇨, 그렇지 않아요."

"그렇다면 어디 카페에서 차라도 한잔하지요. '푸른 강아지'라는 카페가 있거든요. 꽤 괜찮은 곳이랍니다. 그러니까 그게…… 내 말은" 하고 싶은 말이 있었지만 좀처럼 떠오르지가 않아서 나는 예전에 어머니가 가끔 쓰시던 말을 써먹었다. "그 카페 분위기가 숙녀에게 잘 어울린다는 거죠." 나는 진지한 표정으로 말했다.

그러자 엘리는 웃음을 터뜨렸다. 내 말투가 좀 유별나게 들렸던 모양이다.

"정말 좋은 곳인 모양이죠? 좋아요, 가겠어요. 4시 30분쯤이면 괜찮겠죠?"

"그렇다면 기다리겠습니다. 저…… 정말 고맙습니다" 하고 말했지만 나는 무엇 때문에 고마운지는 말하지 않았다.

우리는 주택가가 시작되는 맨 마지막 굽이까지 돌아 내려왔다.

"그러면 안녕히 가십시오." 내가 작별을 고했다. "내일 다시 뵙죠. 그리고, 그 노파가 한 말에 대해서는 더 이상 마음에 두지 마십시오. 아마도 사람들을 겁주는 취미라도 가진 모양이에요. 그곳이 모두 노파의 소유도 아닐 텐데 말입니다."

"그곳이 두려운 곳이라 생각하세요?" 엘리가 물었다.

"집시 언덕 말입니까? 아뇨, 난 그렇게 생각하지 않습니다."

아주 조금은 그런 면이 없지 않아 있을지도 모르지만, 정말로 그곳이 두렵다거나 하는 생각은 하지 않는다고 나는 말했다. 내가 전에 생각했던 대로 그곳은 아름다운 집을 지을 만한 배경을 갖춘 아름다운 장소라는 생각에는 변함이 없었다.

아무튼 그렇게 해서 나와 엘리의 첫 번째 만남이 이루어지게 되었다. 다음날 내가 채드웰에 가서 '푸른 강아지' 카페에서 기다리는데 그녀가 들어왔다. 우리는 함께 차를 마시며 이야기를 나누었다. 여전히 우리는 자신들에 관한, 그러니까 자기 생활에 관한 이야기는 별로 하지 않았다. 대화의 대부분은 우리의 생각과 감정 등에 관한 것이었다. 이윽고 엘리는 손목시계를 들여다보고 나서 런던행 5시 30분 기차를 타야 하기 때문에 그만 자리에서 일어나야겠다고 했다.

"차를 가지고 오신 줄로 알았는데요?" 내가 말했다.

그녀는 조금 당황해 하는 표정을 지으며 어제 타고 온 차는 자기 차가 아니라고 했다. 그게 누구 차였는지는 말하지 않았다. 어색한 분위기가 다시 흘렀다. 나는 웨이트리스를 불러 계산을 치르고 엘리에게 직설적으로 말했다.

"저, 언제쯤 다시 만나 주시겠습니까?"

그녀는 고개를 숙인 채 테이블만 내려다보면서 말했다.

"다음 2주 동안은 런던에서 지내게 될 거예요."

내가 물었다.

"어디서요? 언제 어떻게 뵙죠?"

우리는 사흘 뒤 런던의 리젠트 파크에서 만나기로 약속을 했다.

그날은 화창한 날씨였다. 우리는 야외 식당에서 식사를 하고, 함께 퀸 메리 가든을 걸으며 벤치에 앉아 대화도 나누었다. 그 시간 이후로 우리는 자신들에 대한 이야기도 솔직하게 털어놓았다. 나는 학교 교육도 제법 받았지만 그때까지 별로 이룩해 놓은 것이 없다고 했다. 여러 가지 직업도 가져 보았지만 어느 한 직업에 진득하니 붙어 있지를 못하고 이 일 저 일 마치 부평초처럼 전전해 왔다는 얘기도 아울러 했다. 한심스럽기 짝이 없는 이야기였음에도 그녀는 아주 열심히 들어주었다. 이윽고 그녀가 말했다.

"너무도 다르군요. 정말이지 너무 달라요."

"뭐하고 다르다는 거요?"

"내 경우하고 다르다는 거예요."

"그렇다면 당신은 부자인 모양이구료?" 내가 물었다.

"그래요. 돈이야 많지만 불행한 가엾은 여자라고나 할까요."

그리고는 자신의 부유한 환경과 숨막힐 듯한 안락함, 따분하기 짝이 없는 생활, 그리고 친구 하나 마음대로 사귈 수 없는 처지와, 하고 싶은 일 한번 해보지 못한 생활, 때로는 자신들의 삶을 즐기는 듯한 사람들을 바라보며 그렇지 못한 자신의 처지를 한탄하곤 했다는 이야기들을 단편적으로 들려주었다. 그녀의 어머니는 그녀가 어렸을 때 세상을 떠났고 아버지는 재혼을 했다고 한다. 그리고 아버지 역시 오래지 않아 돌아가셨다고 했다. 그녀는 계모를 별로 좋아하지 않는 것 같았다. 계모는 주로 미국에서 지내면서 여기저기 외국을 여행하는 모양이었다.

이렇게 젊은 아가씨가 새장 속에 갇힌 새처럼 그토록 은폐되고 구속된 생활을 영위해 올 수 있었다는 것이 내게는 마치 무슨 동화에서나 나오는 이야기처럼 들렸다. 실제로 그녀는 무슨 파티라든가 사교장 같은 곳에도 가보았다고 했지만, 그녀의 말투로 보아서는 한 50년은 지난 이야기로 여겨질 정도였다. 정말이지 너무도 납득이 가지 않고 너무나도 생경한 이야기였다. 그녀의 생활은 내 생활과는 정반대였던 것이다. 그녀의 이야기를 듣고 있노라니 무슨 신비로운 동화 속으로 빨려들어가는 듯했지만, 한편으로는 나 자신의 처지가 한없이 초라해지는 듯한 심정이 되기도 했다.

"그렇다면 당신은 정말로 친구가 한 명도 없다는 겁니까?" 내가 믿기지 않는다는 말투로 물었다. "남자 친구도 없어요?"

"나를 위해서 소개해 주곤 하죠. 정말 끔직할 정도로 재미없는 남자들을 말예요." 엘리가 비통하게 대답했다.

"감옥살이나 마찬가지군!" 내가 말했다.

"바로 그거예요, 창살 없는 감옥살이라고 할 수 있죠."

"정말로 친구가 하나도 없어요?"

"지금은 있어요, 그레타라고 하는 친구가 하나 있답니다."

"그레타라니, 어떤 사람인데요?"

내가 물었다.

"제 말벗으로 우리 집에 왔어요. 처음 1년간은 프랑스어 때문에 프랑스 여인이 있었는데, 그 다음에 독일어를 배우려고 독일 여자인 그레타를 오게 한 거예요. 그레타는 달랐어요. 그녀가 온 뒤로는 모든 게 달라졌거든요."

"그녀를 몹시 좋아하는가 보군요?" 내가 물었다.

"나를 도와주거든요. 그녀는 내 편이에요. 나를 위해서 모든 걸 해 주기 때문에 나는 뭐든 할 수 있고 어디든 갈 수 있어요. 나를 위해서라면 거짓말이라도 할 거예요. 그레타가 없었다면 집시 언덕에 가기 위해 빠져나올 수도 없었을 거예요. 그녀는 계모가 파리에 있는 동안 런던에서 내 친구도 되어 주고 여러 가지로 보살펴 주기도 한답니다. 내가 편지를 두세 통 쓰고 어디로든지 떠날라치면, 그레타가 그 편지를 사나흘 간격으로 대신 부쳐주기 때문에 편지에는 런던 소인이 찍혀 있게 되어서 감쪽같이 넘어가게 되는 거죠."

"뭣 때문에 집시 언덕에 가보고 싶었소?"

그녀는 잠시 대답을 망설였다.

"그레타와 내가 그 계획을 세웠죠. 그녀는 정말 놀라운 여인이에요." 그리고는 말을 이었다. "뭔가 할 일을 궁리해 내고, 멋진 아이디어를 제공하곤 하거든요."

"그레타란 여자는 대체 어떻게 생겼는데요?"

내가 슬쩍 물어 보았다.

"오, 아름다운 아가씨예요. 늘씬한 키에다가 매혹적인 금발을 가졌지요. 그녀는 뭐든지 할 수 있답니다."

"나는 그런 여자는 별로 좋아지지 않을 겁니다." 내가 말했다.

엘리는 웃음을 터뜨렸다.

"저런! 그렇지 않아요. 당신도 그녀를 좋아하게 될 거예요. 틀림없어요. 게다가 그녀는 아주 머리가 좋답니다."

"난 똑똑한 여자들은 좋아하지 않아요. 그리고 늘씬한 금발 아가씨들도 별로고. 나는 낙엽처럼 부드러운 갈색 머리를 한 자그마한 아가씨를 좋아하거든요."

"그레타를 질투하시는 모양이로군요?" 엘리가 말했다.

"그럴지도 모르오. 엘리 양은 그녀를 너무 좋아하는 게 아닌가 싶은데……?"

"그래요, 나는 그레타를 정말 너무 좋아해요. 그녀는 내 생활을 완전히 바꾸어 놓았거든요."

"그녀가 당신을 이곳에 내려오도록 부추겼군. 어째서지? 정말 궁금한데. 이곳엔 볼거리도 별로 재미난 일도 없는 편인데…… 좀 이상하군요."

"그건 우리 둘의 비밀이에요." 그렇게 말하는 엘리의 표정에는 당황해 하는 기색이 보였다.

"두 사람의 비밀이라고요? 너무 궁금해지는데요?"

그녀는 고개를 가로저었다.

"누구에게나 자기만이 간직해야 할 비밀이 있는 법이에요."

"그레타는 당신이 나하고 만나는 걸 알고 있어요?"

"내가 누군가를 만나고 있다는 건 알고 있어요. 그게 전부예요. 그 이상은 물어 보지 않았어요. 내가 아주 행복해 하고 있다는 걸 알고 있죠."

그리고 나서 1주일 동안은 엘리를 만나지 못했다. 계모가 파리에서 돌아왔고, 프랭크 아저씨란 사람도 왔다고 했다. 그리고 나서 아무렇지도 않은 듯이, 자기 생일에 그들이 런던에서 거창하게 생일 파티를 열어 줄 거라고 했다.

"아마 도저히 빠져나올 수가 없을 거예요. 다음 주는 역시 무리예요. 하지만 그 다음에는 모두 잘 될 거예요."

"어째서 그 뒤에는 좋아진다는 거지요?"

"그때부터는 내가 좋아하는 것을 할 수 있게 될 거예요."

"그레타의 도움으로 말이오, 여느 때처럼?"

내가 물었다.

내가 그레타에 대해서 말하는 투가 엘리에게는 재미있는 모양이었다.

"그레타를 질투하다니, 당신도 참 어린애 같군요. 언젠가 당신도 그녀를 보게 되면 틀림없이 좋아할 거예요."

"나는 뭐든 자기 뜻대로 하려는 여자는 별로 마음에 들지 않아요."

내가 완고하게 말했다.

"어째서 그녀가 마음대로 한다고 생각하죠?"

"당신이 그녀에 대해서 말하는 투만 봐도 알 수 있어요. 그녀가 언제나 모든 일을 처리한다고 했잖소?"

엘리가 말했다.

"그녀는 정말 유능해요. 일을 아주 잘 처리하거든요. 그 때문에 계모도 전적으로 그녀에게 의지하는 편이에요."

나는 그녀에게 프랭크 아저씨가 어떤 사람이냐고 물어보았다.

"사실은 나도 잘 몰라요. 그러니까 나한테는 고모부가 되는 셈이죠. 이리저리 떠돌아다니며 무슨 직업도 없는 것 같고, 한두 가지 말썽도 일으켰던 모양이에요. 집안 사람들이 고모부에 대해서 뭐라고 수근수근대는 것을 들어 본 적이 있거든요. "

"사람들이 싫어하는 모양이죠? 그렇게 못된 사람입니까? "

"아니에요, 사실은 그렇게 나쁜 분이라고는 생각지 않아요. 다만 경제적으로 곤란을 겪고 있는 것 같아요. 신탁이라든가 변호사 같은 사람들은 그분과 아예 상종을 하려 들지 않거든요. 모든 문제를 깨끗이 청산해 버리고 말예요. "

"흠, 그분은 집안의 골칫거리인가 보구먼. 하지만 내 생각에는 그 절세 미인이라는 그레타보다는 그분을 더 만나 뵙고 싶군요. "

"고모부는 자기만 좋다면 사람들과 아주 잘 어울리실 수 있는 분이세요. 정말 재미있는 분이죠. " 엘리가 말했다.

"하지만 당신은 정말로 그분을 좋아하지는 않죠? " 내가 다그치듯 물어 보았다.

"그런 것 같아요. 그렇지만 가끔은…… 아, 그걸 어떻게 설명해야 좋을지 모르겠어요. 난 그분이 도대체 무슨 생각을 하는지, 뭘 꾸미고 계신지 알 수가 없거든요. "

"그분도 이 계획의 입안자 중 한 사람인가 보군요? "

"고모부가 정말 어떤 분인지 전혀 모르겠어요" 엘리는 다시 같은 말을 되풀이했다.

그녀는 한 번도 내게 자기 가족을 만나 보라는 말을 한 적이 없었다. 그 문제에 대해서 내가 뭐라고 해야 한다고 생각은 하고 있었지만 과연 그녀가 어떻게 생각하고 있는지조차 알 수가 없었다. 드디어 나는 그 문제에 대해서 단도직입적으로 물어 보았다.

"엘리, 당신은 내가 당신 식구들한테 정식으로 인사를 해야 한다고 생각하오, 아니면 그럴 필요가 없다고 생각하오? "

"난 당신이 굳이 우리 식구들을 만나 봐야 할 필요는 없다고 생각해요. " 그녀는 망설임 없이 대답했다.

"물론 나도 이렇다 할 내세울 만한 점이 별로 없다는 건 잘 알고 있지만……." 나는 말끝을 흐렸다.

"전혀 그런 뜻이 아니에요. 내 말은 식구들이 소동을 일으킬 거라는 거예요. 난 정말 그런 소동은 견딜 수가 없거든요."

내가 말했다.

"나는 때때로 우리의 만남이 좀 떳떳치 못한 짓이 아닌가 하는 생각이 들어요. 어쩐지 내가 옳지 못한 일을 하고 있는 게 아닌가 하는 생각 말이오."

"나도 내 스스로 친구를 사귈 만큼 충분한 나이가 들었어요." 엘리가 내 말에 반박했다. "난 이제 곧 21살이 돼요. 21살이 되면 나도 내 마음대로 친구를 사귈 수가 있고, 아무도 나를 간섭할 수가 없을 거예요. 하지만 지금은 커다란 소동만 일어나게 될 뿐이고, 그들은 나를 어디론가 데리고 가서 당신을 만나지 못하게 할 거예요. 그러니 제발 이대로 지내기로 해요."

"그렇다면야 할 수 없지만 나는 무슨 일이건 떳떳하지 못한 일은 하고 싶지 않다는 얘기오."

"우리 사이는 결코 떳떳하지 못한 관계가 아니에요. 무슨 얘기든 할 수 있는 친구니까요. 다시 말해……." 그녀는 갑자기 빙긋 웃어 보였다. "누군가 함께 믿도록 만들 수 있다는 것은 참으로 놀라운 거예요."

그렇다. 그러한 경우가 많았다. 믿도록 만든다! 우리가 함께 하는 시간은 점점 더 그런 식으로 발전되어 나갔다. 때로는 내가 그랬고, 이렇게 말하는 엘리는 더욱 그러했다.

"우리가 집시 언덕을 사서 거기에다 집을 한 채 짓는다고 가정하기로 해요."

나는 그녀에게 샌토닉스와 그가 지은 집들에 대해서 많은 이야기를 해주었다. 그러나 뭔가를 묘사하는 데에는 소질이 없었기 때문에 그리 잘 설명해 주지는 못했던 것 같다. 틀림없이 엘리는 나름대로 우리의 집을 그려보곤 했을 것이다. 비록 '우리 집'이란 말은 하지 않았지만, 우리 두 사람이 함께 생각하고·있는 것이 바로 그것이라는 사실을 우리는 잘 알고 있었다.

그리고는 한 주일이 넘도록 엘리를 만나 보지 못했다. 나는 그동안 저축해 두었던 (그리 많지는 않았다) 돈을 찾아서 그녀에게 아일랜드산 보석이 박힌 토끼풀 모양의 조그만 녹색 반지를 사주었다. 그것을 생일 선물로 주자, 그녀는 몹시 좋아하며 무척이나 행복해 하는 표정이었다.

"정말 아름다워요 ! "

그녀는 보석을 별로 갖고 다니지는 않았지만, 그래도 그녀가 지니고 있는 것들은 진짜 다이아몬드나 에메랄드 같은 것들이었을 텐데도, 내가 사준 아일랜드산 녹색 반지를 몹시 마음에 들어했다.

"나에게는 가장 소중한 생일 선물이 될 거예요. "

그녀가 꿈을 꾸는 듯한 표정으로 말했다.

그런 뒤, 나는 그녀로부터 급한 전보를 받았다. 그녀는 생일 다음 날 가족과 함께 남프랑스로 떠날 거라고 했다.

'하지만 너무 걱정하지 마세요.' 그녀는 계속 써내려갔다. '미국으로 돌아가는 길에, 2~3주 안으로 다시 영국에 돌아오게 될 거예요. 아무튼 우린 다시 만날 수 있을 테니까요. 당신한테 특별히 드리고 싶은 말이 있어요.'

나는 엘리가 프랑스로 떠나리란 걸 알고 그녀를 볼 수 없을 거라는 사실에 몹시 안타까운 심정이었다. 그러던 중 집시 언덕에 대한 소식을 듣게 되었다. 개인적인 접촉으로 그것이 누군가에게 팔렸다고는 하는데, 산 사람이 누군가에 대해서는 확실하게 알려져 있지 않았다.

런던의 어느 변호사 사무실이 매입했다는 것이다. 좀더 자세히 알아보려고 했지만, 결국 실패하고 말았다. 문제의 그 사무실은 아주 빈틈이 없었다. 도무지 사장이라는 사람을 만나 볼 수가 없었다. 나는 사무실 직원을 졸라서 모호하나마 겨우 조그만 정보를 얻어낼 수 있었다. 그 지역이 앞으로 좀더 개발이 되면 투자할 가치가 충분히 있다고 본 어떤 부자 고객을 위해 그곳을 매입해 주었다는 것이다.

그런 전문회사에서 다루는 일을 알아내기란 정말 어려운 노릇이다. 모든 일이 마치 소련의 미그 15 전투기라도 되는 양 극비리에 진행되기 마련이니 말이다. 그들은 늘 이름을 밝힐 수 없는 누군가를 대신해서 활동을 하기 때문이다. 나는 몹시 불안했다. 결국 그 일에 대해서는 더 이상 생각지 않기로 하고 나는 어머니를 뵈러 찾아갔다.

정말 오랫동안 나는 어머니를 찾아뵙지 못했다.

냉혹한 어머니

지난 20년 동안 우리 어머니는 줄곧 한곳에서만 살아왔다. 높이가 비슷비슷하고 멋이라든가 개성이라고는 전혀 없는 우중충한 집들이 늘어선 주택가에서 말이다. 현관 계단은 흰색으로 깨끗하게 단장되어 있었지만, 그것도 다른 집들과 전혀 다를 바가 없어 보였다.

46호. 나는 현관 벨을 눌렀다. 어머니는 문을 열고 잠시 문간에 서서 말없이 나를 지켜보았다.

어머니의 모습은 조금도 변하지 않은 것 같았다. 큰 키에 뼈만 앙상한 체구, 한가운데에서 갈라 빗은 잿빛 머리, 완고해 보이는 입매와 도무지 풀릴 것 같지 않은 의심의 빛으로 가득찬 눈동자. 어머니는 철인처럼 냉혹해 보였다.

하지만 마음속 깊은 곳에는 부드러움을 감추고 있다는 것을 나는 알고 있었다. 어머니는 결코 드러내 보인 적이 없고 그 또한 어머니의 천성이기도 했지만, 그러나 나는 어머니의 마음속 깊은 곳에 감추어져 있는 그 따뜻한 정을 충분히 감지할 수 있었다. 어머니는 늘 내가 달라지기를 바랐지만 그러한 어머니와 나 사이에는 막바지에 몰린 듯한 긴장감이 흐르고 있었다.

"그래, 너 왔구나."

어머니가 담담하게 말했다.

"예, 접니다."

어머니는 내가 들어설 수 있도록 조금 옆으로 비켜섰다. 나는 안으로 들어가 거실 문을 지나서 부엌으로 갔다. 어머니는 따라 들어와서는 나를 물끄러미 바라보며 서 있었다.

"상당히 오랜만이구나. 그래, 그동안 뭘 하고 지냈냐?"

이윽고 어머니가 나에게 물어 보았다.

"이 일 저 일 뭐 그렇게 지냈죠."

내가 대답했다.

"그래, 여전한 모양이구나, 응?"

"그렇죠, 뭐."

"대체 그 동안 또 얼마나 많은 직장을 바꿨느냐?"

나는 잠시 생각해 보았다. 그리고 대답했다.

"다섯 번요."

"제발 철 좀 들었으면 좋겠다."

"저도 이젠 어른이에요. 제 인생은 제가 알아서 할 나이가 되었어요. 어머니는 어떻게 지내셨어요?"

"나도 늘 그렇지."

어머니는 담담하게 말했다.

"여전히 바쁘게 보내시는가 보군요?"

"내게는 게으름이나 피울 그런 시간이 없다" 하고 어머니가 말했다. 그리고는 퉁명스럽게 물어 보았다. "도대체 무슨 일로 왔느냐?"

"뭐 꼭 특별한 일이 있어야만 올 수 있는 건가요?"

"너야 늘 그랬지 않니?"

"어째서 어머니는 제가 세상을 좀더 넓게 보려고 돌아다니는 것을 그토록 못마땅하게 여기시는지 이해할 수가 없어요." 내가 반박했다.

"온 유럽을 고급차나 몰면서 돌아다닌다는 거지! 그게 세상을 돌아본다는 게냐?"

"물론이죠."

"그런 식으로 세상을 살아서는 결코 성공할 수가 없어. 기분내키는 대로 일을 집어치우고, 몸이 조금 아프다고 해서 먼 외국 땅에 손님들을 버려두고 다녀서는 안 되는 게야."

"어머니가 어떻게 그 일을 알고 있죠?"

"네 회사에서 전화가 왔더구나. 네가 어디 있는지 알고 싶다면서 말야."

"뭣 때문에 나를 찾았을까요?"

"내 생각에는 너를 다시 채용하고 싶었던 모양이야." 그리고는 다시 덧붙였다. "그 이유야 알 수 없지만."

"그건 제가 훌륭한 운전사이고, 손님들도 저를 좋아하기 때문이에요. 하지만 한번 신물이 난 걸 어떻게 하겠어요?"

"난 모르겠다." 어머니의 어조는 퉁명스럽기만 했다.

어머니는 분명히 내가 꾹 참고 일해야 한다고 생각하는 모양이었다.

"어째서 영국에 돌아왔을 때 회사로 연락하지 않았니?"

"그건 다른 중요한 일이 생겼기 때문이에요."

어머니는 눈썹을 치켜올렸다.

"더 중요한 일이라고? 더 허망한 생각은 아니고? 도대체 그 동안 무슨 일을 했느냐?"

"주유소에서 기름 넣는 일도 했고, 정비공장에서 자동차 수리도 해보았죠. 임시 사무원 노릇에다가 싸구려 나이트 클럽 식당에서 접시도 닦아 보았고요."

"정말 갈수록 태산이구나!" 네가 그러면 그렇지 하는 만족(?)스러운 기색이 어머니의 말투에 담겨 있었다.

"그렇지 않아요. 그건 모두 계획의 일부예요. 내 계획 말이죠!"

어머니는 한숨을 내쉬었다.

"뭘 좀 마시겠니? 커피도 있고 홍차도 있다."

나는 커피를 달라고 했다. 이미 홍차를 마시는 습관은 깨끗이 버리고 없는 것이다. 우리는 찻잔을 앞에 놓고 마주 앉았다. 어머니는 집에서 구운 케이크를 꺼내서 얇게 썰어 놓았다.

"변했구나."

갑자기 어머니가 입을 열었다.

"제가요? 어떻게요?"

"글쎄, 나도 모르겠구나. 하지만 많이 변했어. 도대체 무슨 일이 있었던 게냐?"

"아무 일도 없었어요. 어째서 제게 무슨 일이 있을 거라고 생각하시는 거죠?"

"네가 상당히 들떠 보이니 말이다" 하고 어머니가 말했다.

"은행이라도 털까 하는 중이거든요."

내가 농담조로 대꾸했다.

어머니는 농담을 받아들일 만한 기분이 아닌 것 같았다. 다만 이렇게 말했을 뿐이다.

"글쎄, 나는 네가 그런 짓을 하리라고는 생각지 않는다."

"어째서 못할 거라는 거죠? 가장 손쉽게 빨리 부자가 될 수 있는 방법 같은데요?"

"그건 생각보다 훨씬 더 어려운 일이 될 게다. 그리고 계획도 철저하게 세워야 할 테고, 머리를 많이 써야 되거든. 게다가 안전하지도 못해."

"어머니는 저에 대해서 모든 걸 알고 계신 것 같군요?"

"아니, 그렇지 못해. 사실은 너에 대해서 도무지 알 수가 없다. 너하고 나는 마치 분필과 치즈처럼 서로 다르니 말이다. 하지만 네가 무슨 일인가를 꾸미고 있다면 그건 알아볼 수 있지. 너는 지금 뭔가를 꾸미고 있어. 그게 뭐냐? 아가씨라도 생겼니?"

"어머닌 어째서 그게 여자 문제일 거라고 생각하죠?"

"언젠가는 그런 일이 일어나리란 것을 알고 있었지."

"언젠가라뇨? 그게 무슨 뜻이죠? 전 여자들이 많았잖아요."

"내 말은 그게 아니야. 그건 젊은애들이 일시적으로 즐겨 보는 데 지나지 않는 게지. 네가 많은 여자들을 사귀었다고는 하지만, 지금까지는 한 번도 진지하게 사귀어 본 적이 없잖니?"

"그런데 지금은 제가 진지하다고 생각하세요?"

"여자 문제냐?"

나는 어머니의 시선을 피해 눈을 딴 데로 돌리며 대답했다.

"그렇다고도 볼 수 있죠."

"그래 어떤 아가씨냐?"

"저한테 꼭 어울리는 아가씨예요."

내가 대답했다.

"나한테도 소개시켜 주지 않겠니?"

"안 돼요."

"싫다는 게냐?"

"아니, 그런 게 아니에요. 어머니 기분을 상하게 해드리고 싶지는 않지만, 그러나……."

"내 기분이야 어찌되든 그건 문제가 안 돼. 그 아가씨를 내게 소개시켜 주지 않으려는 것은 내가 너한테 '안 돼'라고 말할까 봐서 그러는 게야. 내 말이 맞지 ? ”

“어머니가 뭐라고 하시든 저는 상관치 않을 거예요. ”

“그럴지도 모르지. 하지만 동요는 될 거야. 마음 한구석에는 동요가 일게 될 테지. 왜냐하면 너는 내 말과 생각에 신경을 쓸 테니까. 나는 네가 무슨 생각을 하는지 짐작할 수 있고, 그리고 그게 대개는 들어맞는다는 것을 너도 잘 알고 있을 테니까. 나는 이 세상에서 유일하게 네 자신감을 흔들어 놓을 수 있는 사람이지. 네 마음을 사로잡은 그 아가씨가 혹시 질이 좋지 않은 여자는 아니냐 ? ”

“질이 좋지 않은 여자냐고요 ? ” 나는 웃음을 터뜨렸다. “어머니도 그녀를 한번 보셨다면 좋았을걸 ! 정말 어처구니없는 말씀이로군요. ”

“도대체 나한테 뭘 바라는 게냐 ? 뭔가 필요한 게 있어. 넌 늘 그랬으니까. ”

“돈이 좀 필요해요. ”

내가 말했다.

“나한테서는 한푼도 얻어낼 생각을 말아라. 뭣 때문에 돈이 필요하지 ? 그 여자한테 쓰려고 ? ”

“아녜요, 결혼할 때 입을 고급 양복을 한 벌 사려고 해요. ”

“그 여자와 결혼할 생각이냐 ? ”

“그녀가 허락만 한다면요. ”

어머니는 고개를 가로저었다.

“나한테 일말의 귀띔이라도 해주었으면 좋으련만 ! 넌 지금 잘못하고 있는 거야. 나는 그걸 알 수 있단다. 나는 네가 못돼먹은 여자를 고를까봐 늘 걱정이 되었지. ”

“못돼먹은 여자라고요 ! 세상에 ! ” 나는 소리를 질렀다. 정말 화가 났던 것이다.

나는 집을 뛰쳐나오며 문을 '쾅' 닫아 버렸다.

꿈 속의 집

내 아파트로 돌아와 보니 전보 한 통이 기다리고 있었다. 앤티베스에서 온 것이었다.

'내일 오후 4시 반에 늘 만나던 곳에서 만나요.'

엘리는 변해 있었다. 그녀를 보자 즉시 알아볼 수 있었다. 우리는 언제나 리전트 공원에서 만나곤 했었는데도 처음에는 상당히 서먹서먹하고 어색하기까지 했다. 나는 그녀에게 하고 싶은 말이 있었지만 그 말을 어떻게 꺼내야 할지 참으로 난감한 심정이었다. 막상 구혼을 할 때가 되면 남자들은 다 그런 생각을 하게 되는 것이 아닐지.

그녀도 무언가로 어색해 하고 있었다. 어쩌면 가장 예의 바르고 상냥한 방법으로 내 청혼을 거절할 구실을 찾고 있었는지도 모른다. 하지만 어쩐지 그런 것 같지는 않았다. 그때까지 내 모든 신념은 엘리가 나를 사랑하고 있다는 사실에 근거를 두고 있었다. 하지만 그녀에게서는 단순히 한 살 더 먹었기 때문이라고 보기에는 이해가 가지 않을 정도로 새로운 자신감과 독립심이 엿보였다. 한 살 더 먹었다고 해서 여자가 그렇게 달라질 수는 없는 법이다. 엘리는 자기 가족과 함께 남프랑스에 있었다는 이야기를 했다. 그리고 나서는 살짝 얼굴을 붉히며 말했다.

"나, 나도 그 집을 보았어요. 전에 당신이 말했던 그 집 말예요. 당신 친구라는 건축가가 지은 집을요."

"누구, 샌토닉스말이오?"

"그래요. 그곳으로 점심을 먹으러 간 적이 있었거든요."

"당신이 그걸 어떻게? 혹시 당신 계모가 그곳에 살고 있는 사람을 알고 있는 게 아니오?"

"드미트리 콘슨탄틴 씨죠? 글쎄요, 꼭 그렇다고만은 할 수 없지만, 아무튼 계모가 그 사람을 만난 적이 있고, 그리고…… 실은 그레타가 우리를 그곳에 갈 수 있도록 계획을 세웠던 거예요."

"또 그레타로군!"

나는 화가 나서 소리쳤다.

"전에도 말했지만, 일을 처리하는 데 있어서 그레타는 정말 선수라고 할 수 있어요."

"오, 그럴 테지! 그래서 그녀가 일을 꾸며서 당신과 당신 계모가……."

"그리고 프랭크 고모부도요." 엘리가 말했다.

"조촐한 가족 모임이었겠군. 물론 그레타도 끼었을 테고."

"아뇨, 그레타는 가지 않았어요. 왜냐하면 그게……." 엘리는 잠시 머뭇거렸다. "계모는 그레타를 가족처럼 대해 주지 않거든요."

"가족의 일원이 아니라 빌붙어먹고 사는 비루한 신세라 이거로군? 사실 말벗이나 하는 고용인에 지나지 않으니까. 그런 식으로 대접받는 것에 대해 그레타는 가끔 분개를 느끼겠는걸?" 내가 비꼬듯 말했다.

"그레타는 고용인이 아니에요, 내 친구예요."

"보호자에다 안내원이고, 또 가정교사이며 보모이기도 하지. 갖다 붙일 이름이 많기도 하군!"

"제발 좀 그만하세요." 엘리가 말했다. "당신한테 하고 싶은 말이 있어요. 이제야 당신이 샌토닉스라는 친구에 대해서 그토록 자랑하는 이유를 알 것 같아요. 그건 정말 멋진 집이었어요. 정말 다른 집들과는 너무도 다르더군요. 그 사람이 우리를 위해서 집을 지어 준다면 참으로 멋진 집이 될 거라고 생각해요."

그녀는 아무렇지도 않다는 듯이 그런 말을 썼다. '우리 집'이라고, 엘리는 그렇게 말했다. 그녀는 리비에라에 갔고, 그레타가 일을 꾸며서 내가 말해준 그 집을 볼 수 있었다. 그 때문에 우리가 꿈 속에서나 그려 보는 루돌프 샌토닉스가 지어 준 '우리 집'을 그녀는 실제로 볼 수 있게 되기를 더욱 바라게 되었던 것이다.

"당신이 그렇게 생각한다니 나도 기쁜데."

내가 말했다.

"그동안 뭘 하고 지냈어요?"

"따분하기만 했소. 한번은 경마장엘 가서 아무도 돌아보지 않는 말에다 돈을 걸었지 뭐요. 30대 1의 배당이 걸린 말이었지. 가지고 있던 돈을 몽땅 걸었는데 그 말이 일 마신(馬身) 차이로 이긴 거야. 정말 재수가 좋았다고 할 수 있지."

"당신이 돈을 땄다니 나도 기뻐요." 그러나 엘리의 표정에는 기뻐하는 기색이 전혀 없었다. 이길 가망이 전혀 없는 말에다가 전재산을 털어넣었는데 의외로 그 말이 우승을 했다는 이야기 따위는 엘리의 세계에서 보면 아무런 의미도 없기 때문이었다. 그 일이 내게는 얼마나 커다란 사건이었는지 몰라도 그녀는 전혀 상관이 없는 것이었다.

"그리고 어머니를 뵈러 갔었지."

내가 다시 덧붙였다.

"당신은 어머니 이야기는 거의 한 적이 없잖아요?"

"어머니 얘기를 꼭 해야 되는 건가?"

내가 되물었다.

"어머니를 좋아하지 않으세요?"

나는 잠시 생각해 보았다. "모르겠소. 어떤 때는 내가 어머니를 좋아하지 않는 게 아닌가 하는 생각이 들긴 하지만. 결국 누구나 나이가 들게 되면 부모의 품을 벗어나게 마련 아니오? 어머니와 아버지의 품을 말이오."

엘리가 말했다.

"당신은 어머니에 대해서 관심과 애정을 가지고 있는 것 같아요. 그렇지 않다면 어머니에 대해서 그토록 자신 없는 투로 말하지는 않을 거예요."

"어떤 면에서는 어머니를 두려워하고 있다고도 볼 수 있을 거요. 어머니는 나를 너무 잘 알고 있거든. 나의 취약점을 알고 있다는 말이오."

"누군가는 알고 있어야 해요." 엘리가 말했다.

"무슨 말이지?"

"영웅일지라도 날마다 같이 지내는 시종에게는 여느 사람과 다를 바가 없다는 말도 있잖아요. 누구에게나 다 그렇게 허물없이 지낼 시종 같은 사람이 필요하지 않을까 싶어요. 그렇지 않고 사람들에게 항상 선하고 바른 면만 보이고 살아가야 한다면 얼마나 힘든 삶이 되겠어요?"

"글쎄, 확실히 당신은 생각이 깊은 것 같아, 엘리." 나는 그렇게 말하며 그녀의 손을 잡았다. "당신은 나에 대해서 전부 알고 있다고 생각하오 ? " 다시 내가 물었다.

"그런 것 같아요." 엘리가 말했다. 그녀의 대답은 간결하면서도 자신에 차 있었다.

"당신한테도 나에 관한 이야기를 별로 한 적이 없는데도 ? "

"물론 당신은 많은 이야기를 하지는 않았죠. 자신에 관해서는 언제나 조개처럼 입을 봉하곤 했어요. 하지만 그것과는 다른 문제예요. 내 말은 당신 자체를, 당신이 어떤 사람인지를 잘 알고 있다는 거예요. "

"그렇다면 정말 놀라운 일인데 ! " 나는 말을 이었다. "내가 당신을 사랑하고 있다고 말하면 좀 우습게 들릴 거요. 그런 말을 하기에는 너무 늦은 것 같거든, 그렇지 않소 ? 내 말은 당신도 그 사실을 이미 오래 전부터, 우리가 처음 만나기 시작했을 때부터 알고 있었을 거라는 거지, 안 그렇소 ? "

"사실이에요. 당신도 내가 당신을 사랑하고 있다는 것을 알고 있었죠 ? 그렇죠 ? "

"문제는 우리가 앞으로 어떻게 할 것인가 아니겠소 ? 그렇게 순탄하게는 풀려 나가지 않을 거요. 엘리, 당신도 내가 어떤 인간인지, 무엇을 하며 어떻게 살아왔는지 잘 알 거요. 나는 어머니를 뵈러 갔었는데, 어머니가 살고 계신 곳은 우중충하고 초라하기 이를 데 없는 곳이라오. 당신이 살고 있는 세계와는 전혀 다른 곳이오. 엘리, 우리가 그런 차이를 어떻게 극복할 수 있을지 모르겠소. "

"당신 어머니를 뵙게 해줄 수도 있잖아요 ? "

"그래요, 그럴 수도 있겠지. 하지만 그러고 싶지는 않소. 물론 당신한테는 도무지 납득이 안 가고 잔인한 소리로 들릴 테지만 우리는 둘이서 새로운 삶을 살아가야 하오. 당신과 나 둘이서만 말이오. 그건 당신이 이제껏 살아온 삶이나, 내가 지내온 생활과는 전혀 다른 생활이 될 거요. 나의 가난과 무지, 당신의 재산과 교양, 그리고 지식이 한데 어우러질 수 있는 새로운 생활방식을 찾아야 해요. 내 친구들은 당신이 건방지다고 할 테고, 당신 친구들은 내가 촌스럽다고 할 거요. 그러니 우리가 어떻게 해야겠소?"

"할 이야기가 있어요." 엘리가 말했다. "우리가 무엇을 할 것인지에 대해서 말예요. 우린 집시 언덕에서 살게 될 거예요. 꿈의 집에서, 당신 친구 샌토닉스가 지어 줄 집에서요. 그게 우리가 할 일이에요." 그리고는 다시 덧붙였다. "우선은 결혼을 해야겠죠. 그게 당신이 하고 싶은 말 아닌가요?"

"맞아요! 그게 바로 내가 하려던 말이오. 당신만 좋다면."

"그럼 문제 될 게 없어요. 우린 다음 주에 결혼할 수 있어요. 난 집안의 허락 없이도 결혼할 수 있는 나이가 되었거든요. 이제는 내가 하고 싶은 것이면 뭐든지 할 수 있어요. 모든 게 달라진 거죠. 집안 사람들에 대해서는 당신 생각이 옳을 거예요. 나도 집안에는 알리지 않을 참이니까 당신도 어머니한테 말하지 마세요. 모든 게 다 끝날 때까지는 말예요. 그때 가서는 그들이 아무리 난리를 쳐봐야 조금도 문제가 되지 않을 테니까요."

"멋진 생각인데? 정말 멋져, 엘리! 그런데 한 가지 문제가 있소. 당신한테는 정말 말하기 싫지만 우린 집시 언덕에서 살 수가 없을 거요. 이미 팔렸기 때문에 그곳에다 우리 집을 지을 수가 없게 되었다오."

"나도 그곳이 팔렸다는 것을 알고 있어요." 엘리는 웃으며 말을 이었다. "당신은 생각지도 못했을걸요, 마이클? 그곳을 산 사람이 바로 나라는 사실을 말예요."

선택

작은 오솔길이 난 꽃밭 사이로 개울이 흐르고 군데군데 징검다리가 놓여진 잔디밭에 나는 앉아 있었다. 많은 사람들이 우리 주위에 앉아 있었지만 우리는 전혀 그들을 아랑곳하지 않았다. 우리는 우리의 분홍빛 앞날에 대해서 밀어를 나누기에도 바쁜 젊은 연인들이었으니 말이다. 우리는 잠시 말없이 서로를 바라보기만 했다. 나는 그만 할 말을 잊고 있었다.

그녀가 입을 열었다.

"마이크, 할 얘기가 있어요. 나에 관한 이야기예요."

"그럴 필요 없소. 나한테 아무 말도 할 필요가 없다오."

"그렇겠죠. 하지만 나는 해야겠어요. 벌써 오래 전에 했어야 했지만, 그때는 하고 싶지가 않았어요. 왜냐하면…… 왜냐하면 당신이 내게서 떠날지도 모른다고 생각했기 때문이었죠. 하지만 이젠 얘기할게요, 짐시 언덕에 대해서 말예요."

내가 말했다.

"그걸 당신이 샀다고? 어떻게?"

"변호사를 통해서요. 흔한 방법이죠. 충분히 투자할 만한 가치가 있는 곳이거든요. 그곳은 앞으로 전망이 좋을 거예요. 변호사들도 그 일에 대해서는 기꺼이 수고를 해주었어요."

엘리의 입에서 그런 말을 듣게 되다니 갑자기 기이한 생각이 들었다. 그토록 착하고 순진하기만 한 엘리가 거침없이 자신만만하게 사업에 관한 이야기를 하다니!

"우릴 위해 샀다고?"

"그래요. 우리 가족의 변호사가 아니라 내 개인 변호사에게 부탁을 했어요. 그에게 모든 걸 일임했어요. 그곳을 사려는 사람이 둘 있었는데, 그들은 사실 그렇게 절실한 것도 아니어서 그리 높은 가격을 제시하지 않았죠. 중요한 것은, 내가 성인이 되자마자 마치 내 신호를 기다리고나 있었다는 듯이 모든 일이 처리된 것이에요. 내가 서명을 하자 일이 다 끝나게 된 거죠."

"하지만 상당한 액수의 공탁금을 걸거나 선금을 지불해야 했을 텐데 당신한테 그럴 만한 돈이 있었소?"

"아뇨. 내겐 그렇게 많은 선금을 걸 만한 능력은 없었어요. 하지만 나한테 돈을 대줄 사람은 있었죠. 새로 고문변호사를 구하기 위해 그들의 사무실로 찾아가게 되면 그들은 곧 나한테 막대한 유산이 돌아오게 되리란 것을 알고는 자기들이 그 재산을 관리해 주겠다고 자청하게 되는 거예요. 내가 성인이 되기 전에 죽을지도 모른다는 위험을 기꺼이 부담하면서까지도요."

"정말 사업가라도 된 것 같은데, 엘리? 제발 그만둬, 그런 말은. 정말 숨이 막힐 것 같아!"

엘리가 말했다.

"사업 문제에 대해서는 걱정하지 말아요. 이제부터 진짜 하려던 이야기를 할 테니까요. 얼마간은 아까도 말했는데, 당신은 별로 이해하지 못하는 것 같아요."

"알고 싶지도 않소!"

내 목소리는 마치 고함이라도 치듯이 높아졌다. "아무 말도 듣고 싶지 않소. 당신이 뭘 했든, 누굴 좋아했든, 당신한테 무슨 일이 있었든 그런 건 하나도 알고 싶지 않다고."

"그런 얘기가 아녜요. 당신이 그런 문제를 걱정하고 있을 줄은 몰랐어요. 아녜요, 그런 문제는 하나도 없어요. 나한테 무슨 숨겨진 과거 같은 것은 없어요. 오직 당신뿐이에요. 내가 말하려는 것은 이제 나는, 그러니까 부자가 되었다는 거예요."

"그건 나도 알아요. 당신이 벌써 말했잖소."

"그래요." 엘리는 살포시 웃음을 지어 보이며 말을 이었다. "그때는 '돈은 있지만 가엾은 여자'에 불과했죠. 하지만 이제는 그것과는 비교도 안 될 거예요. 우리 할아버지는 엄청난 부자였어요. 석유사업으로 돈을 번 거예요. 물론 다른 사업에도 손을 댔지만. 별거 수당을 받던 부인들도 모두 죽고 아버지와 나만 남게 되었죠. 할아버지와 다른 두 아들도 전부 죽었어요. 한 분은 교통사고로 말예요. 그래서 엄청난 유산이 남게 된 것인데, 아버지가 갑자기 돌아가시자 그 유산이 모두 나한테 돌아오게 된 거죠. 계모한테는 아버지가 미리 유산을 남겨 주었기 때문에 계모는 한푼도 더 받을 수가 없었어요. 그 유산은 모두 내 것이 된 거죠. 나는…… 사실 미국에서 가장 돈이 많은 여자인 셈이에요, 마이크!"

"세상에! 난 몰랐어……. 그래, 당신 말이 맞아요! 정말 그 정도로 부자인 줄은 몰랐거든."

"당신이 알아주기를 바라지는 않았어요. 굳이 당신한테 말하고 싶지도 않았고요. 그래서 이름도, 페닐라 굿먼이라고 한 거예요. 원래는 구트먼(Guteman)이라고 쓰거든요. 구트먼이라는 이름은 당신도 알고 있을 것 같아서 굿먼이라고 얼버무려서 말한 거죠."

"맞아, 구트먼이라는 이름에 대해서는 얼핏 들어 본 적이 있소. 하지만 그때는 그랬다 하더라도 잘 몰랐을 거야. 그런 비슷한 이름을 쓰는 사람들이 많거든."

"그래서 나는 철저히 은폐된 울타리 속에서 마치 감금된 죄수처럼 살았던 거예요. 언제나 경호원들이 내 주위를 살피며 젊은 남자들이 나한테 말을 거는 것조차도 허용되지 않았어요. 내가 친구라도 사귀게 되면 나한테는 어울리지 않는 상대라며 단호하게 교제를 끊도록 강요하곤 했죠. 그게 얼마나 끔찍한 감옥 생활인지 당신은 상상도 못할 거예요! 하지만 이제 다 끝났어요. 그리고 당신만 괜찮다면……."

"물론 나야 상관없소." 내가 말했다. "정말 재미있겠는걸. 사실 당신이 얼마나 부자이든 내겐 상관없는 일이야!"

우리는 웃음을 터뜨렸다. 그녀가 말했다. "내가 당신을 좋아하는 건 바로 그런 당신의 꾸밈없는 점이에요."

"그것 말고 또 있소. 아마도 당신은 많은 세금을 내야 할걸? 나 같은 사람한테 좋은 점 중 하나는 그런 세금낼 일이 없다는 것이지. 내가 버는 돈은 모두 내 주머니에 들어가게 되고 아무도 내게서 그걸 빼앗아 갈 수 없을 테니까."

엘리가 다시 말을 했다.

"우린 집을 갖게 될 거예요. 집시 언덕 위에 세운 우리 집을 말이에요." 그때 갑자기 엘리가 흠칫 몸을 떨었다.

"추워?" 내가 물었다. 그리고는 따갑게 쏟아지는 햇볕을 바라보았다.

사실은 무척 더운 날씨였다. 뜨거운 태양 아래서 일광욕을 하고 있는 거나 마찬가지였다. 프랑스 남부의 날씨나 다를 바가 없었다.

"아뇨." 엘리가 말했다. "그 왜, 그날 만났던 집시 할머니가 생각나서요."

"아, 그 여자 생각은 잊어버려요. 제정신이 아닌 노파가 틀림없으니까."

"그 할머니는 정말로 그 땅에 저주가 내렸다고 생각하는 걸까요?"

"집시들이란 다 그런 거 아냐? 무슨 저주 같은 게 담긴 노래를 부르거나 섬뜩한 춤을 추거나 하지."

"집시에 대해서 많이 알고 있어요?"

"전혀 아는 게 없소." 나는 진심으로 말했다. "집시 언덕이 마음에 들지 않는다면, 엘리, 어디 다른 곳에다 집을 지으면 되지 않겠소? 웨일즈 산 꼭대기라든가 스페인의 어느 해변도 좋고, 이탈리아의 언덕 기슭에 지을 수도 있소. 샌토닉스는 어디든 우릴 위해 멋진 집을 지어 줄 거요."

"아녜요, 난 꼭 그곳에다 우리 집을 짓고 싶어요. 그곳에서 난 당신을 처음 만났어요. 당신은 그 길을 올라오다 갑자기 모퉁이를 돌아서서 나를 보고는 멈춰서서 말없이 바라보았죠. 난 결코 그때 일을 잊을 수가 없을 거예요."

"나도 그 일을 잊지 못할 거야." 내가 말했다.

"그래서 그곳에다 집을 지으려는 거예요. 당신 친구 샌토닉스가 우리 집을 지어 줄 거예요."

"아직 그가 살아 있을지……." 나는 불안한 심정을 어쩌지 못하며 말했다. "몸이 몹시 좋지 않았거든."

엘리가 말했다.

"물론이에요. 살아 있어요. 내가 만나 보았거든요."

"그를 만나 보았다고?"

"그래요. 남프랑스에 있을 때였어요. 그는 그곳에 있는 요양소에서 지내고 있었어요."

"엘리, 당신은 갈수록 나를 어리둥절하게 만드는군! 그런 일을 다 하다니 말야."

"상당히 멋진 사람 같았어요." 엘리가 말했다. "좀 과격한 면이 있긴 하지만요."

"엘리한테도 과격하게 대하던가?"

"예. 무슨 이유에서인지 나한테 몹시 겁을 주더군요."

"우리 사이에 대해서도 말했소?"

"그럼요. 우리 관계와 집시 언덕, 그리고 집에 대해서 전부 이야기해 주었어요. 그랬더니 그는 자기가 그 일을 끝까지 해낼지나 모르겠다고 하더군요. 병세가 몹시 악화된 것 같았어요. 하지만 아직은 우리 집터를 살펴보고 계획을 짜고 구체적인 설계를 하고 스케치를 끝낼 만한 여력은 남아 있다고 했어요. 그 집이 완성되기 전에 자기가 먼저 죽을지 모르지만 그런 것은 별로 상관하지 않는다고 하길래 나도 그에게 말했죠. 우리가 그 집에서 사는 모습을 그에게 꼭 보여주고 싶기 때문에 그 집이 완성되기 전에는 절대 돌아가시면 안 된다고 말예요."

"그는 뭐라고 했소?"

"내가 당신하고 결혼하게 되면 어떻게 되는지 알고 있냐고 물어서, 그야 잘 알고 있다고 대답했죠."

"그랬더니?"

"지금 하고 있는 일이 무슨 짓인지 당신이 아는지 모르겠다고 하더군요."

"나야 잘 알고 있지." 내가 말했다.

"그가 말하기를, '당신은 자기가 어디로 가려는지 잘 알고 있을 거요, 구트먼 양. 당신은 항상 자기가 원하는 길을 가게 될 테고, 또 그것은 당신이 스스로 선택한 길이겠죠. 하지만 마이크는 길을 잘 못 택한 건지도 모릅니다. 그는 자기가 어디로 가고 있는지를 깨닫기에는 아직 어려요'라고 하더군요. 그래서 내가 말했죠, '저와 함께라면 아무 걱정 없어요'라고."

그녀는 아주 자신만만해 했다. 하지만 나는 샌토닉스가 한 말에 화가 치밀어 올랐다. 그는 마치 어머니 같았다. 어머니는 항상 내가 나를 아는 것보다 나에 대해서 더 잘 알고 있다고 생각하는 사람이다.

내가 말했다.

"나도 내 앞길을 잘 알고 있소. 나는 내가 원한 길을 가는 것이고, 이제 우리 둘이 함께 갈 거야."

엘리가 다시 실제적인 문제에 대해서 이야기했다.

"벌써 그 무너진 탑을 허물기 시작했어요. 설계가 끝나자마자 곧 본격적으로 착수하게 될 거예요. 우린 서둘러야 해요. 샌토닉스가 그렇게 말했어요. 다음 주 화요일에 결혼하는 게 어떻겠어요? 길일이래요."

"아무도 없이 우리 둘만이?" 내가 말했다.

"그레타만 빼고요."

"또 그 빌어먹을 그레타로군!" 내가 화를 내며 말했다. "그녀도 우리 결혼식에 올 수 없어. 당신과 나밖에는 아무도 필요없어. 결혼 증인이라면 거리에서도 수두룩하게 구할 수 있으니까."

돌이켜보면, 사실 그때가 내 인생에 있어서 가장 행복한 순간이었다.

제2부

저주의 제물

그렇게 해서 엘리와 나는 결혼하게 되었다. 너무 갑작스러운 감은 없지 않았지만, 사실 그런 일이란 다 그런 식으로 진행되기 마련이다. 우리는 결혼하기로 결심했고 그래서 결혼하게 된 것뿐이다.

그건 전주곡에 불과했다. '마침내 그들은 결혼하게 되었고 영원히 행복하게 살았다'라고 끝을 맺는 연애소설이나 동화에서처럼 그걸로 끝난 게 결코 아니었다. 그처럼 영원히 행복하게 잘 먹고 잘 살았다는 이야기로는 극적인 드라마를 끌어낼 수가 없는 것이다. 아무튼 우리는 결혼을 했고, 누군가가 우리 사이에 끼어들어 말썽을 만들고 동요를 일으키기 전까지는 둘 다 정말로 행복한 시간을 가질 수 있었다. 하지만 우리는 어차피 그러한 어려움과 맞서 싸워야 했다.

모든 일은 믿기지 않을 만큼 간단했다. 자유로운 생활에 대한 갈망은 엘리로 하여금 그때까지 자신의 자취를 정말 교묘할 만큼 완벽하게 감출 수 있게 만들었다. 그 유능한 그레타가 필요한 모든 조치를 취해 주며 뒤에서 엘리를 보살펴 주고 있었다. 그리고 나는 곧 엘리가 뭘 하든지 그녀를 진심으로 걱정해 주는 사람은 아무도 없다는 것을 깨닫게 되었다. 계모가 있었지만 그녀는 자신의 사교생활과 연애 행각에 몰두하느라 정신이 없었다.

엘리가 계모를 따라다니고 싶어하지 않았다면 굳이 따라갈 필요가 없을 것이다. 유모에다 하녀, 가정교사 등등 없는 게 없는데 유럽엔들 가고 싶다면 못 갔을까? 런던에서 스물 한 번째 생일을 보내기로 했다면 또 못할 까닭이 뭐가 있으랴? 이제 그녀는 막대한 재산을 손에 넣었고, 그녀의 손에서 돈이 나가는 한 채찍 손잡이를 잡고 있는 그녀 마음대로 가족들을 조종할 수 있게 된 것이었다.

리비에라의 별장이나 코스타 브라바의 성, 또는 요트라든가 그 밖에 뭐든지 원하기만 하면——그녀는 단지 그런 사실을 슬쩍 비치기만 해도 그 수백만 달러의 재산을 둘러싸고 있는 시종(?)들 중에서 누군가가 곧 나서서 원하는 것을 그녀의 손에 쥐어 주었을 것이리라.

그레타는 그녀의 가족들한테 훌륭한 앞잡이로 여겨지는 모양이었다. 유능한데다가 일처리 솜씨도 최고이고, 그녀를 걸고 넘어질지도 모르는 엘리의 계모나 고모부, 그리고 몇몇 사촌들의 비위를 맞춰주는 데도 전혀 손색이 없었던 것이다.

엘리한테서 직접 지시를 받는 변호사는 세 명이 넘지 않는 것 같았다. 그녀는 은행가와 변호사, 재정문제 전문가들로 둘러싸여 있었다. 이런 것들은 모두 엘리가 가끔씩 무심코 흘린 말에서 알게 된 사실이다. 물론 그녀한테는 아무렇지도 않은 것이었지만, 나로서는 도무지 종잡을 수가 없는 일뿐이었다. 그런 사람들 사이에서 자라온 그녀는 당연히 그런 세계와 관계를 맺고 있었고, 그들이 어떤 사람들인지 어떻게 일을 하는지에 대해서 잘 알고 있었던 것이다.

우리가 서로에게서 특별한 점들을 찾아내는 일은 결혼 초에 우리가 즐긴 예상치 못한 즐거움이었다. 내 표현력이 너무도 형편없어서 제대로 설명할 수는 없지만, 가난뱅이는 사실 부자들의 생활이 어떤 것인지 잘 모르고, 부자 또한 가난뱅이의 생활을 알지 못하는 법이므로, 그것을 서로가 이해하게 된다는 것은 양자 모두에게 상당히 즐거운 일이 아닐 수 없다. 한번은 내가 불안한 표정으로 물어 보았다.

"엘리, 이번 일로 무슨 끔찍한 소동이 벌어지게 되지 않을까, 우리 결혼 때문에 말야?"

내가 보기에 엘리는 조금도 대수롭지 않게 생각하는 것 같았다.

"오, 그래요. 아마도 볼썽사나운 난리를 피울 거예요." 그리고는 다시 덧붙였다. "하지만 너무 걱정하지 마세요."

"나야 괜찮지…… 뭐 걱정할 일이 있겠어? 하지만 당신은 달라. 그들이 당신을 심하게 괴롭히지 않을까?"

"그건 나도 예상하고 있어요." 엘리가 말했다. "하지만 다 소용없는 짓이에요. 중요한 사실은 그들이 할 수 있는 건 아무것도 없다는 거예요."

"하지만 그들도 결코 단념하려 들지 않을 텐데?"

"물론 그럴 거예요." 엘리는 다시 덧붙였다. "여러 가지 시도를 할 테고, 혹시 당신을 돈으로 매수하려 들지도 모르죠."

"나를 돈으로 매수한다고?"

"그렇게 놀란 표정 짓지 말아요." 엘리는 행복에 젖은 소녀처럼 수줍게 빙긋 웃었다. "꼭 그럴 거라는 말은 아니에요. 전에 미니 톰슨의 경우에도 돈으로 매수한 적이 있거든요."

"미니 톰슨? 석유 상속녀라고 불리는 그 여자 말인가?"

"맞아요. 그녀는 해상 구조원하고 결혼해서 달아났거든요."

"이봐요, 엘리. 나도 한때는 리틀햄프턴에서 해상구조원으로 일한 적이 있어." 내가 불편한 표정으로 말했다.

"어머나, 당신이요? 세상에! 그 일을 오랫동안 했나요?"

"아니, 여름 한철 일했던 게 고작이지."

"걱정하지 마세요, 마이크." 엘리가 말했다.

"미니 톰슨은 그 뒤 어떻게 되었지?"

"20만 달러를 지불했다고 하던가, 그랬을 거예요. 그 남자는 손해 본 게 없죠. 미니는 남자라면 사족을 못 썼고, 또 멍청한 여자였어요."

"정말 끔찍한데, 엘리. 그렇다면 나는 단지 아내만 얻은 게 아니었군. 언제든지 현금으로 바꿀 수 있는 흥정 대상도 함께 손에 넣은 셈인걸."

"맞아요." 엘리가 맞장구를 쳤다. "고명한 변호사를 찾아가서 사정을 솔직히 털어놓아 보세요. 그러면 그는 이혼수속을 밟아 주고 나서 거액의 위자료를 받게 해줄 거예요." 그리고는 계속해서 나한테 교육이라도 시킬 듯이 말을 이었다. "계모의 경우에는 네 번이나 결혼했답니다. 그래서 상당한 재산을 모았죠. 오, 마이크, 그렇게 놀란 표정 짓지 말아요."

우습게도 사실 나는 충격을 받았다. 특히 부자들의 세계에서 현대 사회의 부패상을 보는 것 같아 구역질을 느꼈다. 그토록 순진하고 어린 소녀 같기만 한, 사람의 심금을 울릴 정도로 여린 엘리조차도 세상사에 통달하여 그러한 일들을 아무렇지도 않게 받아들이는 일면이 있다는 사실을 알게 된 것은 정말 뜻밖이었다.

하지만 그럼에도 나는 그녀를 본질적으로 옳게 이해하고 있다고 확신했다. 엘리가 어떤 여자인지 나는 잘 알고 있었다. 단순하고 사랑스럽고 온유한 그녀의 본성을.

그녀가 알고 이해하고 있는 것은 단지 인간성의 제한된 일면에 지나지 않았다. 그녀는 내가 살아온 세계에 대해서는 거의 알지 못했다. 일자리를 구하기 위해 발버둥치고, 경매와 마약 갱들이 서로 물고 뜯고, 항상 긴장과 갈등 속에서 위험을 안고 살아가야 하는 험악한 인생살이를. 그러한 와중에서 살아온 나에게는 너무도 익숙한 것을 그녀는 결코 알지 못했다. 품위를 지키며 성실하고 정직하게 살아가려면 항상 돈에 쪼달려야 하고, 좀더 남부럽지 않게 살기 위해서 어머니는 손가락에 뼈마디가 불거져 나올 정도로 힘들게 일하면서도 자식 하나 잘 되기만을 바란다는 것을 그녀는 알지 못했다. 단돈 1페니도 절약하고 저축하는 어머니는 당신의 방탕한 아들이 노름이나 도박에 돈을 몽땅 날려 버리게 되면 또 얼마나 가슴을 에는지 엘리는 결코 알지 못했다.

엘리와 나는 서로 너무 다른 세계에서 살아온 삶에 대한 이야기 듣기를 좋아했다. 우리 둘 다 서로 낯선 미지의 세계를 탐험하고 있는 거나 다를 바 없었다.

돌이켜 보면 엘리와 함께 지낸 그 시절이 얼마나 행복한 때였던가 새삼 실감할 수 있다. 그때는 그러한 행복을 당연한 것으로 생각했고, 엘리도 나와 마찬가지였다. 우리는 플리머스의 한 등기소에서 약식으로 결혼식을 올렸다. 구트먼이라는 성이 그렇게 흔한 이름은 아니었지만, 아무도 구트먼의 상속녀가 영국에 있으리라곤 상상도 하지 못했다. 그녀가 이탈리아에 있다든가, 아니면 아무개의 요트를 타고 있다는 등 정체불명의 기사가 가끔 신문에 실리기도 했다. 우리가 등기소에서 결혼할 때 그 등기소 사무원과 중년의 타이피스트가 증인으로 참석해 주었다. 등기소장은 결혼생활의 엄숙한 책임감에 대해서 일장 연설을 늘어놓은 뒤에 부디 행복하게 잘 살라고 축원해 주었다. 그렇게 해서 우리는 한 쌍의 부부로 맺어졌다. 마이클 로저스 부부! 해변의 한 호텔에서 1주일을 묵은 뒤 우리는 외국으로 떠났다. 그리고는 마음 내키는 대로 돈을 물쓰듯이 하면서 이곳저곳을 여행하며 참으로 멋진 3주일을 보냈다.

그리스로, 플로렌스로, 그리고 베니스에 들렀는가 하면 프랑스 리비에라에도 갔고, 리도에서 묵었다가 돌로미테스로 떠나는 등, 하도 많은 곳을 돌아다녀서 이제는 지명도 거의 절반은 생각나지 않는다. 비행기도 타고, 요트를 전세내기도 했으며, 멋지고 으리으리한 리무진을 빌리기도 했다. 우리가 여행을 즐기는 동안 그레타는 집에 머물면서 자신의 역할인 파수꾼 노릇을 충분히 해내고 있었다.

여행을 하는 동안 엘리에게 편지를 보내기도 하고, 엘리가 남겨두고 온 여러 종류의 엽서와 편지를 대신 부쳐 주기도 했다.

"물론 언젠가는 꼬리를 밟혀 '최후의 심판'을 받게 되겠죠." 엘리가 말했다. "마치 굶주린 독수리 떼처럼 우리를 덮치게 될 거예요. 하지만 그때까지만이라도 우리는 우리 생활을 즐겨야 해요."

"그레타는 어떻게 하고?" 내가 걱정스럽게 물었다. "이번 일이 들통나면 그녀에게 커다란 화가 미치게 되지 않을까?"

엘리가 말했다.

"그야 그럴 테죠. 하지만 그레타는 걱정 없어요. 그녀는 강단이 있거든요."

"다른 일자리를 얻지 못하게 될지도 모르잖아?"

"뭣 때문에 그녀가 다른 일자리를 얻어야 하죠?" 엘리가 되물었다. 그리고는 다시 덧붙였다. "우리하고 함께 살 텐데요."

"그건 안 돼!" 내가 완강히 소리쳤다.

"안 된다니, 그게 무슨 뜻이죠, 마이크?"

"누구하고 같이 살고 싶지는 않아." 내가 말했다.

"그레타는 예외예요. 그녀는 정말 유능하거든요. 사실이지 난 그녀가 없으면 아무 일도 못할 거예요. 내 말은, 그녀가 나 대신 모든 걸 처리해 주고 챙겨 준다는 거예요."

나는 미간을 잔뜩 찌푸렸다. "난 그게 마음에 들지 않아. 게다가 우리만의, 우리만의 꿈이 담긴 집을 갖고 싶어. 아무튼 엘리, 우리가 원하는 것은 우리만의 생활이야."

엘리가 말했다.

"알아요, 나도 당신이 무슨 말을 하는지 알고 있어요. 하지만 마찬가지로……." 그녀는 잠시 머뭇거렸다. "내 말은 그레타를 우리와 함께 살지 못하도록 하는 것은 그녀에게 너무 가혹한 처사가 될 거라는 뜻이에요. 그녀는 지금까지 4년이나 나와 함께 지내면서 나를 위해 모든 일을 해주었어요. 그리고 우리가 결혼할 수 있도록 해준 것과, 그 밖의 모든 일들을 생각해 보세요."

"언제나 우리 사이에 그녀가 끼어든다는 것은 있을 수 없는 일이야!"

"하지만 전혀 그렇지가 않아요, 마이크. 당신은 아직 그레타를 한번도 본 적이 없잖아요?"

"알아, 그레타가 어떤 여자인지 내가 잘 모른다는 것은 인정해. 하지만 그건 아무래도 좋아. 내가 그녀를 좋아하게 될지 그렇지 않을지는 전혀 문제가 되지 않아. 내 말은 오직 당신과 둘이서만 지내고 싶다는 거야, 엘리."

"오, 마이크!" 엘리가 달콤하게 내 이름을 불렀다.

그 문제는 일단 덮어두기로 했다.

여행하는 동안 우리는 샌토닉스를 만나 보았다. 그리스에서였다. 그는 바다가 보이는 조그만 어부의 오두막에서 지내고 있었다. 그의 병세가 1년 전에 보았을 때보다도 훨씬 악화되어 있는 것을 보고 나는 깜짝 놀랐다. 그는 엘리와 나를 아주 정답게 맞이했다.

"두 사람이 결국 사고를 쳤군!" 그가 말했다.

"그래요." 엘리가 대답했다. "그리고 이제 우리 집을 가져야 하지 않겠어요?"

"여기 자네를 위해 시공계획과 설계를 해놓았네." 그가 나에게 말했다. "자네한테 말했는지는 모르지만, 엘리가 날 찾아와서는 마구 들볶다시피 하면서 나한테 엄명을 내렸다네." 그는 말을 하면서도 신중하게 말을 골라 쓰느라고 애쓰는 눈치였다.

"어머! 그건 명령이 아니었어요. 다만 간곡히 부탁했을 뿐이죠."

"우리가 그 땅을 샀다는 사실을 알고 있나?" 내가 물었다.

"엘리가 전보를 쳤더구먼. 사진도 한 다스쯤 보냈다네."

"우선 그 집터부터 직접 가서 보셔야겠죠? 마음에 안 드실지 모르니까요." 엘리가 말했다.

"내 마음에 꼭 들어요, 그곳은."

"직접 보시기 전까지는 그렇게 자신하실 수 없잖아요?"

"아니, 벌써 보았답니다, 부인. 닷새 전에 그곳에 가서 당신 변호사, 그 왜 얼굴이 깡마른 영국인 말이오. 그 사람을 만나 보았죠."

"크로포드 씨 말인가요?"

"바로 그 사람 말입니다. 사실 공사는 이미 시작되었어요. 대지를 고르고, 낡은 집을 허물고, 배수관을 묻는 등 기초 공사를 하는 중인데, 아무튼 영국에 돌아가게 되면 거기서 나를 만날 수 있을 겁니다." 샌토닉스가 설계도를 펼쳐놓자 우리는 자리에 앉아 미래의 우리 집을 들여다보며 이야기를 나누었다. 그것은 대강 수채화로 그린 입면도와 평면도였다.

"마음에 드나, 마이크?"

나는 깊이 숨을 들이마셨다.

"그래!" 내가 말했다. "바로 이거야. 내 맘에 꼭 들어."

"자네는 종종 그 집에 대한 이야기를 했지, 마이크. 그때마다 난 환상적인 기분에 젖어 그 땅이 자네에게 무슨 마법의 주문이라도 걸어놓은 게 아닌가 하는 생각이 들곤 했다네. 자네는 마치 어쩌면 영원히 갖지도 못하고 보지도 못할, 결코 세워지지 않을지도 모르는 환상 속의 집과 열애라도 하는 사람 같았거든."

"하지만 이제는 세워지고 있잖아요." 엘리가 눈을 빛내며 말했다. "그 환상 속의 집이 이제는 실제로 지어지고 있잖아요?"

"그건 신이 아니면 악마의 의지에 의한 것일 거네." 샌토닉스가 무거운 어조로 말했다. "내 의지와는 상관없이."

"그래 몸은 좀 나아지지 않았나?" 내가 걱정스러운 표정으로 물었다.

"이건 자네도 분명히 알아두어야 해. 난 결코 회복되지 못할 거야. 아마도 가망이 없지 않을까 싶네."

"말도 안 되는 소리! 끊임없이 치료법을 찾아내고 있는 세상이 아닌가? 의사란 모두 한심한 작자들이야. 멀쩡한 사람에게 당치도 않는 사형선고를 내리지만, 사람들은 그런 의사의 진단에 콧방귀를 끼고는 한 50년쯤은 거뜬히 더 살거든."

"자네의 그 낙천적인 생각에는 정말 경탄하는 바이네, 마이크. 하지만 내 병은 그런 종류의 병이 아니야. 물론 병원에 가서 피를 바꾸고 돌아오면 조금은 생명이 연장되고, 죽음에 이르는 시간의 문턱을 약간은 늘릴 수도 있을 걸세. 하지만 시간이 갈수록 병세는 점점 더 악화되는 거지."

"당신은 아주 용감한 분이시잖아요." 엘리가 말했다.

"아, 그렇지 않아요. 난 용감한 사람이 못 돼요. 결과가 뻔한 일 가지고 용기를 내봐야 무슨 소용이 있겠습니까? 할 수 있는 거라곤 오로지 위안거리를 찾는 것밖에는 없죠."

"집을 짓는 일 말인가요?"

"아니, 그건 아닙니다. 갈수록 기력이 떨어지기 때문에 집을 짓는 일도 점점 더 힘들고 어려워지기만 하거든요. 정력이 고갈되어 가는 겁니다. 하지만 그런 반면 위안이 되기도 하는데, 그건 정말 이상한 일이죠."

"난 도무지 알 수가 없군." 내가 말했다.

"그래, 자넨 모를 거야, 마이크. 어쩌면 부인은 이해를 할지……
이해하고 있을지도 모르지."

그는 마치 자기에게 이야기하고 있기라도 하듯이 나지막한 목소리
로 계속 말을 이었다.

"두 가지가 함께 나란히 달리는 걸세. 병약함과 강인함이. 고갈되
어 가는 기력으로 인해 육체적으로는 병약해지지만, 반면 채 꽃피
우지 못한 내 재능을 발휘하고자 하는 정신적 욕구는 점점 강해지
는 거야. 하지만 이제 와서 뭐가 어떻게 되든 그게 무슨 문제가 되
겠나? 어차피 죽을 목숨인걸. 그렇기 때문에 내가 선택한 것이 무
엇이든 간에 해낼 수 있는 거야. 방해가 될 건 아무도 없어. 아무
것도 말릴 자가 없지. 아테네 거리를 활보하면서 그게 남자든 여자
든 가릴 것 없이 내 맘에 들지 않는 얼굴을 가진 인간이라면 닥치
는 대로 쏴 죽일 수도 있는 걸세. 자넨 어떻게 생각하나?"

"그렇게 되면 경찰이 당장 체포할 걸세." 내가 말했다.

"물론 그럴 테지. 하지만 날 잡아서 뭘 하겠나? 죽이기 밖에 더
하겠나. 그렇지 않아도 내 목숨은 법보다 더욱 강한 힘이 얼마 안
있어 데려갈 텐데. 그 밖에 달리 무슨 수가 있을까? 20년이나 아
니면, 한 30년쯤 감옥에 처넣을까? 이거야 정말 아이러니컬한 얘
기가 아닐까, 응? 나는 20년이나 30년쯤 되는 형기를 도저히 채
울 수가 없다고! 6개월이나 1년, 아니면 기껏해야 1년 반 정도밖
에는 살지 못할 테니 말일세. 나를 말릴 자는 아무도 없어. 그러니
생명이 남아 있는 동안은 내가 제왕인 셈이야. 때로는 내가 너무
무모한 생각을 하는 게 아닌가 하는 생각도 들지. 하지만 내가 별
로 유혹을 느끼지 않는 것은, 내가 하고 싶은 일이 결코 유별나게

기이하거나 무법적인 것이 아니기 때문일세."

나중에 그와 작별하고 아테네로 돌아오는 도중에 엘리가 내게 말했다.

"좀 괴상한 사람이에요. 때로는 그가 무섭다는 생각이 들기도 하고요."

"루돌프 샌토닉스가 무섭다고? 어째서지?"

"왜냐하면 그는 다른 사람들 같지가 않고…… 뭐라고나 할까…… 어딘가 오만하고 냉혹한 분위기가 풍기거든요. 그리고 그는 우리한테 그걸 말해 주려고 애쓰는 것 같아요. 자신이 곧 죽게 되리란 것을 알고는 점점 더 오만해지고, 세상에 무서울 것이 없어졌다는 것을 말예요. 한번 생각해 보세요, 마이크." 엘리는 아주 매혹당한 듯한 감동적인 표정으로 나에게 다정한 눈길을 보내며 다시 말을 이었다. "가령 말예요, 그가 우리에게 소나무 숲이 있는 그 벼랑가에다 멋진 성을 지어 주고는, 우리에게 집을 다 지었으니 와서 살라고 하는 거예요. 현관에 서서 우리를 맞이하고 나서, 그 다음에……."

"그 다음에는 어떻게 된다는 거지, 엘리?

"그 다음에는 우리 뒤를 따라 안으로 들어와 천천히 문을 닫고는 드디어 우리를 희생양으로, 저주의 제물로 삼는 거예요. 목을 자른다든지 해서 말이죠."

"정말 무시무시한데, 엘리! 어떻게 그런 생각을 다 할 수 있지?"

"마이크, 문제는 당신과 내가 현실 세계에서 살고 있지 않다는 거예요. 우리는 도저히 이루어질 수도 없는 환상적인 꿈 속에서 헤매고 있는 거예요."

"괜히 집시 언덕과 연관지어서 희생양이니, 저주의 제물이 된다느니 하는 생각은 하지 말아요, 엘리."

"바로 그 지명 말이에요. 거기에 저주가 깃들어 있는 것 같아요."

"저주 따윈 있지도 않아!" 나는 버럭 소리를 질렀다. "그건 도무지 말도 안 되는 소리야. 그런 건 잊어버려. ”

그리스에서 있었던 일이다.

방문객

그 다음날이다. 우리는 아테네에 있었다. 아크로폴리스 계단 위에 서 엘리는 뜻밖에도 아는 사람과 맞닥뜨리게 되었다. 그리스 해안 일 주 유람선에서 금방 내린 사람들이었다. 한 35살쯤 되어 보이는 여인 이 갑자기 무리에서 떨어져 나와 소리를 지르며 엘리한테로 뛰어 올 라왔다.

"어머나, 세상에! 이게 누구야? 엘리 구트먼 아니니? 아니, 여 기서 뭘 하고 있어? 설마 너도 유람선을 타고 있었니?"

"아뇨, 저는 여기 잠깐 머무는 중이에요." 엘리가 말했다.

"그래? 아무튼 이렇게 만나다니 정말 기쁘구나. 코라는 어때? 지 금 이곳에 있니?"

"아뇨, 새엄마는 찰스부르크에 있을 거예요."

"아, 그랬군."

그 여인이 나를 쳐다보자 엘리가 침착하게 말했다. "소개하죠, 이 쪽은 로저스 씨예요, 베닝턴 부인."

"처음 뵙겠어요. 그런데 엘리, 여긴 얼마 동안 지낼 생각이니?"

"내일 떠날 거예요." 엘리가 말했다.

"어머나, 저런! 지금 곧 따라가지 않으면 일행을 놓쳐버리겠네. 난 유적에 대한 설명을 한 마디도 놓치고 싶지 않거든. 안내원들은 바쁘게 서두르는 것만 능사로 아는 것 같아. 그러니 하루 일정이 끝나면 아주 녹초가 된다구. 그래, 어디 나중에 차라도 한잔 하는 게 어때?"

"오늘은 안 되겠어요. 우린 다른 데도 들러볼 생각이거든요."
엘리가 말했다.

베닝턴 부인은 서둘러 일행한테로 뛰어갔다. 엘리는 나를 끌고 아크로폴리스의 계단을 꼭대기까지 올라갔다가 돌아서서 다시 천천히 내려갔다.

"오히려 일이 잘 된 것 같아요, 그렇잖아요?" 엘리가 나한테 물었다.

"뭐가 잘 되었다는 거지?"

엘리는 잠시 아무런 대답도 없다가 한숨을 내쉬며 말했다. "오늘 밤 편지를 써야겠어요."

"누구한테?"

"물론 새엄마한테죠. 그리고 프랭크 고모부한테도. 앤드류 아저씨한테도 써야 할까 봐요."

"앤드류 아저씨란? 처음 들어 보는 사람인데?"

"앤드류 리핀코트라는 분이에요. 진짜 아저씨는 아니고, 보호자랄 수도 있고 재산 관리를 해주시는 분이라고도 할 수 있죠. 아주 유명한 변호사예요."

"뭐라고 쓸 생각이야?"

"결혼했다고 쓸 거예요. 노라 베닝턴한테 다짜고짜 '제 남편이에요' 하고 말할 수야 없었잖아요. 그랬다면 온통 호들갑을 떨어대며,

'어머나! 엘리가 결혼한 줄은 정말 몰랐네. 어떻게 된 일인지 어서 말해 보렴.' 등등 쉬지 않고 조잘댔을 거예요. 도리로 봐서도 새엄마 와 프랭크 아저씨, 그리고 앤드류 아저씨가 먼저 이 사실을 알게 되어야 옳을 것 같고요." 그녀는 다시 한숨을 내쉬었다. "아, 지금까지는 정말 행복했어요."

"그들이 뭐라고 할까?"

내가 불안한 표정으로 물었다.

"난리가 나겠죠, 뭐." 엘리는 침착하게 말했다. "하지만 그래 봐야 소용이 없다는 걸 그들도 잘 알고 있을 거예요. 아무튼 한번 만나 보기는 해야 할 것 같아요. 우리가 뉴욕으로 갈 수도 있는데 그게 어떻겠어요?"

내 표정에서 대답을 찾기라도 하듯이 그녀는 가만히 내 얼굴을 주시했다.

"안 돼! 뉴욕에 간다는 건 영 내키지 않거든."

"그렇다면 그들이 런던으로 와야겠죠. 그쪽이 당신한테는 더 나을지도 모르죠."

"어느 쪽이든 다 싫어. 내가 바라는 것은 당신과 함께 지내는 거야. 그리고 샌토닉스를 만나 우리 집이 차근차근 지어져 가는 모습을 당신과 함께 지켜보고 싶을 뿐이야."

엘리가 말했다.

"물론 우린 그렇게 할 수 있어요. 가족과 만나는 일이 그렇게 많은 시간을 필요로 하는 건 아니니까요. 아마도 한 차례 끔찍한 소동은 겪어야 할 거예요. 하지만 그런 소동은 한 번으로 끝내야죠. 우리가 그곳으로 가든지, 아니면 그들이 우리한테 오든지 말예요."

"당신은 어머니가 찰스부르크에 있을 거라고 했잖아?"

"물론 그랬죠. 새엄마가 어디에 있는지 모르겠다고 해봐요, 그 여자가 얼마나 이상하게 생각하겠어요? 안 그래요?"

엘리는 한숨을 내쉬며 다시 말을 이었다. "우리 돌아가서 그들을 전부 만나요, 마이크, 제발 그 일로 해서 너무 심려하지 마세요."

"심려하지 말라니, 당신 가족들에 대해서 말야?"

"예, 가족들이 당신을 싫어할 거라고 생각하죠?"

"그건 내가 당신과 결혼함으로써 당연히 치러야 할 대가가 아닐까? 그런 수모 정도는 얼마든지 참을 수가 있어."

"그리고 당신 어머니 문제도 있어요." 엘리가 조심스럽게 말했다.

"제발 엘리, 당신의 그 화려하기 짝이 없는 어머니와 보잘것없는 골목에서 사는 내 어머니를 서로 만나 보게 하려고는 들지 마. 그 두 사람이 만나서 대체 무슨 얘기를 나눌 수 있을 거라고 생각하는 거야?"

"만약에 코라가 내 친어머니였다면 두 분은 서로 할 얘기가 무척 많았을 거예요. 너무 그렇게 계층을 구별하려고 하지 마세요, 마이크!"

"내가?"

나는 믿을 수 없다는 듯이 되물었다. "미국식으로 말하자면 나는 비천한 뒷골목 출신이라는 거지? 그렇잖아?"

"꼭 그런 식으로 말해서 자신을 괴롭힐 필요는 없잖아요."

나는 비통한 어조로 말했다.

"나는 옷도 제대로 격식에 맞추어 입을 줄도 몰라. 고상한 말씨를 쓸 줄도 모르고, 사실 그림이라든지, 예술, 음악 따위에 대해서도 전혀 아는 게 없는 무식한 인간이지. 내가 아는 것이라고는 누가 팁을 줄지, 얼마나 많이 줄 것인지 하는 것밖엔 없어."

"그런 식으로 말한다고 해서 당신 기분이 좋아지겠어요, 마이크? 그렇진 않을 거예요."

"아무튼 우리 어머니를 당신 가족에게 끌어놓을 수는 없어."

"누굴 어디에 끌어놓겠다는 얘기가 아니에요, 마이크. 다만 영국에 돌아가면 당신 어머니를 뵈러 가는 게 마땅한 도리일 거라고 생각할 뿐이에요."

"안 돼!" 나는 거의 발작적으로 소리쳤다.

그녀는 깜짝 놀란 듯한 시선으로 나를 바라보았다.

"왜 안 된다는 거죠, 마이크? 왜요? 다른 건 다 그렇다고 쳐도, 그건 너무 도리에 벗어난 처사가 아닐까요? 당신이 결혼했다는 사실을 어머니한테 알렸나요?"

"아니, 아직은."

"왜요?"

나는 대답하지 않았다.

"당신이 결혼했다는 걸 어머니께 알리고, 영국에 돌아가면 나를 어머니한테 인사시키는 것이 그렇게도 어려운 일인가요?"

"그런 게 아냐!" 다시 내가 소리쳤다. 이번에는 그렇게 강압적으로 소리치지는 않았지만 그래도 여전히 단호한 음성이었다.

"내가 당신 어머니 만나는 것을 바라지 않는군요." 엘리는 어두운 표정으로 천천히 말했다.

물론 그건 사실이었다. 분명한 사실이지만 그걸 설명하기란 정말 어려운 일이었다. 그걸 어떻게 설명해야 할지 나는 참으로 난감하기만 했다.

"어머니를 만나 봐야 좋을 게 없을 거야. 당신이 그걸 이해해야 해. 틀림없이 괜한 문제만 일으키게 될 거라구."

"어머니가 나를 좋아하시지 않을 거라고 생각하세요?"

"당신을 좋아하지 않을 사람은 아무도 없을 거야. 내 말은 그게 아니라, 아! 정말 어떻게 말해야 좋을지 모르겠군. 아무튼 어머니는 몹시 당황해 할 거야. 그러니까 내 말은, 내가 신분에 맞지 않은 결혼을 했다고 하실 거란 말이지. 물론 아주 낡은 사고방식이긴 하지만 어머니는 그런 분이거든. 아마 절대 달갑게 여기시지는 않을 거야. "

엘리는 천천히 고개를 가로저었다.

"아무리 그래도 요즘 세상에 그런 생각을 할 사람이 있을라고요?"

"물론이지. 그건 당신네 미국 사람들도 마찬가지일 거야. "

"그래요. 하지만 그렇다고 하더라도 잘 살기만 하면……. "

"돈만 많다면 문제가 다르다 이거지?"

"꼭 돈만 문제가 되는 건 아니에요. "

"그렇지 않아. 사실 문제는 돈이야. 돈을 많이 벌게 되면 사람들로부터 존경을 받게 되고, 출신 성분 따위는 문제가 되지도 않은 법이지. "

"그거야 어디서든 마찬가지예요. " 엘리가 말했다.

"제발, 엘리. 우리 어머니를 만나 보려고 하지 마 ! "

"그래도 그건 도리가 아닌 것 같아요. "

"아냐, 그렇지가 않아. 당신이 나보다 우리 어머니를 더 잘 알 수야 없잖아? 어머니는 몹시 당황해 하실 거야. 그건 틀림없어. "

"하지만 어머니한테 우리가 결혼했다는 사실은 꼭 알려드려야 해요. "

"물론이지. 그렇게 할게. "

내가 말했다.

외국 땅에서 어머니한테 편지를 보내는 편이 오히려 나을 것 같다는 생각이 들었다. 그날 저녁, 엘리는 앤드류 아저씨와 프랭크 고모부, 그리고 계모인 코라 반 스타입슨한테 보낼 편지들을 썼고, 나는 나대로 어머니한테 편지를 썼다. 아주 짧은 편지를.

어머니.

더 늦기 전에 말씀드려야겠군요. 저는 3주일 전에 결혼을 했습니다. 모든 게 너무 갑작스러운 일이었답니다. 제 아내는 아주 예쁘고 사랑스러운 여자랍니다. 게다가 어떤 때는 제 자신이 정말 초라하게 느껴질 정도로 엄청난 부자이기도 하고요. 우린 시골에다 집을 한 채 지을 생각이랍니다. 지금은 유럽 일주 여행을 하고 있는 중이에요. 모쪼록 건강하세요.

마이크 올림

그날 저녁 우리가 보낸 편지의 결과는 우리의 예상과는 얼마쯤 빗나간 것이었다. 1주일 뒤 어머니는 정말 어머니다운 편지를 한 통 보냈다.

마이크 보아라.

네 편지를 받고 나는 무척 기뻤단다. 부디 행복하게 잘 살기를 바랄 뿐이다.

사랑하는 에미로부터

엘리가 예상했던 대로 그쪽은 엄청난 소동을 일으켰다. 우리는 말하기 좋아하는 사람들의 끊임없는 구설수에 시달려야 했다. 우리의 로맨틱한 결혼에 대한 뉴스를 취재하려는 기자들이 벌 떼처럼 몰려들었고, 신문들은 연일 구트먼 상속녀와 그녀의 애정 도피행각에 관한 기사를 보도했으며, 은행가와 변호사들로부터도 편지가 쇄도했다. 그리고 드디어 공식적인 회합 일정이 잡혔다. 우리는 집시 언덕에서 샌토닉스를 만나 설계도를 펴놓고 여러 가지 일을 상의한 다음에 현장을 둘러보고 나서, 런던으로 돌아와 클래리지 호텔에 방을 정하고는,

옛날 말마따나 한 무리의 기병대를 맞이할 준비를 했다.

맨 먼저 들이닥친 사람은 앤드류 P. 리핀코트 씨였다. 나이가 지긋한데다 냉정하고 빈틈없게 생긴 사람이었다. 호리호리한 체구에 온화하고 정중한 태도를 보였다. 보스턴 출신이라고 했지만 억양으로 봐서는 도무지 미국사람 같지가 않았다. 전화로 약속한 대로 그는 12시 정각에 우리를 찾아왔다. 엘리는 감추려고 꽤 애썼지만 상당히 초조해 하고 있는 것이 한눈에 들어왔다.

리핀코트 씨는 엘리의 뺨에 가볍게 입을 맞추고 나서 빙긋 웃음 띤 얼굴로 나에게 손을 내밀었다.

"엘리, 아주 건강해 보이는구나! 마치 활짝 피어나는 꽃봉오리처럼 말이다."

"그간 잘 지내셨어요, 앤드류 아저씨? 어떻게 오셨어요? 비행기를 타고 오셨나요?"

"아니. 퀸 메리호를 타고 왔지. 정말 유쾌한 여행이었단다. 이 사람이 바로 네 남편인가보구나?"

"예, 마이크예요."

나는 되도록 침착하게 행동하려고 애썼다. "안녕하십니까?" 하고는 뭘 좀 마시지 않겠냐고 묻자, 그는 빙긋 웃음을 띠며 사양했다. 그리고는 호화스러운 팔걸이가 달린 의자에 단정한 자세로 앉아서는 여전히 웃음 띤 얼굴로 엘리와 나를 번갈아가며 쳐다보았다.

"아무튼……" 하고 그가 입을 열었다. "자네들 두 젊은이는 우리를 무척 놀라게 했어. 정말 로맨틱하구먼! 안 그래?"

"죄송해요. 정말 죄송해요."

엘리가 말했다.

"죄송하다고?" 리핀코트 씨는 얼마쯤 냉랭한 어조로 반문했다.

"달리 어떻게 해볼 도리가 없었어요." 엘리가 말했다.

"나는 결코 네가 잘했다고 할 수가 없는데, 응?"

엘리가 다시 말했다.

"앤드류 아저씨, 만약 제가 다른 방법을 택했다면 정말 끔찍한 난리가 일어났으리란 걸 아저씨도 잘 아시잖아요."

"어째서 그런 끔찍한 난리가 일어났을 거라는 게냐?"

"그야 아저씨가 더 잘 아시잖아요." 엘리가 말했다. 그리고는 원망 섞인 어조로 다시 덧붙였다. "아저씨 역시 그러셨을 테고요. 새엄마 한테서도 벌써 편지를 두 통이나 받았어요."

"당연히 큰 소동이 벌어질 거란 사실을 너도 감안해야 할 게다. 일이 이렇게 된 이상 당연한 일이지 않겠냐?"

"제가 누구와 결혼하든, 어떻게 지내든, 어디서 살든 그건 모두 제 일이에요."

"너는 그렇게 생각할지 몰라도, 여자들은 그런 걸 쉽게 인정하려 들지 않는다는 사실을 너도 알게 될 게다."

"사실 난 모두에게 되도록 피해를 주지 않으려고 한 거예요."

"물론 그런 식으로 말할 수도 있겠지."

"하지만 그게 사실이잖아요?"

"그렇지만 너는 사람들을 기만했고, 또한 자기가 할 일이 무엇인지 누구보다도 잘 알고 있는 사람의 도움을 받지 않았냐?"

엘리는 얼굴을 붉혔다.

"그레타를 말씀하시는 건가요? 그녀는 단지 내 말대로 했을 뿐이에요. 집에서는 그녀를 몹시 나무랐겠군요?"

"당연하지. 그레타나 너나 그 밖에 달리 뭘 기대할 수 있겠니? 칭찬이라도 해줄 줄 알았니? 그녀한테 모든 걸 맡겼다는 걸 생각해 보아라."

"이제 나는 성인이에요. 난 내가 하고 싶은 걸 할 수가 있어요."

"나는 네가 성인이 되기 전의 일을 말하고 있는 거야. 이미 그때부터 우리를 속이고 있지 않았니, 안 그래?"

"엘리를 나무라지 마십시오." 이윽고 내가 말을 했다. "우선, 그때는 앞으로 일이 어떻게 될지 전혀 몰랐고, 또한 엘리의 친지들이 모두 다른 나라에 있었기 때문에 그분들을 만나 보기도 쉽지 않았습니다."

"그건 나도 충분히 이해가 가네." 리핀코트 씨가 다시 말을 이었다. "여기 엘리가 부탁해서, 그레타가 대신 반 스타입슨 부인과 나한테 편지 같은 것들을 보낸 거지. 정말 교묘한 방법이었지. 자네도 그레타 앤더슨을 만나 보았겠지, 마이클? 자네가 엘리의 남편이니 내가 자네를 마이클이라고 불러도 되겠지?"

"물론입니다, 마이크라고 불러주십시오. 그런데 앤더슨 양은 아직 만나 보지 못했습니다만⋯⋯."

"그래? 그건 정말 뜻밖이로구먼." 그는 신중한 시선으로 한참 동안 나를 주시했다. "흠, 나는 그녀가 자네들 결혼식에 참석했을 거라고 생각했는데?"

"아뇨, 그레타는 오지 않았어요." 엘리가 말했다. 그리고는 나한테 원망스러운 시선을 던지자, 나는 미안한 기색을 보이며 그녀의 시선을 피했다.

리핀코트 씨의 시선은 여전히 나를 향한 채 내 얼굴을 주의깊게 살피고 있었다. 그는 나를 불안하게 만들었다. 그는 무슨 말인가를 하려다가 곧 생각을 바꾼 것 같았다.

잠시 뒤에 그가 말했다.

"마이클, 그리고 엘리, 두 사람 모두 엘리의 가족들한테서 몹시 시달리게 될 게다."

"아마도 무더기로 나한테 달려들 테죠." 엘리가 심드렁하게 대꾸했다.

"틀림없을 거야." 리핀코트 씨가 말했다. 그리고 다시 덧붙였다. "나는 그들을 위해 길을 닦아준 셈이고."

"아저씬 우리 편이죠. 예, 앤드류 아저씨?" 엘리는 그에게 빙긋 웃음을 지어 보이며 물었다.

"점잖은 변호사한테는 그런 식으로 부탁하는 게 아니지. 내가 지금 껏 살아오면서 터득한 진리는, 이미 돌이킬 수 없게 된 사실은 받아들이는 게 현명한 처사라는 게야. 두 사람은 서로 사랑해서 결혼을 했고, 또 내가 알고 있기로는 영국 남부에 땅을 사서 그곳에다 이미 집을 짓기 시작했다던데, 그래 엘리, 너는 영국에서 살 생각이냐?"

"예, 우린 여기서 살고 싶습니다. 그런데 선생님은 반대하시는 겁니까?" 내가 엘리 대신 좀 화난 목소리로 말했다. "엘리는 나와 결혼했으니 이제는 영국 시민이 되는 겁니다. 엘리가 영국에서 살면 안 될 무슨 이유라도 있습니까?"

"그런 건 하나도 없네. 사실 페닐라가 원한다면야 어느 나라에 살건 무엇을 가지건, 내가 못하게 할 아무런 이유도 없다네. 그런데 엘리, 낫소에 있는 집이 네 소유로 되어 있다는 사실을 알고 있느냐?"

"그건 새엄마 소유인 줄로 알고 있었는데요? 새엄마도 그 집이 늘 자기 것인 양 행동했거든요."

"하지만 실질적인 소유권은 너한테 있단다. 그리고 롱아일랜드에 있는 집도 네 것이니까 언제든지 마음내키면 찾아가 봐라. 서부에 있는 엄청난 유전도 바로 너의 것이야."

목소리는 나직하고 사근사근했지만, 그 말 한 마디 한 마디가 어쩐지 나를 향하고 있는 듯한 기분이 들었다. 은근히 엘리와 나 사이에

쐐기를 박아넣으려는 의도가 숨어 있는 것일까? 그거야 알 수 없는 노릇이지만, 아무튼 엄청난, 실로 엄청난 재산을 가진 여자를 아내로 맞이한 사람에게 들으라고 하기에는 그다지 유쾌한 소리가 못 되는 것 같았다. 그는 엘리의 막대한 재산을 대수롭지 않게 여기고 있는 것 같기도 했다. 만일 내가 재산을 탐내는 작자라면 그 모든 게 나한테 굴러온 떡이라고 생각하는 것 같기도 했다. 아무튼 나는 리핀코트 씨가 결코 만만히 상대할 사람이 아니라는 사실을 깨달았다. 그가 도대체 무슨 목적을 가지고 있는지, 그 친절하고 상냥한 태도 뒤에 어떤 속셈을 품고 있는지 도무지 알 수가 없었다. 그런 식으로 나에게 불안감을, 내가 재산을 노리고 엘리와 결혼했다는 명예스럽지 못한 낙인이 공개적으로 찍히게 될 거라는 사실을 주지시켜 불안감을 느끼도록 할 속셈이었을까? 그가 엘리에게 말했다.

"나하고 함께 처리해야 할 법적인 문제들이 산더미 같다, 엘리. 이들 서류에는 네 서명이 필요하거든."

"물론 해드려야죠, 앤드류 아저씨. 필요하시다면 언제든지요."

"네 말대로 언제든지 필요하게 되면 받도록 하지. 서두를 건 없으니까. 다른 볼일도 있고 해서 런던에는 한 열흘쯤 묵게 될 게다."

열흘이라……? 난 생각했다, 열흘이라면 꽤 긴 시간이다. 난 차라리 리핀코트 씨가 열흘 동안이나 런던에서 묵게 되는 일은 없었으면 싶었다. 비록 그가 표면적으로는 나를 친절하게 대해 주고, 어떤 문제에 대해서는 여전히 자신의 판단을 보류하고 있다는 것을 보여 주었지만, 그럼에도 당시에는 그가 정말로 나의 적이라면 자신의 카드를 쉽게 내보일 사람이 결코 아닐 것 같았다.

그가 계속 말을 이었다.

"자, 이제 이렇게 만나 보았고 앞으로 할 일에 대해서도 얼마간 의논이 되었으니, 네 남편과 잠시 이야기를 좀 나누었으면 싶구나."

"우리 둘이 있는 데서도 말씀하실 수 있잖아요?" 엘리는 대뜸 반박하고 나섰다. 나는 그녀의 팔을 잡았다.

"그렇게 흥분하지 말아요, 엘리. 그렇게 나를 감싸고 돌지 않아도 돼." 나는 침실로 통하는 문 쪽으로 그녀를 부드럽게 끌고 갔다. "앤드류 아저씨는 나를 알고 싶으신 거야. 그건 당신 아저씨로서는 당연한 권리 아니겠어?"

나는 그녀를 침실로 데려다 주고는 문을 닫고 나서 다시 거실로 돌아왔다. 상당히 크고 우아하게 꾸며진 방이었다. 다시 리핀코트 씨를 마주하고 자리에 앉았다.

"이제 되었습니다. 시작하시죠."

"고맙네, 마이클. 우선 이것만은 확실히 알아주기를 바라네. 자네는 어떻게 생각하고 있는지 모르겠지만, 나는 결코 자네의 적이 아니란 사실을 말야."

"그러시다니 정말 고맙군요." 나는 말은 그렇게 했지만, 사실 그 말을 액면 그대로 받아들일 수는 없는 심정이었다.

"솔직히 말해서……." 그가 다시 입을 열었다. "정말 솔직히 말해서 나는 그 아이의 후견인이기도 하고, 또한 몹시 사랑하고 있다네. 자네는 아직 잘 모르고 있을 테지만, 마이클, 엘리는 정말 보기 드물게 착하고 사랑스러운 아가씨야."

"걱정마십시오. 저도 엘리를 정말 사랑하고 있습니다."

"이건 그런 문제가 아냐." 리핀코트 씨가 언제나처럼 냉담한 태도로 말했다. "자네가 그 아이를 사랑하고 있는 만큼, 그 아이가 얼마나 사랑스럽고 또한 얼마나 상처받기 쉬운 아이인지 알아주었으면 싶네."

"저도 노력하겠습니다." 내가 말했다. "하지만 특별히 노력할 것도 없다고 생각합니다. 엘리는 지금도 더 바랄 게 없거든요."

"그렇다면 내가 하던 말을 계속하겠네. 아주 솔직하게 내 카드를 내보일 참일세. 자네는 내가 바라던 엘리의 남편감이 아냐. 그 아이의 가족도 마찬가지일 테지만, 내가 바랐던 것은 엘리가 자신의 배경과 환경에 어울리는 결혼을……."

"다른 말로 하면 상류층 귀공자를 바라셨다 이거로군요?" 내가 말했다.

"아니, 꼭 그런 것만은 아닐세. 비슷한 배경이란 결혼 조건의 하나로 필요한 것이라고는 생각하지. 하지만 내가 말하는 것은 그런 속물적인 조건이 아닐세. 따지고 보면 엘리의 조부이신 헤르만 구트먼도 부두 노동자에서 출발한 분이니까. 결국은 미국에서 가장 손꼽히는 부자가 되었지만."

"그렇다면 저도 그렇게 할 수 있다는 것을 아셔야 합니다. 제가 영국에서 가장 부자가 될지도 모르니까요."

"그래, 어떤 일이든 가능하기는 하지." 리핀코트 씨가 말했다. "자네는 그런 야망을 가지고 있나?"

"단지 돈을 벌겠다는 것만은 아닙니다. 그러니까 어디론가 가서 무슨 일인가를 달성할 생각입니다만……." 나는 우물쭈물하다가 그만두어 버렸다.

"그래 야망이 있다 이건가? 아무튼 그건 정말 바람직한 일이지, 그렇고말고."

"저야 훨씬 유리한 조건에서 출발하는 셈이지요. 하지만 가진 것도 없고 아는 사람도 없습니다. 또한 그런 사실을 숨길 생각도 없습니다."

그는 알겠다는 듯이 고개를 끄덕여 보였다.

"아주 솔직하구먼. 그리고 자신만만하기도 하고, 마음에 들었네. 이보게 마이클, 사실 난 엘리와 아무런 혈연 관계도 없어. 하지만 그 아이의 후견인으로 조부가 남겨준 재산을 맡아서 관리해 주고, 그 아이의 뒤를 보살펴 주고 있지. 그러니 거기에 딸린 책임도 지고 있는 걸세. 따라서 나는 그 아이가 선택한 남편에 대해서 내가 알아낼 수 있는 한 모든 것을 알아내고 싶은 거라네."

"그러시다면 저에 대해서 조사해 보면 쉽게 알아내실 수 있을 텐데요?" 내가 말했다.

"물론 그럴 테지. 그렇게 하는 것도 한 가지 방법이 될 걸세. 유능한 정보원을 고용해서 말이지. 하지만 마이클, 나는 자네한테서 직접 알아보고 싶다네. 지금까지 어떻게 살아왔는지, 자네의 인생 역정을 듣고 싶은 걸세."

물론 나로서는 내키지 않는 이야기였다. 그도 내가 내키지 않아 할 거라는 걸 잘 알고 있었을 것이다. 나와 같은 입장이라면 누구라도 그런 걸 좋아하지 않으리라. 자신을 미화시키려는 것은 제2의 천성이라고 할 수 있다. 나는 그렇게 할 수도 있었다. 학창시절에 대해서 특히 강조하고, 그 다음에는 몇 가지 일들을 좀 과장해서 떠벌이는 식으로 말이다. 그 때문에 자신을 부끄럽게 여기거나 할 필요는 없을 것이다. 그건 당연한 거라고 생각한다. 무엇인가를 성취하고자 한다면 그런 거짓말쯤은 할 수도 있을 테니까. 자기 자신을 위해서라면 상황을 보다 유리하게 꾸며낼 수도 있는 것이다. 사람들은 상대방이 보여 주는 대로 그 사람을 평가하는 법이니까 디킨스 소설에 나오는 그런 친구같이는 되고 싶지 않았다. 텔레비전에서도 그 이야기를 낭독해 주었는데 나는 재미있는 얘기라고 생각했다. 그 이야기에 등장하는 남자는 율리아인지 뭔지 하는 이름이었는데, 늘 굽실대면서도 실제로 뒤에서는 남몰래 음흉한 계획을 세우고 있었던 것이다. 하지만 나는 그렇게 하고 싶지는 않았다.

나 역시도 사람들에게 허풍을 떨거나, 뭔가 기대할 것이 있는 고용

주에게는 좋은 점만 보이려고 노력한 경험이 있다. 그러나 사람에게는 가장 멋진 모습과 비굴한 모습이 동시에 존재하는 법이거늘 일부러 그런 나쁜 모습을 떠들고 다니면서 굳이 선전할 필요가 어디 있으랴. 나는 지금까지 내가 해 온 일들을 모두 나에게 항상 유리한 방향으로 말해 왔다. 하지만 리핀코트 씨한테는 굳이 속이고 싶은 생각이 없었다. 그는 나에 관해서 사적으로 조사한다는 것은 일고의 가치도 없다는 듯이 말했지만, 과연 그가 정말로 그렇게 할지는 의문의 여지가 많았다. 그래서 나는 그에게 전혀 각색하지 않은 사실 그대로의 이야기를 들려주었다.

비참했던 어린 시절과 술주정꾼 아버지, 어머니는 훌륭한 분으로 나 하나 교육시키기 위해 정말로 뼈빠지게 일했다는 이야기를 해 주었다. 그리고 이리저리 떠돌아다니면서 별별 직업을 다 전전했다는 사실도 숨김없이 들려주었다. 그는 내 이야기를 진지하게 들었다. 가끔씩 격려도 해주면서 말이다. 그러면서도 단 한 마디도 소홀하게 넘기는 법이 없는 그의 예리함을 나는 충분히 알 수 있었다. 간간히 이야기 중간에 끼어들며 '예, 아니오'로 대답하는 질문을 던지곤 했다.

그렇다, 나는 방심하면 안 되었다. 이윽고 한 10분 뒤, 심문을 마치기라도 하듯 그가 의자 뒤로 기대어 앉았을 때는 정말 구원이라도 받은 심정이었다. 그것은 사실 심문 이상이었다.

"모험적인 인생을 살아왔군, 로저스 아니, 마이클. 재미있었네. 이번엔 자네와 엘리가 짓고 있는 그 집에 대한 이야기를 듣고 싶구먼?"

"그러지요. 거긴 채드웰이라는 곳에서 그리 멀지 않은 곳입니다."

"그래, 거기가 어디인지는 알고 있네. 그곳에도 가보았거든. 바로 어제 말일세."

그 말은 나를 좀 놀라게 했다. 그것은 그가 생각보다 훨씬 많은 사실들을 알고 있는, 뱀처럼 교활한 사람이란 걸 단적으로 보여주는 사실이었다.

"아름다운 곳이지요." 나는 경계심을 갖고 말했다. "그리고 우리가 짓고 있는 집 또한 아름다운 집이 될 겁니다. 설계는 샌토닉스, 루돌프 샌토닉스라고 하는 건축가가 했습니다. 혹시 그의 이름을 들어 보셨는지 모르겠지만, 그는……."

"아, 물론 들어 보았지. 건축계에서는 상당히 이름이 알려진 사람이거든."

"미국에서 활동해 온 것으로 알고 있습니다만?"

"맞아, 장래가 촉망되는 유능한 건축가인데 불행하게도 건강이 좋지 않은 모양이더군."

"그 사람은 자기가 곧 죽게 될 거라고 생각하고 있지만, 저는 그렇게 생각하지 않습니다. 그의 병은 지금 나아가고 있을 겁니다. 의사들이야 어떻게 말하든."

"나도 자네의 낙관주의가 맞기를 바라네. 자네는 낙관주의자로구먼."

"저는 샌토닉스에 대해서 웬만큼 알고 있거든요."

"자네가 바라는 대로 되길 빌겠네. 자네들이 사들인 땅에다가 아주 멋진 계획을 세우고 있는 걸로 알고 있는데, 그 얘기를 좀 할까?"

그가 '자네들'이라고 한 것은 사실 고마운 일이었다. 엘리 혼자서 그 일을 해냈다는 사실을 굳이 들추어내지 않고 말이다.

"크로포드 씨한테 자문을 받았는데……."

"크로포드 씨라뇨?"

"영국의 변호사 회사인 '리스 & 크로포드' 사무실의 크로포드 씨 말일세. 크로포드 씨는 그 땅을 매입해 준 회사의 일원이지. 꽤 유능한 회사인데, 정말 싼 값에 그 땅을 매입한 것 같더구먼. 사실 좀 놀랐다네. 나는 이 나라의 현행 토지 시세에 대해서 잘 알고 있는 편이라 그 구입 가격에 대해서는 정말 믿기지가 않을 정도야. 크로포드 씨 자신도 그렇게 싸게 구입한 것에 대해 놀랐을 걸세. 그곳 시세가 그토록 형편없이 떨어지게 된 이유를 자네는 혹시 알고 있는가? 크로포드 씨는 그 점에 대해서는 아무런 얘기도 없더구면. 내가 그 문제에 대해서 묻자 그는 조금 당황해 하는 것 같았거든."

"아, 그건 그곳에 저주가 내렸다고 해서 그럴 겁니다."

"뭐라고, 마이클? 자네 지금 뭐라고 했나?"

"저주 말입니다. 집시의 경고 같은 것이죠. 그곳에서는 집시 언덕이라는 이름으로 통하거든요."

"그래? 그곳에 얽힌 무슨 이야기라도 있는가?"

"예, 그게 좀 두서가 맞지 않는 것도 같고, 또한 누가 지어낸 이야기인지 얼마만큼 사실에 근거를 두고 있는 이야기인지는 저도 잘 모르겠습니다. 하여튼 오래 전에 살인사건이 있었답니다. 한 사내와 그의 아내 그리고 또 다른 남자가 있었는데, 그 남편이란 사람이 다른 두 사람을 쏘고 나서 자살을 했다는 거죠. 적어도 여기까지는 사실인 것 같습니다. 하지만 그것 말고는 말하는 사람들마다 서로 이야기가 다릅니다. 실제로 무슨 일이 있었는지 알고 있는 사람은 아무도 없는 모양입니다. 상당히 오래 전의 일이기도 하고 말입니다. 그때 이후로 네댓 번 주인이 바뀌었지만 지금은 아무도 살고 있지 않습니다."

"흠, 그렇구면!" 리핀코트 씨는 알겠다는 듯이 고개를 끄덕였다.

"무슨 영국의 전설 같은 것이로군." 그는 호기심어린 눈빛으로 나를 쳐다보았다. "그런데 자네와 엘리는 그 저주가 두렵지 않는가 보구면?" 그는 어렴풋이 빙긋 웃음까지 띠우며 가볍게 물어 보았다.

"물론입니다. 엘리나 나나 모두 그 따위 엉터리 소문 같은 건 절대로 믿지 않습니다. 아무튼 그런 소문 때문에 그곳을 싸게 매입할 수 있었던 것은 행운이라고 할 수 있죠."

그때 갑자기 어떤 생각이 머릿속에 떠올랐다. 물론 재수가 좋았다고는 할 수 있지만 그건 모두 엘리의 돈으로 엘리가 산 것이니, 그녀가 그 땅을 싸게 구입했든 비싸게 구입했든 사실 그녀한테는 별로 문제가 되지도 않았을 거라는 생각이었다. 하지만 곧 내 생각이 잘못됐다는 느낌이 들었다. 그녀의 할아버지는 부두 노동자로부터 시작해서 백만장자가 된 사람이다. 그러한 피를 물려받은 사람이라면 누구나 싸게 구입해서 비싸게 팔고 싶은 욕망을 가지고 있기 마련이다.

리핀코트 씨가 다시 입을 열었다.

"나도 미신은 믿지 않네. 그리고 자네들이 구입한 그곳은 전망이 매우 좋더구먼." 그는 잠시 뜸을 들였다. "다만 내가 바라는 것은 자네들이 그곳에서 살게 될 때, 그런 불길한 소문들이 될 수 있으면 엘리의 귀에 들어가지 않도록 해주었으면 하는 것일세."

"저도 그렇게 하도록 노력하겠습니다. 그리고 쓸데없는 소리를 그녀에게 들려줄 사람도 없을 겁니다."

"시골 사람들은 그런 이야기들을 남에게 들려주기를 몹시 좋아한다네. 그리고 엘리는 자네처럼 강하지 않네, 마이클. 쉽게 상처를 받을 수 있는 아이거든. 그리고 내가……." 그는 하려던 이야기를 끝내지 않고 도중에 멈추어 버렸다. 그리고는 손가락으로 테이블을 가볍게 두드렸다. "자네한테 이제 좀 곤란한 문제를 이야기할까 하네. 자네, 아직 그레타 앤더슨이라는 여인을 만나 보지 못했다고 했지?"

"그렇습니다. 아직 보지 못했습니다."

"거 참 알 수가 없구먼. 정말 이상한 일이야."

"예?" 나는 영문을 모르겠다는 듯이 그를 쳐다보았다.

"나는 자네가 틀림없이 그녀를 만나 보았을 거라고 생각했거든" 그가 천천히 말을 이었다. "그녀에 관해서 얼마나 알고 있나?"

"그녀가 엘리와 한동안 함께 지냈다는 사실을 알고 있습니다."

"엘리가 17살 때부터 함께 있었지. 그녀의 지위는 상당한 책임과 신뢰가 따른다고 할 수 있다네. 미국에 처음 왔을 때는 비서 겸 말동무의 자격으로서였지. 엘리의 계모인 반 스타입슨 부인은 자주 집을 떠나곤 했는데, 그럴 때면 엘리의 보호자 역할까지도 했다네." 이 말을 할 때 그의 어조는 두드러지게 냉담했다. "그녀는 스웨덴과 독일인의 피가 반씩 섞인 아주 훌륭한 가문 출신이라고 하더군. 그래서 엘리는 점점 더 그녀에게 매달리게 되었던 거야."

"그런 것 같더군요."

내가 말했다.

"어떻게 보면 엘리는 너무 지나칠 만큼 그녀를 따르는 게 아닌가 싶어. 내가 이런 말을 한다고 해서 너무 언짢게 생각하지 말게나."

"괜찮습니다. 제가 왜 언짢게 생각하겠습니까? 사실 저도…… 저도 몇 번 그런 생각이 들었거든요. 그레타가 이랬다느니, 그레타가 저랬다느니…… 글쎄요, 제가 뭘 알겠습니까마는 그래도 어떤 때는 그녀 얘기만 들어도 정말 신물이 날 지경이었거든요."

"엘리가 자네에게 그레타를 한번 만나보라고 한 적은 없었나?"

"글쎄요, 그건 좀 말씀드리기가 곤란하군요. 엘리는 한두 번인가 그런 생각을 은근히 저에게도 비친 적도 있었던 것 같지만, 그때는 저희 둘만의 시간을 갖기에도 부족했던 형편이라 미처 그런 데 신경을 쓸 겨를이 없었지요. 게다가 사실 저는 그레타를 만나 보고 싶은 생각이 전혀 없었습니다. 누군가 다른 사람한테 엘리를 조금이라도 빼앗기기가 싫었거든요."

"알겠네. 자네의 그런 심정은 이해가 가네. 그런데 엘리가 혹시 결혼식에 그레타를 초대하자고는 않던가?"

"물론 그런 제안을 했죠." 내가 말했다.

"그런데…… 그런데 자네는 그녀가 결혼식에 오는 것을 바라지 않았구먼. 어째서였지?"

"모르겠습니다. 사실 저도 잘 모르겠습니다. 다만 그레타인지 뭔지 하는 여인을 한 번도 만나 본 적은 없지만, 어쩐지 매사에 빠지지 않고 그녀가 끼어들려고 하는 것 같다는 생각이 들었던 거죠. 아시겠지만, 엘리의 생활은 모두 그녀에 의해서 조종되는 것 같습니다. 엽서를 보내고 편지를 보내는 것도 모두 그녀가 엘리 대신 도맡아하고, 여행 계획까지 잡아주는가 하면, 가족들이 눈치채지 못하도록 손을 써주기도 하니 말입니다. 아무튼 엘리는 그레타한테 매달려서 그녀의 손에서 놀아나고 있고, 그레타가 원하는 것은 무슨 일이든지 해주고 싶어하는 것 같았습니다. 죄송합니다…… 이런 말을 해서는 안 되는 것인데. 제가 질투를 느꼈는지도 모르죠.

아무튼 저는 화를 내면서 우리 결혼식에까지 그레타가 끼어드는 것은 바라지 않는다고 했습니다. 그 누구도 아닌 바로 우리 둘만의 결혼이므로 아무도 우리 결혼식에 끼어들 수는 없다고 말이죠. 그래서 우리는 등기소를 찾아갔고, 거기서 등기소 직원과 타이피스트가 결혼 증인이 되어 주었습니다. 물론 제가 그레타를 오지 못하게 한 것은 너무 속 좁은 짓이었지만, 엘리를 저 혼자서만 독차지하고 싶었거든요."

"알겠네. 그래, 나도 자네가 잘한 거라고 생각하네, 마이클."

"역시 그레타를 좋아하시지 않나 보군요?" 내가 그의 의중을 꿰뚫어보기라도 하듯이 말했다.

"자네는 그녀를 만나 본 적도 없으면서 어떻게 '역시'라는 말을 쓸수가 있는가, 마이클?"

"예, 저도 알고 있습니다. 하지만 어떤 사람에 대해서 많은 이야기를 듣다 보면 자연히 그 사람에 대한 고정관념 같은 것이 싹트게 되고, 따라서 나름대로 어떤 판단을 내리게 될 수도 있지 않겠습니까? 물론 이를테면 시기심이라고도 할 수 있겠죠. 그런데 당신은 어째서 그레타를 싫어하시는 건가요?"

"마이클, 자네가 엘리의 남편이고, 또한 나는 진심으로 엘리가 행복하기를 바라고 있다네. 이건 전혀 사심이 없는 이야기일세. 그레타가 엘리에 대해서 지나친 영향력을 행사하는 것은 그리 바람직하지 못한 일이라고 생각해. 그녀는 지나치리만큼 자기 멋대로 엘리를 움직이고 있거든."

"혹 그녀가 우리 사이에 끼어들어 무슨 말썽이라도 일으킬 거라고 생각하십니까?"

"나한테는 그런 말을 할 권리가 없다고 생각하네." 리핀코트 씨가 말했다.

그는 마치 늙은 거북이처럼 눈을 깜박이면서 조심스럽게 나를 주시했다.

나는 다음 말을 찾지 못하고 있었다. 그가 먼저 입을 열어, 마치 단어 하나하나를 신중하게 고르기라도 하듯 조심스럽게 말했다.

"그런데 혹시, 그레타 앤더슨이 자네 부부와 함께 살지도 모르겠다는 말은 없었나?"

"어떻게 해서든지 그렇게 하지 못하도록 할 생각입니다."

"아, 그게 자네 생각인가? 그렇다면 이미 그런 얘기가 있었구먼."

"엘리가 그런 말을 한 적이 있었습니다. 하지만 우린 신혼부부가 아닙니까? 우리만의 새 집에서 우리끼리만 살고 싶은 게 당연하죠. 물론 그녀가 가끔 찾아와서 지내다 갈 수는 있겠지요. 그거야 어쩔 수 없는 일 아니겠습니까?"

"자네 말대로 그거야 어쩔 수 없겠지. 하지만 자네가 알아야 할 것은, 앞으로 그레타는 직장을 구하기 상당히 어려울 거라는 사실일세. 문제는 엘리가 그녀를 어떻게 생각해 주느냐에 달렸네."

"당신이나 엘리의 어머니가 그녀에게 다른 일자리를 얻을 수 있도록 추천해 주지 않을 거라는 말씀인가요?"

"법률적인 자격 요건이야 하자가 없을 테지만, 결코 좋은 일자리를 얻을 수 있도록 달리 천거해 주지는 않을 걸세."

"그렇다면 그녀는 영국으로 건너와서 엘리와 함께 살 궁리를 하겠군요?"

"난 자네에게 그녀에 대해서 지나친 편견을 갖도록 하고 싶지는 않아. 내가 싫어하는 것은 그녀가 해온 여러 가지 일들과, 그 일들을 처리하는 방법일세. 순진하기만 한 엘리는 그레타의 장래를 위해서라면 뭐든지 해주려고 할 거야. 어쩌면 함께 살자고 조를지도 모르지."

"엘리가 설마 조르기까지야 할려고요?" 내가 천천히 말했다. 하지만 내 목소리에는 자신감이 없었고, 리핀코트 씨도 그걸 눈치챈 것 같았다. "하지만 우리가, 아니 엘리가 그녀에게 연금을 줄 수도 있지 않겠습니까?"

"그렇게 결정적으로 말할 수는 없는 걸세." 리핀코트 씨가 말했다. "연금을 받기에 그레타는 아직 너무 젊어. 그리고 정말 아름다운 여인이라네." 그리고는 아주 못마땅하게 여기는 어조로 덧붙였다. "남자들의 마음을 사로잡는 아주 매력 있는 여인이라네."

"그렇다면 곧 결혼해야겠군요. 그런데 그토록 모든 조건을 갖추었으면서 왜 지금까지 결혼을 하지 않았을까요?"

"많은 남자들이 그녀에게 반했지만, 그녀는 거들떠보지도 않았다네. 아무튼 자네의 제안은 상당히 좋은 생각 같구먼. 어떤 면으로는 상대방의 감정을 상하게 하지 않고 일을 해결할 수 있는 방법이 될지도 모르지. 엘리는 이제 성인이 되었고, 또한 어떻게 보면 그레타의 도움으로 결혼할 수 있었던 것이니까 그 은혜에 보답하는 셈치고 그녀에게 적절한 액수의 돈을 주는 것도 괜찮을 것 같군." 리핀코트 씨는 씁쓸한 표정을 지으며 말을 마쳤다.

"그건 문제가 없겠군요." 내가 쾌활하게 말했다.

"자네는 정말 낙천주의자로구먼. 모쪼록 그레타가 그 제의를 받아들이기를 바라네."

"그녀가 거절할 까닭이 있을까요? 만약에 그렇다면 그거야 어디 제정신을 가진 여자라고 하겠습니까?"

"글쎄, 사실 그녀가 그 제안을 수락하지 않을 이유야 거의 없다고 봐야겠지. 그렇게 되면 엘리와 그녀의 우정도 계속될 수 있을 테니까."

"무…… 무슨 생각을 하시는 거죠?"

"나는 엘리가 그녀의 영향력에서 벗어나는 걸 보고 싶네." 리핀코트 씨는 자리에서 일어났다. "그렇게 될 수 있도록 자네도 힘써 주지 않겠나?"

"물론입니다. 저도 그레타를 우리 마음대로 할 수만 있다면 정말 원이 없겠습니다."

"자네도 그녀를 한번 만나보게 되면 마음이 달라질지도 모르지." 리핀코트 씨가 말했다.

"그렇진 않을 겁니다." 내가 단호하게 말했다. "저는 수단이 좋은, 소위 말하는 유능하고 멋지게 생긴 그런 여자들을 좋아하지 않거든요."

"고맙네 마이클, 내 이야기를 끝까지 들어주어서 말일세. 언제 한번 자네 부부하고 식사를 같이 했으면 좋겠는데 다음 주 수요일 저

녁이면 어떻겠나? 코라 반 스타입슨과 프랭크 버튼도 그때쯤이면
런던에 오게 될 걸세. "

"그렇다면 제가 그들을 만나 봐야겠군요? "

"그래야지. 어차피 피할 수 없는 일이니까. " 그리고는 나에게 빙긋
웃음을 지어 보였는데, 이번 웃음은 좀더 진실해 보였다. "그렇다고
너무 걱정할 건 없다네. " 그가 다시 말을 이었다. "아마 코라는 몹시
거칠게 나올 게야. 프랭크는 좀 눈치없이 굴 테고, 루벤은 당분간 나
타나지 않을 걸세. "

루벤이 누구인지는 알 수 없었지만, 아마도 또 다른 친척이겠거니
짐작했다.

나는 옆방으로 통하는 문을 열고 엘리를 불렀다.

"이리 나와요, 엘리. 이제 심문은 끝났으니까. "

그녀는 거실로 나와서 우리를 재빨리 훑어보더니, 리핀코트 씨에게
다가가서 그에게 가볍게 입을 맞추었다.

"고마워요, 앤드류 아저씨. 마이클한테 잘 대해 주셔서 말예요. "

"글쎄다, 만일 내가 네 남편한테 잘 대해주지 않으면 너는 나를 아
예 상대하려고 들지도 않겠지? 아무튼 이따금씩 몇 마디 충고를
해줄 수 있는 내 권리를 확보해 두어야 하거든. 너희들은 둘 다 너
무 젊으니 말이다. "

"물론이죠, 아저씨 충고라면 기꺼이 들어야죠. "

"자, 이젠 너하고 몇 마디 나누었으면 하는데, 엘리야. "

"이번에는 내가 자리를 비켜 줄 차례군요. "

나는 침실로 들어갔다.

나는 이중으로 된 문을 굳게 닫는 척했지만 실은 안으로 들어간 다
음에 살짝 열었다. 나는 엘리처럼 좋은 가문에서 자라지도 않았고,
따라서 이중의 얼굴을 가진 리핀코트 씨가 어떻게 변모하는지 몹시

보고 싶었던 것이다. 하지만 내가 듣고 싶었던 말은 한 마디도 나오지 않았다. 몇 마디 엘리에게 충고를 해주었을 뿐이었다. 그는 가난한 남자가 부자 아내를 얻게 되면 어려움을 겪을 수도 있다는 사실을 알아야 한다고 말하고 나서, 계속해서 그레타 문제를 슬기롭게 해결하려고 애쓰는 것 같았다. 그리고는 이번 기회에 코라 반 스타입슨과도 결착을 짓도록 하라고 조언했다.

그가 말했다.

"꼭 지금 당장 그렇게 해야 할 필요는 없지만, 여러 남편들한테서 받은 위자료만으로도 충분히 살 수 있고 네 할아버지가 남긴 신탁 기금에서 나오는 소득도 제법 되니까."

"그런데도 내가 돈을 더 주어야 하나요?"

"법적으로나 도덕적으로나 꼭 그렇게 해야 할 의무는 없다고 생각한다. 하지만 네가 그렇게 함으로써 그녀의 입을 막을 수도 있지 않겠나 하는 거지. 네가 언제든지 무효화시킬 수 있도록 조건부 수입의 형태로 만들어 줄 수도 있다. 만일에 마이클이나 너에 대해, 아니면 너희 생활에 대해 고의로 좋지 못한 소문을 퍼뜨리려고 한다는 것을 네가 알게 되면, 그걸 이용해서 가시보다 더 무서운 그녀의 혀를 마음대로 놀리지 못하도록 할 수도 있을 테니 말이다."

"코라는 항상 나를 미워했어요." 엘리가 말했다. "그건 나도 충분히 알 수 있었거든요." 그리고는 얼마쯤 수줍은 목소리로 덧붙였다. "마이클이 마음에 드시죠? 예, 앤드류 아저씨?"

"글쎄다, 아주 매력 있는 젊은이더구나." 리핀코트 씨가 말했다. "어떻게 해서 네가 그 사람하고 결혼하게 되었는지 알 것도 같구나."

그 말은 내 기대 이상이었다. 내가 그의 마음에 들지 않았으리란 것은 나도 잘 알고 있었기에. 조심스럽게 문을 닫고 나서 한 1, 2분 정도 지나자 엘리가 나를 부르러 왔다.

우리가 막 리핀코트 씨를 배웅하려는 참에 심부름하는 아이가 전보를 가지고 왔다. 엘리는 전보를 펴보더니 뜻밖이라는 듯이 기쁨의 탄성을 터뜨렸다.

"그레타가 보낸 거예요. 오늘 밤 런던에 도착해서 내일 우리를 만나러 오겠대요. 정말 기뻐요!" 그녀는 우리를 쳐다보았다. "그렇죠?"

우리는 시큰둥한 표정을 지었지만 애써 밝은 목소리로 대꾸했다.

"그럼, 기쁘고말고."

"물론이지."

그레타

다음날 아침 나는 쇼핑을 나갔다가 생각보다 늦은 시간에 호텔로 돌아오게 되었다. 엘리는 중앙 라운지에서 늘씬한 금발 미인과 마주 앉아 있었다. 그레타였다. 두 사람은 쉴새없이 정담을 나누고 있었다.

나한테는 결코 사람을 묘사하는 재주가 없지만, 그래도 그레타의 모습을 한번 서툴게나마 묘사해 볼까 한다. 우선 엘리의 말처럼 그녀가 아름답다는 것, 그리고 리핀코트 씨가 마지못해 하며 말했듯이 멋지다는 것은 누구라도 부인하지 못할 것이다. 그 두 표현은 서로 그 의미가 다른 것이다. 이 멋지다는 표현은 사실 정숙한 여인에게는 어울리지 않는 표현으로, 그 여인을 속되게 여기고 있다는 경멸의 의미로 해석될 수도 있기 때문이다. 리핀코트 씨는 분명 그레타를 별로 좋게 여기고 있지 않은 것 같았다. 아무튼 그레타가 호텔 라운지를 거닐거나 레스토랑에 들어서게 되면 모든 남자들의 고개가 그녀 쪽으로 향했다. 그녀는 정말로 눈부신 금발을 한 전형적인 북구 미인이었다. 당시의 유행에 따라 그 아름다운 금발을 뒤로 빗어 넘겨 대리석

같이 고운 이마를 한껏 자랑하고 있었다. 태생이 스웨덴이거나 북부 독일쯤으로 보였다. 사실 날개만 붙인다면, 여신들의 무도회에라도 갈 수 있을 것 같은 모습이었다. 그녀의 눈은 마치 호수처럼 맑은 푸른빛을 띠고 있었고, 몸의 곡선 또한 감탄을 자아낼 정도로 아름답기 그지 없었다. 아무튼 뭐라고 한 마디로 형용할 수 없는 그런 여인이었다!

나는 그들이 앉아 있는 곳으로 다가가 합석을 하며, 내 딴에는 자연스럽고 친근한 태도로 대한답시고 했지만, 그래도 어색한 감정은 어쩔 수가 없었다. 그럴듯하게 연기를 하는 데는 워낙 소질이 없는 편이기 때문이다. 엘리가 즉시 입을 열었다.

"드디어 왔어요, 마이크. 내가 말하던 그레타예요."

나는 비록 빙긋 웃음을 띠고 있었지만, 그렇게 기분이 좋아 보인다고는 할 수 없는 태도로 인사를 건넸다.

"이렇게 만나 뵙게 돼서 정말 기쁘군요, 그레타."

엘리가 말했다.

"당신도 알겠지만, 그레타가 아니었다면 우린 결코 결혼하지 못했을 거예요."

"우리도 나름대로 애를 썼다고 할 수 있지." 내가 말했다.

"안 그랬다면 아마 가족들이 벌떼처럼 달려들었을 거예요. 어떻게 해서든지 결혼을 못하게 했을걸요. 그레타, 식구들이 몹시 난리를 쳤겠지?" 엘리가 그레타에게 물었다. "어째서 편지라든가 다른 방법으로라도 나한테 알려주지 않았니?"

"한참 신혼여행을 즐기고 있는 행복한 부부한테 그런 편지를 보내서 기분을 망치게 할 수야 없는 노릇이 아니겠어요?" 그레타가 당연하다는 듯이 반문했다.

"하지만 식구들이 당신한테 무척 화를 냈을 텐데?"

"그야 물론이죠! 식구들이 어떻게 했을 것 같아요? 하지만 나도 만반의 준비를 해두고 있었거든요."

"그들이 어떻게 했어?"

"할 수 있는 모든 짓을 다 했어요. 물론 먼저 해고부터 시켰죠." 그레타가 쾌활하게 말했다.

"아마 그랬을 거야. 나도 짐작은 하고 있었지만…… 그런데 당신은 어떻게 했어? 그들이 다른 곳에 추천해 주거나 하지는 않았을 테니 말이야."

"물론이에요. 그들의 입장에서 보면 자기들의 신임을 받고 있던 내가 그런 짓을 했다는 건 도저히 용서할 수 없는 일이었을 테니까요." 그리고는 다시 덧붙였다. "지독하게 욕을 얻어먹었죠 뭐."

"그러면 지금은 어떻게 지내고 있어?"

"일자리를 구했어요."

"뉴욕에서?"

"아니, 여기 런던에서요. 비서직 같은 거예요."

"정말 괜찮은 거야?"

"엘리 양." 그레타가 다정하게 불렀다. "이번 일이 들통나게 되면 무슨 일이 벌어지리란 걸 예상하고 나한테 그렇게 많은 액수의 수표까지 보내 주었는데, 제가 괜찮지 않으면 어떻게 하겠어요?"

구어체를 쓰는 경우에는 가끔씩 어색한 표현이 나오기도 했지만, 아무튼 그녀의 영어 솜씨는 정말 일품으로 외국인 같은 말투는 거의 찾아볼 수 없었다.

"여기저기 많이 돌아다녀 보았지만 그래도 런던이 제일 마음에 들어 여기서 지내기로 하고, 이것저것 살림장만도 좀 했어요."

"마이크하고 나도 여러 가지 많은 것을 샀어." 엘리는 지난 일들을 돌이켜보는지 감상에 젖은 웃음을 빙긋 머금으며 말했다.

그건 사실이었다. 우리는 유럽 대륙을 마치 모조리 사 버릴 기세로 돌아다녔다. 얼마를 쓰든지 전혀 걱정없는 보물창고——돈을 가졌다는 것은 정말 멋진 일이었다. 이탈리아에서는 집을 치장할 최고급 비단을 샀다. 그리고 역시 이탈리아와 파리에서 정말이지 너무도 터무니없이 비싼 그림도 구입했다. 이런 일이 있으리라고는 꿈도 꾸지 못했던 내 앞에 놀라운 세계가 전개되었던 것이다.

"두 사람은 정말 행복해 보이는군요!" 그레타가 말했다.

"우리 집 아직 못 봤지? 참으로 멋진, 우리가 늘 꿈꾸던 바로 그런 집이 될 거야. 그렇죠, 마이크?"

"벌써 보았어요." 그레타가 말했다. "영국에 온 첫날, 자동차를 빌려서 그곳에 내려갔거든요."

"정말?" 엘리가 놀란 듯이 되물었다.

나 역시 정말이냐고 물었다.

"정말이에요." 그레타는 생각에 잠긴 어조로 대답하더니 이내 고개를 절레절레 저었다.

엘리는 놀라움과 실망이 엇갈리는 그런 표정을 지었다. 하지만 나는 놀라지 않았다. 나는 곧 그레타가 우리를 놀리고 있음을 깨달았다. 내가 금방 알아챘을 정도였으니 그녀의 속임수도 별로 능숙하지는 못한 셈이었다. 하지만 그리 오래 계산할 시간도 없었다. 그레타가 갑자기 맑은 웃음을 터뜨렸기 때문이다. 음악 같은 맑은 웃음소리는 주위에 있던 사람들의 이목을 우리 쪽으로 향하게 만들었다.

"세상에, 저 표정들 좀 봐!" 그녀가 웃으며 말을 이었다. "특히 엘리 양의 표정은 볼만하군요. 내가 좀 심했나? 농담이에요! 정말 멋진 집이었어요. 그 사람은 천재라고 할 수 있더군요."

"그렇습니다." 내가 말했다. "흔히 볼 수 있는 그런 사람은 아니지요. 곧 만나 볼 수 있을 겁니다."

"벌써 만나 보았답니다. 내가 내려간 그날, 그 분도 계셨거든요. 그래요, 정말 유별난 사람이더군요. 좀 무섭기도 하고요. 그렇게 생각지 않으세요?"

"무섭다고요?" 내가 놀라며 물었다. "어떤 면에서 말입니까?"

"오, 나도 잘 모르겠어요. 그는 마치 사람 속을 들여다보는…… 뭐 랄까, 내 몸을 뚫고 저편을 들여다보는 것 같다고나 할까요? 사람을 괜히 불안스럽게 만드는 그런 눈빛 말예요. 그런데 몸이 상당히 좋지 않은 것 같더군요?"

"환자예요. 병이 몹시 깊답니다." 내가 말했다.

"정말 안됐군요. 무슨 병인가요? 무슨 결핵 같은 병인가요?"

"아니오. 결핵은 아닐 거라고 생각합니다. 내 생각에는 혈액하고 관계가 있는 병이 아닐까 합니다만."

"예, 알겠어요. 요즘 의사들은 거의 못 고치는 병이 없답니다. 그 들이 손을 쓰기도 전에 죽는다면 모르지만요. 우린 그런 생각은 이 제 그만두고, 그 집 이야기나 해요. 그래, 언제쯤 완성될 건가 요?"

"일이 진행되고 있는 것으로 봐서는 곧 완성될 것 같습니다. 그렇 게 빨리 지을 줄은 정말 몰랐어요."

"아, 그건 돈 때문일 거예요. 2교대로 작업하는데다가 보너스도 듬 뿍 주니 말이죠. 엘리 양은 잘 모를 거예요. 자신이 가지고 있는 돈이라면 뭐든지 손에 넣을 수 있다는 걸. 돈의 위력이란 정말 놀 라운 거죠."

하지만 나는 알고 있었다. 지난 몇 주 동안 나는 실로 많은 것을 깨우치게 되었다. 결혼으로 나는 전혀 다른 세계에 발을 들여놓게 되 었고, 그 세계는 내가 상상도 하지 못했던 그런 세계였다. 내 생애에 있어서 특히 행운이었다고 할 수 있는 것은 더 이상 바랄 것이 없는 풍족한 세계를 경험할 수 있었다는 것이다. 엄청난 돈이 굴러들어 왔고, 나는 내가 생각해 낼 수 있는 가장 호화판 생활로 거침없이 써버렸다. 물론 촌스럽고 서툰 방법으로 말이다. 당시 내 수준에서 보면 그런 촌스러움도 당연한 것이었다. 하지만 엘리의 세계는 나와는 차원이 달랐다.

그건 내가 생각할 수 있는 그런 것이 아니었다. 끊임없이 추구하는 극도의 사치랄까? 보다 큰 침실, 보다 커다란 저택, 보다 호화로운 조명기구, 보다 풍족한 음식, 보다 빠른 승용차 같은 것을 추구하는 것이 아니었다. 단순히 소비하기 위해서 소비하는 그런 것은 결코 아니었다. 요트를 세 척씩이나, 아니면 자동차를 네 대씩이나 가지고 있을 필요는 없는 법이고, 하루에 세 끼 이상 식사를 할 수도 없는 노릇이다. 또한 최고가의 그림을 산다고 하더라도 한 방에 몇 개씩이나 걸어놓지는 않을 것이다. 이런 식으로 간단한 문제였다. 그들이 가지고 있는 것은 늘 그 종류 가운데서는 최고급이었다. 그러나 최고급이어서 가지고 있는 것이 아니라, 어느 물건이 갖고 싶어져서 단순히 갖게 된 것뿐이었다.

원하는 것을 손에 넣을 수 없을지도 모른다는 걱정 따위는 있을 수가 없기 때문이다. 내가 그러한 이치를 이해할 수 없었던 것은 그것이 복잡하고 난해해서가 아니라 오히려 너무도 간단한 이치였기 때문인지도 모른다. 한번은 우리가 세잔인가 하는 프랑스 인상파 화가의 그림을 감상한 적이 있었는데, 나는 그 이름을 외우느라 진땀을 흘렸다. 아무리 들어도 집시 음악인가 하는 치간이라는 단어와 노상 혼동하곤 했으니 말이다. 아무튼 우리는 그곳을 떠나서 베니스 거리를 거닐었다. 그때 엘리는 갑자기 걸음을 멈추더니 거리의 화가들을 보았다. 대체로 그들은 관광객들을 상대로 모두가 비슷비슷해 보이는 끔찍한 그림들을 그리고 있었다. 커다란 이를 드러낸, 대개는 금발을 목까지 늘어뜨린 초상화가들이었다.

그곳에서 엘리는 아주 조그만 그림 한 점을 샀다. 운하를 따라서 멀리 희미한 불빛이 깜박이는 그림이었다. 그 그림을 그린 화가가 우리들의 차림새를 요모조모 뜯어보자 엘리는 영국 돈으로 6파운드를 치렀다. 재미있는 사실은, 엘리가 세잔의 그림보다 그 6파운드짜리 그림을 더 갖고 싶어했다는 것이다.

파리에서도 그와 비슷한 일이 있었다. 엘리가 갑자기 나한테 이런 말을 한 것이다.

"바삭바삭한 프랑스 빵을 사서 그 속에 치즈 한 장을 끼워 먹으면, 정말 맛있을 거예요."

그래서 우리는 그렇게 했고, 엘리는 그 빵을 20파운드 짜리 식사보다도 더 맛있게 먹는 것 같았다. 처음에는 그런 것들을 이해할 수 없었지만 차츰 이해하기 시작했다. 우스운 것은, 엘리와 결혼한다는 것이 단순한 장난이나 게임이 아니라는 사실을 그때서야 비로소 깨달을 수 있었다는 것이다. 해야 할 숙제가 많았다. 레스토랑에 들어갈 때는 어떻게 하고, 주문은 어떻게 하며, 팁은 얼마나 주어야 적당한 것인지, 그리고 어떤 때에 평소보다 많은 팁을 주어야 하는지 등등을 배워야 했다. 어떤 음식을 먹을 때는 무슨 음료를 마셔야 하는지도 기억하고 있어야 했다. 나는 그런 것들을 대부분 눈치로 배울 수밖에 없었다. 엘리한테 그런 것들을 일일이 물어 볼 수는 없었다. 엘리는 이해하지 못할 테니 말이다. 내가 물어 보면 아마 이렇게 대답했을 것이다.

"아뇨, 마이크, 당신은 뭐든 하고 싶은 대로 할 수 있잖아요? 웨이터가 무슨 음식에는 어떤 포도주를 마셔야 한다고 생각한다 해서 그게 무슨 문제가 되죠?"

그녀야 자기 하고픈 대로 할 수 있는 환경에서 태어났으니 문제가 안 될지도 모르지만, 그렇게 할 수 없는 나로서는 문제가 될 수밖에 없었다. 나는 그렇게 단순치가 못했다. 옷 문제도 그랬다. 하지만 이 부분은 조금 이해가 되는지 엘리가 나를 도와주었다. 그녀는 나를 적당한 곳으로 데리고 가서 그곳 주인에게 알아서 하라고 맡겼다.

물론 나는 여전히 제대로 이해하지 못했다. 하지만 그것은 그리 문제가 되지 않았다. 나는 어느 정도 그 요령을 터득했고, 마침내 늙은 리핀코트의 시험도 무사히 통과할 수 있었다. 물론 곧 닥쳐올 엘리의 계모와 고모부들의 시험대가 기다리고 있었지만, 그것 또한 앞으로는 전혀 문제가 되지 않을 것 같았다. 집이 완성되고 우리가 그 집에서 살게 되면 우리는 모든 사람들로부터 멀리 벗어나게 될 테니 말이다. 그 집은 우리의 궁전이 될 것이다. 나는 맞은편에 앉아 있는 그레타를 보았다. 그녀가 우리 집에 대해서 과연 무슨 생각을 하고 있을지 궁금했다. 어쨌든 그 집은 내가 원하던 바로 그런 집이었다. 더할 나위 없이 내 맘에 꼭 드는 집. 자동차를 타고 숲 속으로 난 드라이브 길을 내려가, 아무도 접근할 수 없고 오직 우리 둘만이 거닐 수 있는 금빛 모래밭이 펼쳐진 아늑한 해변에 이르고 싶었다. 그곳에서 바닷물 속으로 풍덩 뛰어드는 생각을 아마도 수천 번은 해보았을 것이다. 수많은 사람들이 드러누워 일광욕을 즐기는 끝없이 펼쳐진 넓은 해수욕장보다 몇천 배나 더 좋은 곳이다. 하지만 내가 진정으로 원하는 것은 이러한 하잘것없는 사치 따위가 아니었다. 내가 원하는 것은——이런! 또 내 특유의 말이 튀어나왔다. 내가 원하는 것은, 내가 갖고 싶은 것은…… 운운. 나는 내부에서 용솟음치고 있는 그러한 감정을 분명히 느낄 수 있었다. 아름다운 여인과, 그 어느 집도 흉내낼 수 없는 멋진 집, 그리고 그 훌륭한 집에 가득 찬 아름답고 놀라운 것들. 나는 그런 집을 원했다.

"마이크는 지금 우리 집을 생각하고 있어!" 엘리가 말했다.

그녀는 나한테 그만 식당으로 가자고 두 번씩이나 말했던 모양이다. 나는 그녀를 다정한 눈빛으로 바라보았다.

그날 저녁에 식사를 하려고 외출할 채비를 하고 있을 때, 엘리가 나에게 시험이라도 하듯이 물어 보았다.

"마이크, 당신…… 당신도 그레타가 마음에 들죠, 응?"

"물론이지." 내가 말했다.

"만일 당신이 그녀를 싫어한다면 나는 정말 견딜 수 없을 거예요."

"아냐, 나도 그녀를 좋아해." 내가 역정을 내며 말했다. "도대체 어째서 당신은 내가 그녀를 싫어할 거라고 생각하는 거야?"

"나도 잘 모르겠어요. 당신은 이야기를 나눌 때조차도 그레타의 얼굴을 거의 쳐다보지 않는 것 같았거든요."

"글쎄, 내가 그랬다면 그건 아마도 마음이 편치 않았기 때문일 거야."

"그레타 때문에요?"

"응. 그녀는 어쩐지 함부로 대하기 어려운 신비스런 위압감 같은 것을 풍기거든."

그리고는 엘리에게 그레타가 마치 밸키리어 (북구 신화에 나오는, 오딘 신(神)의 전당에서 시중드는 열 두 선녀 중 하나) 처럼 보였다는 이야기를 해 주었다.

"오페라에 나오는 밸키리어처럼 체격이 당당하지도 않은데?" 엘리는 웃음을 터뜨렸다. 우린 둘 다 크게 웃었다.

"물론 당신은 그녀와 오랫동안 같이 지내서 그런 걸 별로 못 느낄 거야. 하지만 그녀는 아주…… 그러니까 내 말은 아주 유능하고 현실적이며 지나치게 똑똑한 것 같거든."

나는 여러 가지 단어로 적절하게 표현하려고 애를 써 보았지만 제대로 표현된 말은 하나도 없는 것 같았다. 그러다가 갑자기 생각나는 대로 한 마디 내뱉었다.

"나는…… 나는 그녀와 함께 있으면 왠지 소외당하는 기분을 느끼거든."

"오! 마이크!" 엘리는 양심에 가책을 느끼는 모양이었다. "나도 우리가 너무 우리 이야기만 했다는 걸 알고 있어요. 옛날에 있었던 여러 가지 재미난 일들 같은 것이죠. 그래요, 그러니 당신이 그런 소외감을 느끼는 것도 당연해요. 하지만 당신도 곧 친해질 거예요. 그레타는 당신을 좋아하거든요. 정말 아주 좋아해요. 그녀가 직접 나한테 말했는걸요."

"엘리, 그녀로서야 당연히 그렇게 말할 수밖에 더 있겠어?"

"오, 아니에요. 그레타는 그렇지 않아요. 그녀는 아주 솔직한 성격이에요. 싫은 걸 좋다고 말할 그런 사람이 아니에요. 오늘 당신도 그녀가 하는 말을 들었잖아요?"

그건 사실이었다. 그날 점심 식사를 하면서 이야기를 나눌 때, 그레타는 결코 자기 감정이나 생각을 꾸미거나 감추려고 하지 않았다. 그녀는 엘리보다는 오히려 나한테 이야기하듯 말했다.

"물론 당신은 이상한 일이라고 생각하셨을 거예요. 당신을 한 번도 본 적이 없으면서도 엘리가 당신과 이루어지도록 내가 적극 지원해 준 것에 대해서 말이죠. 하지만 난 참을 수가 없었어요. 그들이 엘리를 그런 식으로 살아가도록 만드는 것에 정말 참을 수가 없었어요. 돈과, 그 진부하기 짝이 없는 낡은 사고방식으로 마치 단단한 누에고치처럼 엘리를 완전히 속박하고 있었던 거예요. 엘리는 한 번도 자기 마음대로 어디를 가거나 즐겨 본 적이 없었어요. 반항을 하고 싶어도 그 방법조차 몰랐죠. 그래서…… 그래요, 내가 엘리를 부추겼던 거예요. 영국에서 한번 살 만한 곳을 봐두는 게 어떻겠냐고 한 거죠. 21살이 되어서 뭐든 자기 마음대로 할 수 있게 되면, 그때는 뉴욕과 작별을 고하라고 한 거예요."

"그레타는 정말 놀라워요." 엘리가 말했다. "언제나 나로서는 꿈도 꾸지 못할 일들을 생각해 내거든요."

리핀코트 씨가 나한테 이런 말을 한 적이 있다. "그녀는 엘리에게 지나친 영향력을 행사하고 있어." 하지만 나는 그게 사실인지 의문스러웠다. 아니, 정말로 그럴 거라고는 생각하지 않았다. 엘리의 마음속 깊은 어디엔가는 엘리에 대해서 그토록 잘 알고 있다는 그레타로서도 전혀 감지할 수 없는 무엇인가가 있는 것 같은 생각이 들었기 때문이다. 그레타가 엘리를 선동했다고는 하지만, 엘리 자신이 그러고 싶은 마음이 있었던 것이고, 다만 어떻게 해야 하는 것인지 그 방법을 몰랐을 뿐이라고 생각했다. 하지만 엘리에 대해서 좀더 알게 되자, 나는 그녀가 결코 마음속에 무슨 비밀 같은 것을 감추고 있거나 하지 않는 아주 단순한 여인이라는 생각이 들었다. 원한다면 언제든지 자기 주장을 내세울 수 있는 그런 여인이라고 생각했다. 문제는 그녀가 별로 자신의 주장을 내세우려 하지 않는다는 것이었다. 비로소 나는 사람들을 이해한다는 것이 얼마나 어려운 일인지 알 것도 같았다. 엘리도 그렇고, 그레타도 마찬가지였다. 어머니 또한 예외가 아니었다. 나를 바라보시던 그 걱정스러운 눈빛……

리핀코트 씨 역시 알 수 없는 사람이었다. 식사가 끝나고 우리가 커다란 복숭아 껍질을 벗기고 있을 때, 내가 말했다.

"리핀코트 씨는 우리 결혼을 별로 못마땅하게 여기시지는 않는 것 같더군요. 나로서는 정말 뜻밖이었어요."

그러자 그레타가 말했다.

"리핀코트 씨는 늙고 교활한 여우라고 할 수 있어요."

"그레타는 늘 그렇게 말하지만, 나는 참 좋은 분이라고 생각해요. 아주 엄격하고 정직하시거든요." 엘리가 말했다.

다시 그레타가 말했다.

"물론 사람마다 다를 수도 있겠지요. 하지만 난 그 사람을 조금도 믿지 못하겠어요."

"세상에, 그분을 믿을 수 없다니!" 엘리가 믿기지 않는다는 듯이 말했다.

그레타가 고개를 가로저었다. "나도 알아요. 신뢰와 존경을 한몸에 받고 있는 사람이란 걸. 신탁인으로서도 부족한 데가 없고, 또한 변호사로서도 만점이라고 할 수 있으니까."

그러자 엘리가 웃으며 말했다. "그분이 내 재산을 횡령이라도 할 것 같은 말투로군? 그만해, 그레타. 회계사, 은행가, 세무사 등등, 그런 일을 감시하는 사람들은 얼마든지 있으니까."

"그래요, 그 사람은 정말 훌륭한 분이에요. 하지만 바로 그런 사람들이 뒤에서는 호박씨를 까는 법이죠. 신뢰를 받는 그런 사람이 말이에요. 그리고는 나중에 가서 이런 말도 들리죠. '난 정말 그 사람이 그럴 줄은 몰랐어. 절대로 그럴 사람이 아니었는데.' '설마 그가 이럴 줄이야!'"

엘리는 오히려 프랭크 고모부가 그런 짓을 할 가능성이 더 많은 것 같다고 조심스럽게 말했다. 하지만 그런 일에는 별로 마음을 쓰지 않는 것 같았다.

그레타가 물었다.

"물론 그 사람은 꼭 악당같이 생겼어요. 그 사람한테는 불리한 점이라고 할 수 있지요. 하지만 점잖고 친절하신 분이라 결코 지독한 악당은 되지 못할 거예요."

"그분은 정확히 당신과 어떤 관계지?" 내가 물었다. 사실 엘리의 친척들에 관해서는 별로 생각해 보지 않았었다.

"고모의 남편, 즉 고모부예요." 엘리가 말했다. "고모는 고모부와 이혼하고 다른 사람과 결혼했다가 6년인가 7년 전에 돌아가셨어요.

프랭크 고모부는 우리 집안과는 그런 대로 가까운 친척이라고 할 수 있죠."

"찰거머리 같은 사람들이 셋 있어요." 그레타가 끼어들었다. "악착같이 떨어지지 않으려고 하는 치들이죠. 엘리 양의 삼촌들은 모두 돌아가셨답니다. 한 분은 한국전쟁에서, 한 분은 교통사고로 말예요. 결국 남은 사람이라곤 못된 계모와, 진드기처럼 붙어 있는 식객인 프랭크 고모부. 그리고 엘리가 아저씨라고 부르지만 실은 사촌뻘밖에 안 되는 루벤 사촌이 전부인 셈이죠. 그 밖에는 앤드류 리핀코트와 스탠퍼드 로이드 씨가 있어요."

"스탠퍼드 로이드라는 사람은 또 누구죠?" 내가 어리둥절해 하며 물었다.

"그 사람도 재산관리인이에요. 그렇죠, 엘리 양? 투자라든가 뭐 그런 일들을 해주는 사람이에요. 사실 그런 건 별로 어려운 일도 아니죠. 왜냐하면 엘리 양처럼 돈이 많으면 그냥 가만히 내버려둬도 자꾸만 돈이 불어나기 마련이거든요. 지금까지 말한 사람들이 엘리 양 주위에 있는 주요인물들인 셈이에요. 이제 당신도 곧 그들을 만나 볼 수 있을 거예요. 모두 당신을 보러 여기로 찾아올 테니까요."

나는 무거운 신음소리를 내며 엘리를 쳐다보았다. 엘리는 아주 상냥하고 다정한 목소리로 위로했다.

"너무 걱정하지 마세요, 마이크. 그들은 곧 돌아갈 테니까요."

가엾은 여자

결국 그들은 나를 찾아왔다. 하지만 아무도 오래 머무르지는 않았다. 그 첫 번째의 방문 때에는 말이다. 그들은 단지 나를 보러 온 것이었다. 나는 그들을 이해하기 어려웠다. 물론 모두 미국인이기 때문인지도 모른다.

그들과는 좀처럼 친숙해지지가 않았다. 그들 중에는 상당히 유쾌한 사람도 있었다. 프랭크 고모부라는 사람이 그랬다. 그에 관해서는 나도 그레타와 동감이다. 도무지 믿을 수가 없는 사람 같았다. 영국에서도 그와 같은 사람을 본 적이 있다. 커다란 체구에 올챙이처럼 툭 튀어나온 배에다가 눈 밑도 축 늘어져서 진실과는 거리가 먼 방탕한 생활을 보내는 사람처럼 보였다.

하지만 여자를 볼 줄 아는 안목은 있어서 절호의 기회다 싶으면 결코 흘려 보내지 않을 사람이었다. 그는 한두 번 내게서 돈을 빌려갔는데, 그것도 큰 돈이 아닌 하루나 이틀쯤 때우기에 족할 아주 적은 액수에 지나지 않았다. 그렇기 때문에 나는 그가 정말로 돈이 필요해서가 아니라, 내가 돈을 쉽게 빌려 주는지 알아보려고 나를 시험하고 있다는 생각이 들었다. 나는 정말 어떻게 처신해야 좋을지 몰라서 조금 망설였다. 의식적으로 내가 구두쇠처럼 보이는 게 좋을지 한량없이 마음 좋은 얼간이처럼 구는 게 좋을지. 선심 잘 쓰는 마음 좋은 사람은 도저히 내 취향이 아니다. 정말 골치아픈 프랭크 고모부라고 나는 생각했다.

엘리의 계모인 코라라는 여인은 가장 흥미 있는 사람으로 여겨졌다. 그녀는 화려한 옷차림에 좀 과장된 태도로 사람을 대하는 마흔쯤 되어 보이는 여인이었다. 엘리한테는 상냥하기 이를 데 없이 대해 주었다.

"내가 보낸 편지에 대해서는 더 이상 마음에 두지 말아라, 엘리. 네가 그처럼 전격적으로 결혼한 것이 나한테는 얼마나 놀라운 일이었겠니? 그건 너도 인정해야 해. 그토록이나 감쪽같이 결혼을 하다니! 하지만 물론 그런 식으로 너를 부추긴 사람이 바로 그레타라는 것은 말하지 않아도 뻔한 일이지."

"그레타를 탓하지 마세요." 엘리가 따지듯 말했다. "나는 정말 새엄마를 놀라게 할 생각은 없었어요. 오히려 그런 식으로 하는 게 문제를 덜 일으키게 될 거라고 생각했는데……."

"그럼, 엘리. 너한테도 다 이유가 있었을 테지, 아무렴. 하지만 그 사람들, 스탠퍼드 로이드 씨와 앤드류 리핀코트 씨는 노발대발했단다. 세상사람들한테 너를 보살피지 못했다고 비난을 받게 될 거라고 생각한 모양이야. 물론 그들은 마이크가 어떤 사람인지에 대해서는 전혀 생각해보지도 않고 말이지. 네 남편이 얼마나 매력 있는 사람인지 그들은 짐작도 못했던 거야."

그녀는 나를 건너다보며 아주 다정하게 빙긋 웃음을 지어 보였지만, 전혀 마음에도 없는 말임을 나는 너무나도 잘 알고 있었다. 그녀가 나를 죽이고 싶도록 미워하리라는 것은 불을 보듯 뻔한 이치였다.

그녀가 엘리에게 그토록 다정하게 구는 것은 충분히 이해가 가는 일이었다. 앤드류 리핀코트 씨가 미국으로 돌아가서 그녀에게 몇 마디 귀띔을 해준 것이 분명했다. 엘리는 영국에서 살기로 결심하고 미국에 있는 부동산은 어느 정도 처분할 생각이었지만, 코라에게도 상당한 금액을 떼 주어서 그녀로 하여금 자기가 살고 싶은 곳에서 살도록 배려할 생각이었다. 아무도 코라의 현남편에 대해서는 별로 언급들을 하지 않았다. 그 사람은 이미 코라와 헤어져서 다른 여자와 함께 지내고 있는 모양이었다. 그리고 여러 가지를 종합해 볼 때 이혼 문제가 아직 해결되지 않고 있으며, 이번 경우에는 위자료도 많이 받지 못할 모양이었다. 코라의 이번 결혼은 자기보다 훨씬 나이가 어린 남자하고 한 것으로, 돈보다는 그 남자의 육체적 매력에 이끌려서 했다는 소문이었다.

따라서 코라는 엘리가 생각 중인 그 수당을 결코 놓칠 수 없었다. 그녀는 사치스런 취미를 가진 여자이기 때문이다. 언제라도 엘리 마음이 틀어지거나, 코라가 엘리의 남편을 지나치게 비방할 경우에는 그 수당지급이 중단될 수도 있다는 사실을 앤드류 리핀코트 노인은 분명하게 못을 박았을 것이다.

루벤 사촌인지 루벤 아저씨인지 하는 사람은 같이 오지 않고 대신 편지만 보내왔다. 엘리가 부디 행복하게 잘 살기만을 바란다고 하면서 정말로 영국에서 살 생각이냐고 물었다. '만일 그렇지 않다면, 미국으로 다시 돌아오너라. 네가 돌아오고 싶어한다면야 너를 환영하지 않을 사람은 아무도 없을 게다. 특히 이 루벤 아저씨는 누구보다도 너를 반갑게 맞이할 테니'라고 말을 맺었다.

"상당히 좋은 사람 같은데?" 내가 엘리한테 말했다.

"그럼요." 엘리가 뭔가를 곰곰이 생각하는 표정으로 대답했다. 그녀의 표정으로 보아서는 말처럼 그렇게 생각하고 있지는 않은 것 같았다.

"그들 가운데 누구를 좋아해, 엘리 ? " 내가 물었다. "내가…… 괜한 것을 물었나 보지 ? "

"아니에요, 당신은 나한테 뭐든지 물어 보실 수 있어요."

하지만 그녀는 잠시 아무 말도 하지 않았다. 이윽고 그녀는 결심을 한 듯 단호한 태도로 입을 열었다.

"정말로 그들을 좋아한다고는 할 수 없어요. 이상하게 들릴지 모르겠지만 아마 진짜 혈육이 아니라서 그런 것 같아요. 환경 때문에 어쩔 수 없이 맺어진 관계이지, 무슨 친척 같은 것은 전혀 아니거든요. 그들 중 아무도 나와는 피 한 방울 섞이지 않았어요.

난 아빠를 사랑했고, 아직도 아빠의 모습을 간직하고 있어요. 아빠는 몸이 몹시 허약하신 편이었는데, 할아버지는 아빠한테 사업적인 재능이 없어서인지 실망하셨던 것 같아요. 아빠는 플로리다 주로 가서 낚시나 즐기며 살고 싶어 하셨지, 사업에는 흥미가 없으셨거든요.

그 후에 아빠는 코라와 재혼했는데, 나는 새엄마가 정말 마음에 안 들었어요. 그래서인지 그녀도 나를 싫어했죠. 친엄마에 대해서는 생각나는 게 전혀 없어요. 헨리 삼촌하고 조 삼촌은 좋은 분들이었죠. 삼촌들은…… 음, 아빠보다 어떤 면에서는 훨씬 재미있는 분들이었어요. 아빠는 좀 우울하고 말이 없는 편이셨어요. 하지만 삼촌들은 나름대로 재미있게 인생을 즐겼죠. 조 삼촌은 과격한 편이었는데, 그건 돈 많은 사람들이 흔히 그러는 객기 같은 것이었을 거예요.

아무튼 그 삼촌은 자동차 사고로 돌아가셨고, 다른 삼촌은 한국 전쟁에서 전사했죠. 할아버지는 그때 병석에 계셨는데, 세 아들을 모두 잃자 견딜 수 없는 충격을 받으셨어요.

할아버지는 새엄마를 좋아하지 않으셨고, 다른 먼 친척들도 별로 마음에 들어하지 않으셨어요. 루벤 아저씨 같은 분 말이에요. 할아버지는 늘 루벤 아저씨가 무슨 일을 꾸밀지 알 수 없다고 하셨거든요. 그래서 할아버지는 재산을 여러 곳에 신탁하신 거죠. 박물관이나 병원 같은 곳에도 상당한 액수를 기부하셨죠. 그리고 새엄마와 사위인 프랭크 고모부한테도 많은 재산을 분배해 주신 거예요."

"하지만 대부분은 당신한테 남겨 주셨잖소?"

"그래요, 할아버지는 그 일로 상당히 걱정하셨던 것 같아요. 저를 위해서 그 재산을 잘 관리하도록 최선의 조치를 해두셨거든요."

"앤드류 아저씨와 스탠퍼드 로이드 씨한테 말이지? 변호사와 은행가한테 부탁을 하신 거로군."

"그렇죠, 나 혼자서는 그 재산을 제대로 관리할 수 없을 거라고 생각하신 모양이에요. 특이한 것은 내가 21살이 되면 그 재산이 내손에 들어오도록 해놓으신 거죠. 사람들은 대부분 25살이 될 때까지 신탁을 하는데, 할아버지는 그렇게 하질 않으셨어요. 아마도 내가 여자이기 때문일 거예요."

"정말 별난데?" 내가 말했다. "그 반대가 되어야 하는 거 아냐?"

엘리는 고개를 가로저었다. "그렇지 않아요. 할아버지는 젊은 남자들이란 분별력이 없고, 나쁜 속셈을 품은 여자들의 유혹에 넘어가기 쉬운 법이라고 생각하신 거예요. 그들의 젊은 혈기를 발산시킬 수 있도록 충분히 시간이 필요할 거라고 보신 거죠. 영국 사람들이 흔히 하는 얘기잖아요? 한번은 할아버지가 저한테 이런 말을 하셨어요. '여자들은 21살이 되면 어느 정도 분별력을 갖게 된단다. 거기에 4년을 더 기다리게 해봐야 달라질 건 아무것도 없지. 21살이 되어도 여전히 멍청이라면, 4년을 더 기다려 봐야 멍청이임에는 변함이 없을 테니까.' 그리고는 이렇게 말씀하셨죠. '너는 결코 바보가 아니거든.'" 엘리는 빙긋 웃음을 지어 보이며 다시 말을 이었다. "또 이런 말씀도 하셨어요. '너는 인생에 대해서 잘 모를 게다. 하지만 엘리야, 너는 훌륭한 판단력을 갖고 있어. 특히 사람을 볼 줄 알아. 앞으로도 너는 그런 판단력을 잃지 않을 게다.'"

"그분이 살아 계셨다면 나를 좋아하시지 않았을 것 같은데?" 내가 신중한 어조로 말했다.

엘리는 무척 솔직한 여인이었다. 마음에도 없는 말을 해서 나를 안심시키려 하지 않고 사실 그대로를 말했다.

"그래요, 처음에는 상당히 격노하셨을 거예요. 우선은 당신에게 익숙해져야 했을 테니까요."

"가엾은 엘리!" 나는 나도 모르게 갑자기 이런 말을 내뱉었다.

"어째서 그런 말을 하는 거죠?"

"전에도 한번 이런 말을 한 적이 있는데 생각나?"

"그럼요. 돈은 좀 있지만 가엾은 여자라고요. 역시 당신이 옳았어요."

"이번에는 그런 뜻으로 한 말이 아니야. 당신이 부자이기 때문에 가엾다고 한 것이 아니라고. 내 말은……." 나는 잠시 망설였다. "당신 주위에는 너무 많은 사람들이 있다는 거야. 당신을 둘러싸고 있는 그 사람들 말이지. 많은 사람들이 당신한테 뭘 뜯어내려고만 하지 진정으로 당신을 생각해 주는 사람은 하나도 없는 것 같아. 내 말이 맞지, 안 그래?"

"앤드류 아저씨는 날 진정으로 위해 준다고 할 수 있어요." 엘리는 얼마쯤 자신 없는 투로 말했다. "그분은 언제나 나를 따뜻하게 대해 주거든요. 다른 사람들은, 당신 말이 맞아요. 그들은 늘 바라기만 해요."

"당신을 찾아와서 애걸들을 할 테지? 돈을 빌려 달라느니, 선심을 좀 쓰라느니 하면서. 당신한테서 뭐든 짜내려고 할 거야. 그들은 모두 당신을 노리고 있어. 늘, 언제나!"

"그건 당연한 일일 거예요." 엘리가 침착하게 말했다. "지금까지는 그들과 함께 있었으니까요. 하지만 나는 여기 영국에서 살게 될 거예요. 그러니 그들을 볼 일도 별로 없을걸요."

물론 엘리는 잘못 생각하고 있었지만, 아직은 그런 사실을 깨닫지 못하고 있었다. 스탠퍼드 로이드는 나중에 혼자 찾아왔다. 엘리의 서명이 필요한 서류와 그녀의 동의를 얻고자 하는 투자안 등을 잔뜩 가지고 온 것이다. 그는 엘리가 소유하고 있는 투자 자산과 주식, 그리고 부동산 및 신용기금의 처분 등에 대해서 이야기를 했다. 나로서는 모두가 알아듣기 어려운 소리들이었다. 그녀를 도와 준다든가, 아니면 적절한 충고를 해줄 만한 지식이 나에게는 전혀 없었다. 스탠퍼드 로이드가 엘리한테 사기를 친다고 해도 나로서는 어찌해 볼 도리가 없는 것이다. 나처럼 무식한 사람이 할 수 있는 일이라곤 오직 그가 사기치지 않기만을 바라는 것뿐이었다.

스탠퍼드 로이드는 지나치리만큼 성실했다. 의심이 갈 정도로 말이다. 그는 은행가였고, 또 은행가다운 풍채도 지니고 있었다. 비록 젊다고는 할 수 없지만 상당히 잘생긴 사람이었다. 나한테는 아주 공손하게 대해 주었는데, 실은 나를 경멸하면서도 그것을 내색하지 않으려고 애쓰는 것 같았다.

마침내 그가 돌아가자 나는 참지 못하고 말했다.

"젠장! 드디어 마지막 손님께서 돌아가셨구먼."

"그들 가운데 아무도 마음에 들지 않았던 모양이로군요?"

"당신 계모 코라는 두 얼굴을 가진 음흉한 여자인 것 같아. 그 가면 뒤에 숨어 있는 얼굴을 좀 봤으면 좋겠어. 미안해, 엘리, 괜히 쓸데없는 말을 해서. "

"당신이 그렇게 생각한다고 누가 뭐라나요? 아마 당신 생각이 별로 틀리지 않을 거예요. "

"당신은 그 동안 너무 외롭게 지냈어, 엘리. " 내가 말했다.

"그래요, 난 정말 외로왔어요. 내 또래 여자애들이 어떻게 지내는지 잘 알고 있었거든요. 학교에도 다녔지만, 정말로 자유로웠던 적은 없었어요. 혹 내가 친구라도 사귀게 되면, 어떻게 해서든지 나와 떼어놓고 대신 다른 여자애를 나한테 붙여놓곤 했죠. 아세요? 모든 것이 사교적인 목록표에 따라 기계적으로 움직였던 거예요. 누군가를 미치도록 좋아하고 싶었지만 결코 그럴 만한 기회조차 갖지 못했어요. 내가 진정으로 좋아한 친구가 하나도 없었던 거죠. 그레타가 나타나기 전까지는요. 그런데 그레타가 나타나자 모든 게 달라졌어요. 처음으로 나를 진심으로 좋아하는 사람이 생기게 된 거죠. 정말로 멋진 일이었어요. " 그녀의 표정이 부드러워졌다.

"그랬으면 좋겠어. " 나는 창문으로 돌아서며 말했다.

"뭘 그랬으면 좋겠다는 거예요? "

"글쎄, 뭐라고 할까……? 당신 말야…… 음, 그러니까 내 말은, 그레타한테 너무 기대지 않았으면 좋겠다는 거야. 지나치게 남을 의지하는 것은 결코 바람직한 일이 못 되거든. "

"그녀를 좋아하지 않는군요, 마이크. " 엘리가 말했다.

"그렇지는 않아. " 내가 서둘러 부인했다. "정말이지 나도 그레타를 좋아해. 하지만 당신은 이걸 알아야 해, 엘리. 그녀는…… 나한테는 전혀 생소한 사람이란걸. 그래, 솔직히 말하면 그녀를 조금 질투하는지도 모르지. 그녀와 당신이…… 뭐랄까, 내가 생각했던 것 이상으로 너무 밀착해 있기 때문에 질투가 나는 것인지도 몰라. "

"그레타를 질투하지 마세요. 그녀는 나를 위해 주고, 진정으로 나를 아껴준 유일한 사람이었어요. 당신을 만나기 전까지는요."

"하지만 당신은 나를 만났고, 나와 결혼했어." 내가 말했다. 그리고는 전에도 한번 한 말을 되풀이했다. "앞으로는 우리 둘이서 행복하게 살아가야지."

도전

나는 우리 생활에 끼어든, 다시 말해 이미 엘리와 관계하고 있었기에 내 생활에까지 끼어든 사람들의 모습을 최선을 다해 그려 보고자한다. 뭐 그렇게 할 말이 많은 것도 아닐 테지만, 우리의 실수는 그들이 엘리의 생활에서 손을 떼게 될 거라고 믿은 점이었다. 하지만 그렇지 않았다. 그들은 깨끗이 손을 떼고 물러날 생각이 추호도 없었던 것이다. 그러나 우리는 그것을 알지 못했다.

우리가 영국에서 지내고 있을 때 샌토닉스에게서 전보가 날아왔다. 집이 다 완성되었다는 것이다. 한 주일만 더 기다려 달라고 했다. 그리고는 다시 전보를 보내 왔다. "내일 내려오게."

우리는 차를 몰아, 해질 무렵쯤 그곳에 도착했다. 샌토닉스는 차소리를 듣고, 현관까지 나와 우리를 마중했다. 완성된 집을 보자, 나는 울컥 솟구치는 감정을 억제할 길이 없었다. 내 집이었다! 드디어 내집을 갖게 된 것이다. 나는 엘리의 팔을 쥘 듯이 꽉 붙잡았다.

"마음에 드나?" 샌토닉스가 물었다.

"최고야!" 내가 대답했다. 적절한 표현이 못 되었지만, 그는 내 말뜻을 충분히 알아들었다.

"맞아. 내가 여태껏 지은 집 중에서도 최고 걸작이라고 할 수 있지. 엄청난 돈이 들었지만, 그만한 값어치는 충분히 있네. 나는 애초에 계획한 견적을 훨씬 초과하고 말았어. 자, 마이크, 어서 엘리를 안고 문지방을 넘어서게나. 신부와 함께 새 집에 입주할 때는 다 그렇게 하는 법이라고!"

나는 얼굴을 붉히며 엘리를 안고──그녀는 무척 가벼웠다──샌토닉스가 시키는 대로 문지방을 넘어섰다. 그러다가 내가 조금 비틀거리자 샌토닉스는 미간을 찡그렸다.

"부인한테 잘 해주라고, 마이크. 엘리를 잘 돌봐 주게나. 절대로 다치게 해서는 안 되네. 자네 부인은 스스로를 돌볼 능력이 없어. 자기는 그럴 수 있다고 생각하지만 말이야."

"어째서 그런 이상한 말씀을 하시는 거죠?" 엘리가 물었다.

"왜냐하면 세상은 험악하고 나쁜 사람들도 많기 때문이지요. 더구나 당신 주위에는 질 나쁜 사람들이 많아요. 나는 잘 알고 있습니다. 그들 중에 몇몇은 나도 보았지요. 이곳에서 말입니다. 생쥐들처럼 킁킁거리며 여기저기 냄새를 맡고 다니더군요. 나의 무례를 용서하십시오. 하지만 누군가는 이야기해야겠기에 실례를 무릅쓰고 한 겁니다."

"그들도 더 이상 우리를 괴롭히지 못할 거예요. 곧 미국으로 돌아갈 테니까요."

"그럴 테지요. 하지만 미국도 비행기를 타면 몇 시간밖에 걸리지 않는 곳이란 걸 알아야 합니다."

샌토닉스는 엘리의 어깨 위에 손을 올려놓았다. 그의 손은 몹시 여위었고, 창백하기 이를 데 없어 보였다. 병세가 더욱 악화된 것 같았다.

"할 수만 있다면 나도 당신을 지켜 주고 싶소. 하지만 이제는 어쩔 수가 없군요. 이제 살 날도 얼마 남지 않았으니 말입니다. 그러니 당신 스스로 자신을 지켜야 할 거요."

"그런 집시의 경고 따위는 이제 그만두게나, 샌토닉스." 내가 말했다. "어서 집구경이나 시켜 주게, 한군데도 빠짐없이."

우리는 집을 둘러보았다. 방 몇 개는 아직도 텅 비어 있었지만, 대부분의 방들은 우리가 그 동안 사들인 그림이며 가구, 커튼 등으로 잘 꾸며져 있었다.

"우린 아직 이 집 이름을 짓지 않았잖아요?" 엘리가 갑자기 말했다. "탑집이라는 이름을 그대로 쓸 수는 없어요. 듣기가 좀 거북하잖아요. 또 다른 이름이 있었던 것 같은데, 그게 뭐였죠?" 그녀는 나를 돌아보며 물었다. "집시 언덕이라고 했나요?"

"그 이름은 안 돼. 나는 그 이름이 마음에 들지 않거든." 내가 말했다.

"이 부근에서는 다들 그렇게 부른다네." 샌토닉스가 말했다.

"그건 사람들이 어리석은 미신을 믿기 때문이지." 내가 다시 말했다.

우리는 테라스에 앉아서 해 지는 광경을 바라보며 그 집에 어울릴 이름을 생각해 보았다. 이를테면 게임처럼. 처음에는 제법 그럴듯한 이름부터 시작해서 별의별 괴상한 이름들까지 다 생각해 보았다. '여로의 끝' '마음의 기쁨' 그리고 무슨 하숙집 이름 같은 '바다가 보이는 집' '아름다운 작은 섬' '솔밭저택' 등등. 그런데 갑자기 날이 추워지며 어두워져서 우리는 집안으로 들어갔다. 커튼은 내리지 않고 창문만 닫았다. 우리는 미리 음식을 준비해 가지고 내려왔다. 집안 일을 돌보아 줄 사람은 내일 내려오기로 되어 있었기 때문이다.

"이곳이 황량하고 쓸쓸하다고 해서 도로 가버릴지도 몰라요." 엘리가 말했다.

"그러면 급료를 두 배로 준다고 해서 그들을 붙잡아 놓으면 되지 않겠습니까?" 샌토닉스가 빈정대듯 한 마디 했다.

"당신은 돈이라면 누구든 살 수 있다고 생각하시나 보군요." 엘리가 웃으며 받아넘겼다.

우리가 가지고 온 음식은 파이와 프랑스 빵, 그리고 커다랗고 붉은 보리새우 등이었다. 우리는 식탁에 둘러앉아 웃고 떠들며 식사를 즐기고 있었다. 샌토닉스까지도 생기와 활력을 되찾은 듯 두 눈이 강렬한 흥분의 빛을 띠고 있었다.

그런데 갑자기 뜻밖의 일이 발생했다. 조그만 돌멩이가 창문을 깨고 안으로 날아 들어와 식탁 위에 떨어진 것이다. 그와 동시에, 깨진 유리조각이 엘리의 얼굴에 튀어 뺨에 가벼운 상처를 냈다. 잠시 동안 얼이 빠져 있다가 나는 곧 튕기듯 자리를 박차며 창문으로 달려가 문을 열고 테라스로 나갔다. 아무도 없었다. 나는 다시 방으로 돌아왔다.

나는 내프킨을 집어들고 조심스럽게 엘리의 뺨에 흐르는 피를 닦아주었다. "상처가 조금 났는데, 그리 대단치는 않아. 유리조각에 약간 긁혔을 뿐이거든."

내 눈이 샌토닉스의 눈과 마주쳤다.

"무엇 때문에 이런 짓을 하는 걸까요? 대체 누가요?" 엘리가 떨리는 목소리로 물었다. 상당히 당황한 표정이었다.

"못된 불량배 짓일 거야. 우리가 이사 온다는 사실을 알고 있었겠지. 그래도 조그만 돌멩이에 지나지 않아서 당신한테는 정말 다행이었어. 공기총 같은 걸 쏘았을지 모르니까."

"하지만 왜 우리한테 그런 짓을 하죠? 뭣 때문에요?"

"낸들 알 수 있나? 그냥 해보는 장난이겠지?"

엘리는 갑자기 자리에서 일어났다. 그리고는 얼굴을 감싸며 떨리는 목소리로 말했다.

"무서워요! 난 겁이 나요."

"내일 알아보도록 해야지. 우린 아직 이곳 사람들에 대해서 잘 모르잖아." 내가 달래듯 말했다.

"우린 부자이고 그 사람들은 가난하기 때문일까요?" 엘리가 물었다. 그녀의 질문은 나한테가 아니라 샌토닉스한테 물은 것이었다. 마치 나보다는 그가 그 질문에 대해서 더 잘 알고 있으리라 생각하는 듯이.

"아니오." 샌토닉스가 천천히 대답했다. "그것 때문이라고는 생각지 않아요."

엘리가 말했다.

"아마 우리를 증오하기 때문이에요. 마이크와 나를 증오하는 거예요. 왜죠? 우리가 행복하기 때문인가요?"

다시 샌토닉스는 고개를 가로저었다.

"그래요." 엘리는 마치 샌토닉스의 생각에 동조라도 하듯이 말했다. "그것 때문은 아닐 거예요. 뭔가 다른 이유가 있어요. 뭔가 우리가 알지 못하는 것이 있어요. 이 집시 언덕에 사는 사람은 누구나 미움을 받게 되는 거죠. 이를테면 박해 같은 거라고나 할까요? 결국은 우리를 쫓아낼 거예요."

나는 포도주를 한 잔 따라서 그녀에게 주었다.

"제발 그만해, 엘리. 그런 터무니없는 말은 그만두라고. 자, 이걸 한 잔 마셔 봐. 이번 일은 못된 녀석들의 짓궂은 장난에 지나지 않는 거야."

"하지만…… 하지만……." 엘리는 나를 뚫어질 듯이 쳐다보았다. "누군가가 우리를 쫓아내려고 하고 있어요, 마이크. 우리가 지은 우리의 사랑하는 집에서 우리를 쫓아내려 한다구요."

"아무도 우릴 쫓아낼 수 없어." 내가 단정적으로 말했다. 그리고는 다시 덧붙였다. "내가 당신을 지켜 줄게. 아무도 당신을 해치지 못할 거야."

그녀는 다시 샌토닉스를 쳐다보고 말했다.

"당신은 집을 짓는 동안 줄곧 이곳에 계셨으니까 아실 거예요. 누군가 당신한테 이상한 말을 하지 않던가요? 돌을 던진다거나 해서 집 짓는 것을 방해하진 않았나요?"

"그런 일은 흔하지요." 샌토닉스가 말했다.

"그렇다면 뭔가 사고가 있긴 있었군요?"

"집을 지을 때는 크건 작건 사고가 있기 마련입니다. 하지만 심각한 사고 같은 것은 전혀 없었어요. 사다리에서 떨어진 사람도 있고, 발등에 짐을 떨어뜨려 다친 사람도 있고, 나무가시가 엄지손가락에 박혀 상처가 곪은 사람 등등, 별로 대단치 않은 사고일 뿐입니다."

"그 밖에는 없었나요? 뭔가 불길한 예감이 드는 그런 사고 같은 것은 없었어요?"

"없었소. 그런 일은 전혀 없었어요."

엘리는 고개를 돌려 나를 바라보았다.

"당신도 그 집시 여인을 기억하고 있을 거예요, 마이크. 나한테 다시는 이곳에 오지 말라고 경고한 그 괴상한 할머니 말이에요."

"그 할멈은 미친 거야. 머리가 돈 노파라고."

"우린 집시 언덕에다 집을 지었어요. 그 할머니가 하지 말라고 한 것을 기어코 한 거예요."

그리고는 갑자기 발을 쿵 구르며 말을 이었다.

"그들이 나를 쫓아내도록 절대로 내버려두지는 않겠어요! 아무도 나를 여기서 쫓아낼 수는 없어요."

"아무도 우릴 쫓아내지 못해. 우린 여기서 행복하게 살 거야."

내가 다짐을 하듯 말했다. 우리는 마치 운명에 도전이라도 하듯 그렇게 말했다.

오래된 집

집시 언덕에서의 생활이 시작되었다. 우리는 결국 이 집에 어울릴
만한 다른 이름을 찾지 못했다. 그날 저녁, 우리의 뇌리 속에는 집시
언덕이라는 이름이 자리잡고 말았다.

엘리가 말했다.

"우리 이곳을 집시 언덕이라고 부르기로 해요. 보란 듯이 말예요!
이를테면 도전인 셈이에요. 그렇게 생각지 않으세요? 여긴 바로
우리의 뜰이고, 집시의 경고 따위는 지옥에나 가버리라고 해요!"

다음날 엘리는 다시 명랑을 되찾았고, 우리는 서둘러 집안을 정리
한 다음에 이웃사람들을 찾아보았다. 엘리와 나는 집시 노파가 살고
있던 오두막으로 내려갔다. 나는 노파가 정원이라도 손질하고 있으면
좋겠다고 생각했다. 엘리가 노파를 본 것은 전에 우리에게 점을 쳐주
던 모습밖에 없으니 말이다. 집시 노파도 감자를 캐거나 하는 일개
평범한 할머니에 지나지 않는다는 것을 엘리가 알게 되었으면 했지만
그 노파는 보이지 않았다. 오두막도 문이 잠겨 있었다. 혹시 죽은 게
아니냐고 물었더니, 이웃 여자는 고개를 가로저었다.

"어디론가 멀리 떠났을 거예요. 시간을 정해 놓고 사는 법이 없어요. 아무 때나 훌쩍 떠나는, 그야말로 정말 집시라고 할 수 있죠. 그러니 집에 가만히 붙어 있을 수가 없는 거에요. 이리저리 떠돌다가 생각나면 다시 돌아오곤 하는 거죠."

그녀는 이마를 톡톡 치며 다시 덧붙였다. "머리가 아주 정상이라곤 할 수 없어요."

이윽고 여자는 호기심어린 얼굴로 물었다. "저기 새로 지은 집에 이사 오신 분들이죠? 저 언덕 위에 새로 지은 집 말이에요?"

내가 대답했다.

"그렇습니다. 어제 저녁에 이사왔지요."

"정말 멋진 집이에요. 그 집을 짓는 동안 우리는 내내 지켜보았답니다. 우중충한 숲만 있던 곳에 그런 집이 들어서게 되니까 자연히 관심을 가질 수밖에 없죠." 그리고는 엘리에게 좀 어색한 표정을 지으며 물었다. "미국인이시죠?"

엘리가 대답했다.

"예. 아니, 미국인이었지만 이제는 영국인과 결혼을 했으니까 나도 영국인이 된 셈이죠."

"이곳에서 사실 건가요?"

우리는 그렇다고 대답했다.

"아무튼 집이 마음에 드셔야 할 텐데……."

좀 미심쩍어하는 말투였다.

"왜, 무슨 문제라도 있습니까?"

"아, 아니에요. 단지 너무 적적하지 않을까 해서요. 사람들은 대개 외진 숲 속에 동떨어져서 지내고 싶어하지는 않거든요."

"혹시 집시 언덕이라서 그런가요?" 엘리가 물었다.

"어머나! 당신도 그 이름을 알고 있군요? 하지만 옛날에는 그곳에 있던 집을 탑이라고 불렀답니다. 어째서 탑이라고 했는지는 모르지만요. 사실 탑 같은 것은 전혀 없었어요. 적어도 내가 이곳에서 살아온 동안엔 말이에요."

엘리가 말했다.

"나도 탑이라는 이름은 어울리지 않는 것 같아요. 그래서 그냥 집시 언덕이라고 부를까 해요."

"그렇다면 우체국에 가서 그 말을 해주어야겠군. 그렇게 하지 않으면 편지를 한 통도 받지 못하게 될 테니 말이야." 내가 말했다.

"맞아요, 그럴 수도 있을 거예요."

"뭐 그럴 수도 있겠지만, 그렇다고 해서 그게 무슨 문제가 될까? 아예 편지를 받지 못하게 되는 것이 오히려 더 낫지 않을까?" 내가 다시 말했다.

"여러 가지 복잡한 문제들이 생길 거예요. 청구서 같은 것도 받아야 할 테니까."

"난 그게 더 멋진 생각 같은데?" 내가 말했다.

엘리가 말했다.

"안 돼요. 아마 당장 집행인들이 쳐들어와서 진을 칠 거예요. 어쨌든 나는 편지 한 통도 못 받고 지낼 수는 없어요. 특히 그레타한테서는 여러 가지 소식을 듣고 싶거든요."

"그레타 걱정은 말아요. 마을 구경이나 계속하자고."

우리는 킹스턴 비숍 마을을 여기저기 구경했다. 깨끗한 마을에다 사람들도 다 좋아 보였다. 마을 어디에도 무슨 불길한 느낌을 주는 구석은 전혀 없었다. 살 만한 물건은 별로 없었지만, 가까운 해안 도시나 채드웰 상점가로 물건을 사러갈 수 있도록 자동차를 빌려 놓았다. 집안일 거드는 사람들이 집의 위치에 대해서 마음에 별로 들어하지 않은 것은 사실이지만, 그러나 미신 때문에 그런 것은 아니었다.

나는 엘리에게 우리 집은 새로 지은 집이기 때문에 아무도 흉가라고 말할 수는 없을 거라고 했다.

"그건 그래요." 엘리도 내 말에 동의했다. "집이야 문제가 없죠. 우리 집에는 아무런 잘못도 없어요. 문제는 집이 아니에요. 문제는 숲 속으로 난 굽잇길과, 그날 나를 겁주던 집시 할머니가 서 있던 그 음침한 나무들이에요."

내가 말했다.

"그렇다면 내년에는 그 나무들을 죄다 베어 버리고, 대신 철쭉이라든가 뭐 그런 꽃나무들을 심으면 되지."

우리는 그 일에 대해서 여러 가지 계획을 세웠다.

그레타가 멋진 집이라고 하며 가구 배치라든가 그림, 그 밖에 벽지 색깔 등에 대해서도 침이 마르도록 칭찬을 아끼지 않았다. 그녀는 아주 눈치가 빠른 여자였다. 주말이 끝나자 그녀는 더 이상 신혼부부의 달콤한 생활을 훼방놓을 수 없다고 하며, 자기는 런던으로 돌아가 다시 일을 해야겠다고 했다.

엘리는 그녀에게 집을 구경시켜 주는 것이 몹시 즐거운 모양이었다. 엘리가 그녀를 얼마나 좋아하는지 그것만 봐도 알 수가 있었다. 나는 되도록 쾌활하게 보이려고 노력했지만, 그레타가 런던으로 돌아가자 정말 날아갈 것만 같았다. 그녀가 있는 동안은 알 수 없는 긴장의 연속이었기 때문이다.

2주일이 지나자 우리는 어느 정도 사람들과 친숙해질 수 있었고 '신(神)'과도 마주 대하게 되었다. 어느 날 오후, 그 신께서 우리를 방문한 것이다. 그때 우리는 꽃울타리를 세울 의논을 하고 있었는데, 나한테는 어쩐지 조랑말같이 보이는 고용인이 와서 필포트 촌장이 응접실에서 기다리고 있다는 사실을 알려 주었다. 나는 엘리에게 나직하게 속삭였다.

"신께서 오셨어!"

엘리는 그게 무슨 소리냐고 물었다.

"그러니까, 이곳 사람들은 그를 하느님 대하듯 하거든" 하고 내가 말했다.

우리는 응접실로 가서 필포트 촌장을 만났다. 인상은 좋아보이지만 별 다른 특징이 없는, 대략 예순쯤 되어 보이는 사람이었다. 허름하고 좀 촌스런 옷차림에, 윗머리가 조금 벗겨지기 시작하는 잿빛 머리칼, 짧고 뻣뻣한 콧수염을 기르고 있었다. 그는 아내가 몸이 좋지 않아서 함께 오지 못해 미안하다고 했다. 곧 자리에 앉아서 우리는 그와 가벼운 이야기를 나누었다.

그는 별다른 말은 없이 이것저것 여러 가지 화제를 가볍게 입에 올렸다. 우리에게 직접적인 질문은 한 마디도 하지 않으면서도 이내 우리가 특히 관심을 갖고 있는 문제들을 알아냈다. 나에게는 경마에 대해서 이야기했고, 엘리한테는 정원을 가꾸는 일에 대해서 언급하며 이곳의 토양에서는 어떤 화초가 잘 되는지 말해 주었다. 그는 미국에도 한두 번 가보았다고 했다. 그는 엘리가 경마에 대해서는 별로 관심이 없지만 승마는 상당히 좋아한다는 사실도 알아차렸다. 그리고는 엘리가 말을 기를 생각이라면 소나무 숲 속에 있는 훌륭한 트랙을 사용할 수 있고, 숲을 나서면 마음껏 달릴 수 있는 넓은 황무지가 나온다고 했다. 이윽고 화제는 우리 집과 집시 언덕에 얽힌 이야기로 넘어갔다.

그가 말했다.

"두 분도 이곳의 이름과 거기에 따른 미신에 대해서 알고 있을 거요."

"집시의 경고라면 잘 알고 있답니다. 지나치리만큼 잘 알고 있지요. 대개는 리 할머니한테서 들은 것이지만요." 내가 대꾸했다.

그가 다시 말했다.

"오, 그랬군요. 가엾은 에스더 할멈. 그녀가 귀찮게 군 모양이죠?"

"머리가 좀 돈 게 아닐까요?" 내가 물었다.

"보기처럼 그렇게 머리가 완전히 돈 것은 아니라오. 나는 그녀에게 얼마간 책임을 느껴요. 그래서 오두막을 한 채 사준 거지요. 하지만 그녀는 별로 고맙게 생각하지 않아요. 비록 가끔 귀찮게 굴기도 하지만 나는 그 할멈을 좋아한답니다."

"점 같은 것을 봐주는 모양이더군요?"

"뭐, 꼭 그런 것은 아니지요. 왜, 당신들한테도 점을 봐주던가요?"

"그건 점이라고 할 수도 없어요." 엘리가 말을 받았다. "이곳에 오지 말라는 경고였다는 게 더 어울릴 거예요."

"그건 좀 이상한데?" 필포트 촌장의 짙은 눈썹이 꿈틀거렸다. "점을 봐줄 때, 그 할멈은 대개 듣기 좋은 말을 해주곤 했는데 말이오. 잘생겼다느니, 결혼을 하게 되면 아이를 여섯 낳고 재산도 많이 모으게 될 거라는 등."

이 말을 할 때 그는 이상하게도 집시 노파의 징징거리는 듯한 목소리를 흉내냈다. "내가 어렸을 적에는 집시들이 이곳에다 천막을 치고 지내곤 했지요. 물론 그들이 도둑질을 일삼기는 했지만 나는 그들을 상당히 좋아했다오. 그들의 낭만적인 생활에 늘 마음이 끌린 거지요. 법을 잘 지키지 않는다는 것 말고는 꽤 괜찮은 사람들이라오. 나도 주석 깡통에 담아주던 집시들의 음식을 많이 먹어 보았거든요. 우리 집안은 그 할멈한테 큰 신세를 졌다고도 볼 수 있는데, 그녀가 내 형을 구해 준 적이 있기 때문이라오. 형이 어렸을 적에 연못에서 놀다가 얼음이 깨져 물에 빠진 것을 그 할멈이 건져 주었다더군."

나는 허둥대다가 그만 재떨이를 건드려 탁자에서 떨어뜨리고 말았다. 재떨이는 그대로 박살이 났다.

내가 그 파편들을 주워모으자 필포트 촌장이 거들어 주었다.

엘리가 말했다.

"그렇다면 리 할머니는 참 좋은 분이시군요. 그런데도 나는 바보처럼 잔뜩 겁을 집어먹었으니."

"겁을 주었다고요, 부인한테?" 그의 눈썹이 다시 치켜올라갔다. "그게 정말이오?"

내가 재빨리 말을 받았다.

"그 할머니가 도대체 무슨 맘을 먹고 그런 말을 한 것인지 모르겠습니다. 그건 단순한 경고라기보다는 오히려 위협에 가까웠으니까요."

"위협이라고!" 그는 믿을 수 없다는 듯이 소리쳤다.

"아무튼 내게는 그렇게 들렸거든요. 그리고 우리가 이사 온 첫날 밤에도 이상한 일이 있었답니다."

나는 그에게 유리창을 깨고 돌멩이가 날아들었던 일을 말해 주었다.

그가 말했다.

"요즈음에는 불량배 녀석들이 너무 많은 것 같아요. 그래도 이곳은 덜한 편인데 말이오. 하여간 그런 일이 있었다니 안됐군요." 그는 엘리를 쳐다보았다. "몹시 놀랐겠군요, 부인. 이사 온 첫날부터 그런 일을 당하다니 말이오."

"그 일은 이제 잊어버렸어요. 하지만 그 일만이 아니었답니다. 얼마 안 있어 또 다른 일이 일어났거든요."

이번에도 내가 대신 말해 주었다. 어느 날 아침 우리는 칼에 찔려 죽은 새 한 마리를 발견했는데, 그 시체에는 다음과 같이 휘갈겨 쓴 종이쪽지가 함께 꽂혀 있었다. '살고 싶다면 당장 이곳을 떠나!'

이번에는 촌장도 정말 화가 난 모양이었다.

"그렇다면 당장 경찰에 알렸어야지요."

"그렇게 하고 싶지 않았습니다. 그렇게 하면 우리에 대한 적개심만 더 부채질하게 될지도 모르니까요."

"아무튼 더 이상 그런 일이 없도록 무슨 조치를 취해야 해요." 촌장이 말했다. 갑자기 치안판사라도 된 듯싶었다. "그렇지 않으면 그런 일이 계속될 테니 말이오. 물론 단순한 장난일 수도 있을 거요. 하지만 이번 일은 단순한 장난 이상인 것 같군요. 뭔가 추잡하고 악의가 있는 듯한……."

그는 마치 혼잣말을 하듯이 중얼거렸다. "이곳 사람들 중에서 당신들한테 무슨 원한을 품을 만한 사람도 없을 텐데…… 그러니까 개인적으로 당신들한테 원한을 품을 만한 사람도 없을 텐데 말이오."

"물론입니다. 우리는 둘 다 이곳과는 관계가 없는 이방인이라고 할 수 있는데, 그런 일은 있을 수가 없지요."

"그 일에 대해서는 더 알아봐야겠군요." 필포트 촌장이 말했다.

그는 돌아가려는지 자리에서 일어서며 집 안을 둘러보았다.

"집이 마음에 드는군요. 실은 이곳에 오기 전까지만 해도 내 마음에 들 거라고는 생각지 않았는데 말이오. 알다시피 나는 상당히 고집이 센 구식 늙은이라서 그런지 옛날 집이라든가 오래된 건물들을 좋아하거든. 요즈음 한창 세워지고 있는 성냥갑 같은 공장들은 도무지 마음에 들지 않아요. 커다란 상자, 아니 벌통 같다고나 할까? 여러 가지 장식도 하고 해서 좀 우아하게 꾸민 건물들이 보기에도 좋지요. 하지만 이 집은 상당히 마음에 들어요. 단순하고 매우 현대적인 것은 사실이지만, 구조도 뛰어나고 조명 효과도 특이하다고 할 수 있어요. 보는 각도에 따라서 사물이 전혀 다르게 보이니 흥미 있는 일이오. 정말 특이한 현상이 아닐 수 없어요. 누가

이 집을 설계했지요? 영국 건축가요, 아니면 외국인 건축가가 설계한 건가요?"

나는 그에게 샌토닉스에 대해서 이야기해 주었다.

"흠, 어딘가에서 그의 기사를 본 적이 있는 것 같은데……. 〈주택과 정원〉이라는 잡지였던가? 사진도 몇 장 함께 실렸던 것으로 기억되는데 말이오."

나는 그가 꽤 유명한 건축가라고 했다.

'언제 한번 만나 보았으면 좋겠군요. 그렇다고 해서 그 사람과 별로 할 이야기도 없을 테지만. 나라는 사람은 워낙 예술과는 거리가 먼 형편이니 말이오."

그리고는 우리에게 언제 한번 시간을 내어 자기 집에서 점심이나 같이 들자고 했다.

"두 분도 우리 집이 무척 마음에 들 거요." 그가 말했다.

"오래 된 집이겠군요?" 내가 물었다.

"1720년에 지어졌지요. 좋은 시대였어요. 원래의 건물은 엘리자베스 여왕 시대에 지어진 것이었다오. 그 건물은 1700년경에 불타 없어졌고, 그 자리에 다시 지은 건물이 지금의 집이라오."

"그렇다면 이곳에서 죽 사셨습니까?" 내가 물었다. 물론 그에게 국한된 것이 아니라 그의 집안에 대해서 물은 것이고, 그도 내 말뜻을 알아들었다.

"물론이오. 우리 집안은 엘리자베스 여왕 시대 이후 대대로 이곳에서 살았어요. 어떤 때는 번창하기도 했고, 또 어떤 때는 내리막길을 걷기도 하면서 말이오. 가세가 기울면 땅을 팔았다가, 가세가 회복되면 다시 그 땅을 사들이고. 그곳을 꼭 두 분에게 보여 주고 싶다오" 하고는 엘리에게 빙긋 웃음을 지어 보이며 덧붙였다. "미국인들은 오래 된 집을 좋아한다면서요?" 그리고는 나를 향해서 말했다. "당신은 그런 걸 별로 좋아하지 않을 테지만 말이오."

"괜히 그런 것들에 대해서 잘 알고 있는 체는 하지 않겠습니다."
내가 대답했다.

그는 발자국 소리를 크게 울리며 밖으로 나갔다. 차에는 스패니얼
종의 개가 그를 기다리고 있었다. 여기저기 칠이 벗겨진 초라하고 몹
시 낡은 차였지만, 이제는 그 차의 진가를 알 수 있을 것 같았다. 나
는 그가 이곳에서는 여전히 신과 같은 존재이고, 또한 자신의 존재를
우리에게 인식시킬 수 있는 표식을 남겼다는 것을 알게 되었다. 나는
분명히 그것을 감지할 수 있었다. 그는 엘리를 좋아했다. 나도 마음
에 들어 하는 것 같았다. 다만 이따금씩 나를 쏘아보는 것이, 마치
뭔가 처음 대하는 대상에 대해 평가라도 내리는 듯한 인상을 풍기기
는 했지만 말이다.

내가 다시 응접실로 돌아오니까 엘리는 깨진 유리조각들을 쓸어모
아서 휴지통에 담고 있었다.

"재떨이가 깨져서 속상해요." 그녀는 안타까운 듯이 말했다. "무
척 마음에 들었는데."

"똑같은 재떨이를 다시 구할 수 있을 거야. 요즘 나온 제품이니
까."

"그건 나도 알아요! 그런데 무엇 때문에 놀란 거죠, 마이크?"
나는 잠시 생각에 잠겼다가 대답했다.

"아까 필포트 촌장의 이야기를 듣던 중 문득 내가 어렸을 적 일이
생각났거든. 내 학교 친구와 하루는 수업을 빼먹고 연못으로 스케
이트를 타러갔어. 스케이트를 타기에는 얼음이 덜 얼었는데도 우리
는 어리석게 그냥 스케이트를 탄 거야. 결국 그 친구는 얼음이 깨
지면서 연못에 빠졌고, 누가 구해 줄 사이도 없이 목숨을 잃고 말
았지."

"정말 끔찍했겠군요."

"필포트 촌장이 이야기를 하기 전까지는 그 일에 대해서 까맣게 잊고 있었어."

"나는 그가 마음에 들어요, 마이크. 당신도 그렇죠?"

"물론이지, 무척 마음에 드는 사람이야. 그의 아내가 어떤 사람인지 궁금한데."

다음 주 초에 우리는 필포트 촌장의 집을 방문해서 함께 점심을 나누었다. 그의 집은 조지아풍의 흰 건물로, 특별히 눈을 끄는 멋은 없었지만 건물의 선이 그런 대로 아름다웠다. 낡기는 했지만 집 안도 안락하게 꾸며져 있었다. 긴 식당 벽에는 그의 조상들로 보이는 초상화들이 줄지어 걸려 있었다. 대부분이 퇴색되고 볼품도 없었지만, 깨끗하게 손질을 하면 그런 대로 볼 만할 것 같았다. 그 중에서도 내 눈길을 끈 것은 분홍빛 공단 드레스를 입은 금발 여인의 초상화였다. 내가 그 그림에 시선을 주자 촌장이 빙긋 웃으며 말했다.

"저 그림이 여기 있는 것들 중에서는 가장 훌륭한 작품이라오. 게인즈보로의 작품인데, 저 초상화의 주인공은 당시 꽤 물의를 일으킨 분이지요. 남편을 독살했다는 의심을 받았거든. 그건 저분이 외국인이었기 때문에 빚어진 편견일 수도 있을 거요. 젤베스 필포트 께서는 저분을 어딘가에서 데려왔었거든."

거기에는 우리를 보려고 몇몇 다른 이웃도 와 있었다. 쇼 박사는 나이가 지긋한 의사로 친절하기는 했지만, 좀 지쳐 보였다. 그는 식사를 끝내기도 전에 서둘러 가버렸다. 또 젊고 진지한 목사도 있었고, 콜리종의 개를 기른다는 목소리가 괄괄한 중년 부인도 있었다. 그리고 늘씬하고 아름다운 검은 머리카락을 늘어뜨린 클로디아 하드캐슬이라는 아가씨가 있었는데, 말은 더할 나위없이 좋아하면서도 화분증이라든지 건초열 같은 알레르기가 있어서 유감스러워했다.

그녀와 엘리는 금방 친한 사이가 되었다. 엘리 역시 승마를 좋아하고, 알레르기 때문에 고생하고 있었으니 말이다.

"미국에서는 주로 쑥 두드러기 때문에 고생을 했답니다." 엘리가 말했다.

"하지만 때로는 말 때문에도 고생해요. 요즈음은 알레르기 증세로 고생하는 일은 별로 없는데, 그건 의사들이 여러 가지 좋은 약을 지어주기 때문이죠. 당신한테도 내 약을 좀 나누어 줄게요. 밝은 오렌지 색깔 캡슐에 든 약이랍니다. 말을 타기 전에 한 알 먹으면 재채기가 나오지 않을 거예요."

클로디아 하드캐슬은 그렇게만 되면 정말 고맙겠다고 했다.

"나한테는 말보다 낙타가 더 좋지 않답니다. 지난 해에 이집트에 간 적이 있었는데, 피라미드를 구경하는 내내 눈물이 그치지 않았거든요."

엘리는 고양이한테 알레르기 반응을 일으키는 사람도 있다고 했다.

"그리고 새털 베개도 있어요." 그들은 계속해서 알레르기에 대한 이야기를 나누었다.

나는 필포트 부인 옆자리에 앉아 있었는데, 그녀는 키가 크고 가냘픈 몸매를 하고 있으면서도 끊임없이 음식을 입에 넣었고, 내내 건강에 대한 이야기만 늘어놓았다. 그리고 지금까지 앓은 여러 가지 병증세에 대해서 자세하게 설명해 주면서 유명한 전문의들도 자기 때문에 무척 고심했다고 덧붙였다. 때로는 사교적인 문제로 대화를 돌려, 내가 뭘 하는 사람인지 묻기도 했다. 나는 슬쩍 대답을 회피했고, 그녀는 내가 어떤 사람들을 알고 있는지 알아내려고 애를 썼다. 나로서는 진심으로 "아무도 모르겠군요" 하고 대답할밖에 도리가 없었지만, 그래도 그런 대답은 자제하는 편이 좋을 것 같았다. 특히나 그녀가 진짜 속물이 아니고, 정말로 알고 싶어한 것도 아닌 바에야 말이다. 콜리 개 부인——그녀의 진짜 이름은 잊어버렸다——은 보다 집요하게 캐물었지만, 나는 교묘하게 말머리를 돌려 수의사들의 부정과 무식함에 대해서 마구 떠들어댔다! 좀 따분하기는 했지만 정말 유쾌하고 평화스러운 자리였다.

점심 식사가 끝나고 나서 이리저리 정원을 산책하고 있을 때, 클로디아 하드캐슬이 내게 다가왔다.

그녀는 좀 뜻밖의 말을 꺼냈다.

"당신에 대한 이야기를 들었어요. 우리 오빠한테서 말이에요."

나는 멍한 표정을 지었다. 클로디아 하드캐슬의 오빠라는 사람이 대체 누구인지 도무지 짐작할 수 없었으니 말이다.

"정말입니까?" 내가 물었다.

그녀는 내가 놀라는 표정이 재미있는 모양이었다.

"사실은 오빠가 당신네 집을 지었거든요."

"그러니까, 샌토닉스가 당신 오빠라는 말씀인가요?"

"반쯤은 오빠라고 할 수 있죠. 사실 오빠에 대해서는 나도 잘 몰라요. 우리는 거의 만나지 않으니까요."

"그는 훌륭한 사람이지요." 내가 말했다.

"어떤 사람들은 물론 그렇게 생각할 거예요."

"당신은 그렇게 생각하지 않습니까?"

"모르겠어요. 오빠한테는 두 가지 면이 있거든요. 한때 오빠는 한없이 타락했던 적이 있었는데…… 사람들은 아마 상대조차 안 해주려 했을 거예요. 그런데 그 뒤에 오빠는 사람이 달라진 것 같았어요. 정말 믿기지 않을 정도로 자신의 분야에서 성공을 거두기 시작했거든요. 마치……." 그녀는 잠시 멈추었다가 말을 이었다. "그 일에 오빠의 전 생애를 바친 것 같았어요."

"나도 당신 말에 동의합니다."

그리고 나서 그녀에게 우리 집을 본 적이 있느냐고 물었다.

"아뇨, 집이 완성된 이후로는 가보지 않았어요."

나는 그녀에게 그렇다면 꼭 와서 한번 구경하라고 말했다.

"미리 말해 두지만, 내 마음에 별로 들지 않을 거예요. 나는 현대식 주택을 좋아하지 않거든요. 앤 여왕 시대의 저택을 좋아한답니다."

그녀는 엘리를 골프 클럽에 가입시킬 생각이라고 했다. 그리고 함께 승마도 즐길 생각이라고. 엘리는 말을 구입할 생각이었다. 한 마리가 아니라 여러 마리를. 그녀와 엘리는 친구가 될 것 같았다.

필포트 촌장이 나에게 자기 마구간을 보여 주면서 클로디아에 대해 한두 마디 알려주었다.

"말을 타고 사냥개를 쫓는 데는 훌륭한 승마 기술을 지니고 있다오. 자신의 인생을 망쳐버린 것이 가엾기는 하지만."

"그녀가요?"

"자기보다 나이가 훨씬 많은 부자와 결혼했었지. 미국인이었소. 이름이 로이드라고 했던가? 아무튼 결혼은 오래 가지 않았어요. 곧 헤어져서 돌아온 뒤로는 자기 이름을 다시 쓰게 된 거요. 다시는 결혼하지 않을 생각인가 보오. 남자에 대해서 환멸을 느끼고 있는 거요, 가엾게도."

우리가 집으로 차를 몰고 오는 동안 엘리가 말했다. "따분하기는 하지만 좋은 사람들인 것 같아요. 우린 여기서 행복하게 지낼 수 있을 거예요. 그렇죠, 마이크?"

"물론이지, 우린 행복할 거야."

그리고는 운전대에서 한 손을 들어 그녀의 손 위에 포갰다.

집으로 돌아오자 나는 엘리를 내려주고 차고에 차를 집어넣었다.

그리고는 집 뒤로 돌아오는데 엘리의 기타 소리가 희미하게 들렸다. 그녀는 분명 값이 무척 나갈 오래된 스페인제 기타를 갖고 있었다. 그녀는 그 기타를 퉁기면서 나직하고 부드럽게, 마치 흥얼거리듯 노래를 불렀다. 아주 듣기 좋은 노래 소리였다. 무슨 노래인지는 알수가 없다. 미국의 흑인 영가 같기도 하고 아일랜드나 스코틀랜드의 옛 민요 같기도 한, 달콤하면서도 애조 띤 노래였다. 요즘 유행하는 음악은 아니었다. 아마도 무슨 민요 같은 것이었을 게다.

나는 테라스로 돌아가서 안으로 들어가려다 걸음을 멈추었다.

엘리는 내가 좋아하는 노래를 부르고 있었다. 노래의 제목은 기억나지 않는다. 그녀는 머리를 살짝 숙인 채로 기타 줄을 가만히 퉁기면서, 마치 자신에게 부드럽게 속삭이듯 나직하게 노래를 부르고 있었다. 달콤하면서도 애절한 심금을 울리는 곡조였다.

사람은 기쁨과 슬픔으로 이루어졌대요
우리가 그걸 알 때쯤이면
편안히 눈을 감으리……

매일 밤 매일 아침
서글픈 인생이 태어나고
매일 아침 매일 밤
행복한 인생이 태어나네
찬란한 기쁨으로 피어나거나
끝없는 밤으로 태어나리라

그녀는 고개를 들고 나를 쳐다보았다.
"어째서 그런 눈으로 나를 보고 있는 거죠, 마이크?"
"그런 눈이라니?"

"마치 나를 사랑하는 것처럼 바라보고 있잖아요?"

"그야 당신을 사랑하니까 당연하지. 그밖에 달리 어떤 눈으로 당신을 바라볼 수 있겠어?"

"하지만 좀 전에 무슨 생각을 하고 있었잖아요?"

나는 천천히, 그리고 진심으로 대답했다.

"당신을 처음 보았던…… 그 어두운 전나무 곁에 서 있던 당신 모습을 생각하고 있었어." 그래, 나는 지금도 엘리를 처음 만난 그 순간을 생생하게 기억하고 있다. 그 놀람과 흥분을…….

엘리는 나에게 빙긋 웃음을 지어 보이고는 다시 부드러운 목소리로 노래를 불렀다.

    매일 아침 매일 밤
    행복한 인생이 태어나네
    찬란한 기쁨으로 피어나거나
    끝없는 밤으로 태어나리라

사람들은 인생에 있어서 정말로 소중한 순간들을 깨닫지 못한다. 설사 깨닫는다고 해도 그때는 이미 모든 것이 지나간 다음이 되는 것이다.

그날 우리가 필포트 촌장 집에서 점심을 먹고 행복한 기분에 젖어 집으로 돌아온 그때가 바로 그런 순간이었다. 하지만 나는 그걸 깨닫지 못했다. 그걸 알게 되었을 때는 이미 모든 것이 끝나고 난 다음이었다.

내가 말했다.

"파리의 노래를 불러주겠어?"

그러자 그녀는 조금 흥겨운 댄스풍으로 곡조를 바꿔 부르기 시작했다.

작은 파리야
즐거운 너의 여름을
내 무심한 손길이
망쳐버렸구나.

나 역시도
너 같은 파리 신세 아닐까?
어쩌면 네가
나 같은 인간일지도?

그러니 나도 춤추고
마시고 노래하지
보이지 않는 손이
내 날개짓을 말릴 때까진

생각이 곧 생명이고
힘이며 숨결이 된다면
생각이 없으면
남는 것은 죽음뿐

만약 그렇다면 나는
더없이 행복한 파리
살아 있거나
설령 죽었다 해도

오! 엘리…… 엘리…….

경고

세상 일이란 정말이지 자기 뜻대로는 되지 않는 법이다!

나는 '우리 집'으로 옮겨 와서 살게 되면 모든 사람들로부터 벗어날 줄 알았다. 하지만 유감스럽게도 그들한테서 벗어나지를 못했던 것이다. 많은 일들이 바다를 건너 여러 방법으로 우리에게 닥쳐왔다.

그 첫 번째 일은 엘리의 저주를 받아 마땅한 계모로 인해 비롯되었다. 그녀는 편지와 전보를 수없이 보내 엘리에게 부동산 대리인을 알아봐 달라고 부탁했다. 우리 집이 너무 마음에 들어서 자기도 영국에다 꼭 집 한 채를 마련해야겠다는 것이었다. 그녀는 매년 두 달쯤은 영국에서 보낼 작정이라고 했다. 그리고는 마지막 전보를 보내기가 무섭게 들이닥쳐서, 집을 장만한답시고 일대를 휘젓고 돌아다녔다. 결국 그녀는 집을 한 채 구했는데 우리 집에서 불과 24킬로미터밖에 떨어지지 않는 곳이었다. 우리는 그녀가 그곳에 있는 것을 원치 않았다. 아니, 생각만 해도 끔찍한 일이었다. 하지만 그렇게 말할 수는 없었다. 아니, 설사 우리가 그녀한테 그런 말을 한다고 해도, 그녀가 하고 싶어하는 바에야 도무지 그걸 말릴 재간이 없을 것 같다고 하는 편이 옳을 것이다. 우리는 그녀를 막을 수가 없었다. 그곳에서 살면 안 된다고 할 수가 없었던 것이다. 그건 엘리의 마지막 바람이기도 했다. 나도 그걸 알고 있었다. 하지만 그녀가 부동산 감정인의 보고를 기다리고 있는 동안에도 여러 통의 전보가 날아들었다.

프랭크 아저씨가 보낸 전보에 의하면, 그는 무척 곤란을 겪고 있는 모양이었다. 그에게서 많은 돈을 긁어낼 의도로 계획된 이를테면 사기 같은 것에 걸려든 것 같았다. 리핀코트 씨와 엘리 사이에는 더 많은 전보가 오고갔다. 그리고 나서 스탠퍼드 로이드와 리핀코트 씨 사이에 무슨 마찰이 있다는 사실을 알게 되었다. 엘리 재산의 투자 문제에 대해서 다툼이 있었던 모양이다. 어리석고 고지식하게도 나는 그들이 미국에 있으니만큼 우리와는 멀리 떨어져 있는 것으로 여기고 있었다. 엘리의 친척이나 사업에 관계가 있는 사람들은 24시간이나 걸려서 영국으로 날아왔다가 다시 비행기를 타고 돌아가는 일에 대해서 조금도 개의치 않는다는 것을 나는 전혀 몰랐던 것이다. 첫 번째로 스탠퍼드 로이드가 비행기로 날아왔다가 돌아갔다. 그 다음에는 앤드류 리핀코트가 날아왔다.

엘리는 런던으로 돌아가서 그들을 만나봐야 했다. 나는 재정문제에 대해서는 완전히 문외한이었다. 그들 말대로 모든 사람들이 공평무사하게 처신해 주기를 바랄 뿐이었다. 하지만 엘리의 신임을 받기 위해 모종의 일이 꾸며지고 있는 것 같았다. 그건 음흉한 술책 같은 냄새가 풍기는 것으로, 리핀코트 씨가 고의로 일처리를 지연시키거나, 아니면 스탠퍼드 로이드가 대금 결재를 미루고 있거나 둘 중 하나였다.

이렇게 골치 썩이는 문제들이 얼마쯤 주춤한 기회를 이용해서 엘리와 나는 우리들의 멋진 은신처를 발견할 수 있었다. 사실 그때까지만 해도 우리는 우리 땅을 다 돌아보지 못했었다. 그저 집 부근만 알고 있을 뿐이었다. 숲 속으로 난 길을 따라서 산책을 하곤 했기 때문이었다. 하루는 무성한 수풀에 가려서 잘 보이지 않는 작은 오솔길을 따라가 보았다. 사실 처음에는 그런 길이 있는지조차도 몰랐다. 하지만 그 길을 발견하고 따라가 본 결과 우리는 엘리의 말대로 아방궁, 이를테면 신전으로 보이는 괴상하게 생긴 작고 하얀 건물에 이르렀다. 보존 상태도 꽤 좋은 편이라 우리는 그곳을 깨끗하게 치우고 칠도 새로 해서 테이블과 의자를 몇 개 갖다놓았다. 그리고 긴 소파도 놓고 도자기와 유리잔, 그리고 술병 같은 것을 보관할 수 있도록 조그만 찬장도 갖추어 놓았다. 정말 재미있는 일이었다. 엘리는 그 오솔길을 좀 보수해서 보다 다니기 쉽게 하자고 했지만, 나는 엘리의 생각에 반대하고 우리 말고는 아무도 모르는 것이 더욱 재미있을 거라고 했다. 그러자 엘리는 정말 로맨틱한 생각이라고 했다.

"코라한테는 절대로 알려서는 안 돼." 내가 말하자 엘리도 동의했다.

우리가 그곳에 드나든 지도 벌써 꽤 되었을 때였다. 코라도 떠나고 해서 우리는 다시 평화스런 기분을 맛보기 위해 그곳으로 내려갔는데, 깡충깡충 뛰며 앞장서서 가던 엘리가 갑자기 나무 뿌리에 걸려 넘어지며 발목을 삐었다.

쇼 박사가 와서 그녀의 상처를 치료해 주고는, 발목을 심하게 삐었지만 한 1주일쯤 지나면 회복될 거라고 했다. 그러자 엘리는 그레타를 불렀다. 나는 반대할 수가 없었다. 사실 그녀를 보살펴 줄 만한 마땅한 사람도 없었다. 물론 그건 여자를 말하는 것이다. 우리가 데리고 있는 고용인들은 도무지 쓸모가 없었고, 또한 엘리도 그레타를 원했다. 그래서 그레타가 오게 되었다.

그녀가 오자 엘리에게는 커다란 위안이 되었다. 한동안은 나한테도 마찬가지였다. 그녀는 집 안을 정돈하고 살림을 알뜰하게 꾸려 나갔다. 그때는 고용인들도 그만두겠다고 한 형편이었다. 그들의 말로는 너무 적적해서 그런 거라고 했지만, 실은 코라가 그들을 못살게 들볶 았기 때문인 것 같았다. 그레타는 신문에 광고를 내서 곧 다른 부부 를 구했다. 그녀는 엘리의 발목을 보살펴 주고 즐겁게 해주면서 엘리 가 원하는 것들, 이를테면 책이라든가 과일 같은 것들을 알아서 척척 갖다주곤 했는데 나로서는 도무지 짐작도 못할 일이었다. 그들은 끔 찍하게도 행복한 모양이었다. 그레타와 함께 있는 것이 분명 엘리에 게는 기쁜 일이었다. 그리고 그레타도 전혀 돌아갈 생각이 없어 보였 다…… 그녀는 계속 머물렀다. 엘리가 내게 말했다.

"그레타가 한동안 여기서 지내도 괜찮겠죠?"

내가 말했다. "오, 물론이지. 물론이고말고."

엘리가 다시 말했다.

"그레타가 있는 것이 그렇게 편할 수가 없어요. 아시겠지만, 여자 들끼리 해야하는 일들이 아주 많거든요. 주위에 다른 여자라곤 없 이 혼자 있는 여자는 끔찍하게 외로운 법이에요."

날이 갈수록 그레타는 자기 멋대로 행동하고 명령하면서 마치 모든 일에 여왕처럼 군림하려 든다는 것을 알 수 있었다. 나는 억지로라도 그레타와 함께 있는 것이 좋은 체하려고 애를 써보았지만, 결국은 터 지고 말았다. 하루는 엘리가 응접실에서 아픈 발을 올려놓고 누워 있 었고 그레타와 나는 테라스에 나와 있었는데, 그때 갑자기 우리는 말 다툼을 하게 되었던 것이다. 발단이 무엇이었는지는 생각나지 않는 다. 그레타가 무슨 말인가를 해서 나를 화나게 만들었고, 그래서 내 가 신경질적으로 쏘아붙였다. 우리는 격렬하게 다투기 시작했다. 따 라서 목청도 높아지게 되었다. 그녀는 자기가 생각할 수 있는 온갖 모욕적인 욕설을 다 동원해 가며 나의 화를 돋우었고, 나 또한 그녀 에게 지지 않을 만큼 되돌려주었다. 자기가 무슨 주인이라도 된 양 거들먹거리며 온갖 일에 참견하려 들고, 게다가 엘리한테 지나친 영향력을 행사하기까지 하는데, 언제까지나 엘리를 제멋대로 요리하도록 두고 보지는 않을 거라고 해주었다. 우리가 상대에게 마구 고함을 치고 있을 때, 갑자기 엘리가 발을 절룩거리며 테라스로 나와 우리를 멍하니 쳐다보았다.

내가 서둘러 말했다.

"여보, 미안해. 정말 미안해."

나는 집 안으로 들어가서 엘리를 다시 소파에 눕혔다. 이윽고 그녀가 말했다.

"정말 몰랐어요. 그레타가 여기 있는 것을 당신이 그토록 싫어할 줄은 정말 몰랐어요."

나는 그녀를 달래며 내 말에 신경쓸 필요가 없다고 했다. 내가 그만 이성을 잃고 성질을 부린 거라고, 때때로 까닭없이 화가 치미는 경우가 있다고 했다. 그래서 오늘은 그레타가 좀 눈에 거슬리는 모양이라고 변명했다. 그건 이미 익숙해 있어서 충분히 이해할 수 있는 일인데도 내가 속 좁게 군 거라고 했다. 결국에는 나도 진심으로 그레타를 좋아하고 있는데, 다만 마음이 몹시 어지러워서 잠시 이성을 잃은 거라는 말까지 하게 되었다. 그래서 내가 실제로 그레타에게 잊어 달라고 애걸함으로써 그 일은 일단락되었다.

우리의 싸움은 실로 굉장한 것이었다. 아마 새로 온 고용인과 그의 아내는 물론이고 집에 있는 다른 사람들도 다 들을 수 있었을 것이다. 나는 화가 나면 고래고래 소리를 지른다. 그것도 좀 지나칠 정도로 말이다. 나는 그런 인간이다.

그레타는 엘리의 건강이 몹시 걱정스러운지 이것은 안 된다 저것도 안 된다며 일일이 간섭을 했다.

"엘리 양은 사실 그다지 건강한 몸이 아니에요." 그녀가 나한테 말했다.

"엘리한테는 아무런 문제도 없소. 건강하기 이를 데 없는 사람이오."

"아니, 그렇지 않아요, 마이크. 엘리 양은 몸이 약해요."

쇼 박사가 엘리의 발목을 봐주러 왔을 때였다. 그는 엘리에게 이제 다 나았다고 하면서, 길이 험한 곳을 갈 때만 발목에 붕대를 감으라고 했다. 그때 나는 세상의 바보 같은 사내들이 다 그렇듯이 좀 어리석은 질문을 했다.

"제 아내가 혹시 허약 체질은 아닐까요, 선생님?"

"당신 부인이 허약 체질이라고 누가 그럽디까?" 쇼 박사는 요즈음에는 보기 드문, 그곳 사람들의 말에 의하면 '자연에 치료를 맡겨라' 하는 신조를 가진 특이한 의사였다.

"내가 보기에 당신 부인은 아무런 이상도 없소." 그가 다시 말을 이었다. "발목은 누구나 삘 수 있는 게 아니오?"

"내 말은 아내의 발목만을 얘기한 게 아니었습니다. 혹시 아내가 심장이 약한 건 아닌지 해서죠."

그는 안경 너머로 나를 물끄러미 바라보았다.

"그런 생각일랑 아예 하지도 마시오, 젊은이. 대체 무엇 때문에 그런 생각을 하게 되었소? 내가 보기에 당신은 여인네들의 하찮은 병 따위로 법석을 떨 사람이 아닌 것 같은데?"

"앤더슨 양이 그런 말을 해서요."

"아, 앤더슨 양이? 대체 그녀가 뭘 안다는 게요? 그래, 무슨 의학적인 자격증 같은 거라도 가지고 있다던가?"

"아니, 그렇지는 않습니다." 내가 말했다.

"당신 부인은 굉장한 갑부라면서?" 다시 그가 말을 이었다. "물론 어떤 사람들은 미국인이라면 모두 부자인 줄로 생각하기도 하지만 말이오."

"내 아내는 사실 재산이 많은 편이지요." 내가 말했다.

"그렇다면 이걸 잊지 마시오. 돈 많은 여자들은 그걸로 인해서 여러 방면으로 건강을 해칠 요소가 많다는 사실을 말이오. 어떤 의사들은 그런 부인네들한테 노상 흥분제라든가 각성제, 신경안정제 등을 지어 주는데 그런 것들은 차라리 복용하지 않는 편이 나아요. 이곳 시골 여인들은 아무도 자기 건강을 염려해 주지 않기 때문에 오히려 훨씬 건강할 수 있는 거라오."

"아내는 무슨 캡슐로 된 약 같은 걸 복용하는 것 같은데요?" 내가 말했다.

"당신이 원한다면 내가 부인의 건강 상태를 진찰해 보겠소. 당신 부인이 혹시 몸에 좋지 않은 약을 복용하고 있는지 알아볼 수도 있을 테니까. 당신한테 하는 말이지만, 난 지금까지 사람들에게 이런 말을 해왔다오. '그 쓰레기 같은 약들은 모조리 휴지통에 처넣으시오'라고."

그는 떠나기 전에 그레타와 이야기를 나누었다. 그가 말했다.

"로저스 씨가 나한테 부인의 건강진단을 의뢰했다오. 그런데 나는 부인한테서 아무런 이상도 발견할 수 없었소. 내 생각에는 맑은 공기 속에서 좀더 운동을 한다면 건강에 무척 좋을 거요. 평소 부인이 복용하는 약은 어떤 것들이오?"

"엘리는 몇 가지 알약을 갖고 있는데, 피곤할 때 먹는 것도 있고 어떤 약은 잠을 자고 싶을 때 먹기도 해요."

쇼 박사는 그레타와 함께 엘리의 약들을 조사하기 위해 그녀에게 갔다. 엘리는 살포시 웃음을 짓고 있었다.

"이 약들을 전부 복용하지는 않는답니다, 선생님. 단지 알레르기 약만 먹고 있어요." 그녀가 말했다.

쇼 박사는 캡슐과 처방전을 읽어 보고 나서 전혀 해롭지 않은 약이라고 하고는 수면제를 살펴보았다.

"잠을 자는 데 무슨 문제가 있습니까?"

그가 물었다.

"시골에서 살면서부터는 그런 일이 전혀 없어요. 이곳에 온 뒤로 수면제는 단 한 알도 먹은 적이 없는걸요."

"그렇다면 안심이로군요." 그는 엘리의 어깨를 가볍게 토닥거려 주었다. "부인한테는 아무런 이상도 없어요. 때때로 신경이 예민해지는 것 같기는 하지만. 괜찮아요, 이 캡슐은 아주 순한 약이오. 요즈음 많은 사람들이 이런 약을 먹지만 전혀 해롭지 않은 거라오. 이 약은 계속 먹어도 좋지만 수면제는 먹지 마시오."

"뭣 때문에 내가 쓸데없는 걱정을 했나 모르겠어." 내가 엘리에게 변명이라도 하듯이 말했다. "그레타 때문이었던 것 같아."

"저런." 엘리가 웃으며 말했다.

"그레타는 늘 나 때문에 괜한 법석을 떨거든요. 그레타도 그건 어쩔 수가 없나 봐요. 우리 전처럼 돌아가기로 해요, 마이크. 그리고 이 약들은 내다 버리도록 하세요."

엘리는 이제 이웃 사람들과도 무척 친한 사이가 되었다. 클로디아 하드캐슬은 빈번히 드나들며 때로는 엘리와 함께 승마를 즐기기도 했다. 나는 말을 탈 줄 몰랐다. 온 생애를 자동차와 기계들을 만지며 살아왔으니 그것은 당연했다. 물론 언젠가 아일랜드의 말 사육장에서 오물을 뒤집어 쓰며 한두 주일을 보낸 적도 있었지만 말에 대해서는 초보 지식도 없는 형편이었다. 하지만 우리가 런던에서 지낼 때는 가끔씩 멋진 경마장에 가서 말타는 법을 제대로 배웠으면 하는 생각이 들기도 했었다. 그러나 이곳에 내려오고부터는 그러고 싶은 마음이 전혀 없었다. 사람들이 나를 비웃을 게 틀림없기 때문이다. 엘리한테는 승마가 몸에 좋을 것 같았다. 그녀도 승마를 좋아하는 것 같았고,

그레타도 말에 관해서는 아무것도 모르면서 엘리에게 승마를 적극 권장했다.

엘리와 클로디아는 함께 말 경매장에 갔고, 그곳에서 클로디아의 도움을 받아 한 마리를 샀다. '정복자'란 이름의 밤색 말이었다. 엘리가 말을 타러 나갈 때마다 나는 그녀에게 조심하라고 당부했지만, 그녀는 웃으며 이렇게 말하곤 했다.

"난 세 살 때부터 말을 탔어요."

그녀는 대개 1주일에 두세 번 정도 승마를 즐겼다. 그레타는 차를 몰고 채드웰에 가서 물건을 사오곤 했다.

어느 날 점심 식사 때 그레타가 말했다. "끔찍한 집시들! 오늘 아침에 정말 소름끼치는 몰골을 한 노파를 봤어요. 그 노파는 길 한가운데 서 있더군요. 자칫했으면 그 노파를 칠 뻔했다고요. 정말 가까스로 위기를 모면했어요. 바로 코앞에서 멈추었거든요."

"저런! 대체 그 노파가 뭘 바라고 그런 짓을 한 거지?"

엘리는 우리 이야기를 듣기만 했지 아무런 말도 하지 않았다. 그렇지만 좀 걱정스러워하는 것 같았다.

"정말 주제넘게도 날 위협하더군요." 그레타가 말했다.

"당신을 위협했다고?" 나는 날카로운 목소리로 물었다.

"노파의 말은 나보고 여기서 떠나라는 거예요. '여긴 집시의 땅이야. 돌아가. 네가 살던 곳으로 돌아가. 온전하게 살고 싶거든 네가 왔던 곳으로 돌아가라고.' 이렇게 말하더군요. 그리고는 나한테 주먹을 휘둘러 보이며 다시 말하더군요. '내가 너한테 저주를 내리면 다시는 네게 행운이 찾아들지 못하게 될 거야. 우리 땅을 사서 거기에다 집을 짓다니. 유랑자들의 천막이 있어야 할 곳에 집들이 들어서는 건 원치 않아.'"

그레타는 계속해서 떠들어댔다. 나중에 엘리는 미간을 조금 찡그려 보이며 말했다.

"도무지 믿기 어려운 얘기 같은데, 당신은 그렇게 생각하지 않으세요, 마이크?"

"그레타가 좀 과장해서 떠벌린 게 아닐까?" 내가 반문했다.

"어쩐지 거짓말 같다는 생각이 들었어요. 도대체 무엇 때문에 그랬을까요? 만일에 그레타가 거짓말을 한 거라면 말이에요."

나는 잠시 생각에 잠겼다. "뭣 때문에 그녀가 거짓말을 해야 했을까?" 그리고는 내가 갑자기 물었다. "당신 최근에 에스더 할멈을 본 적 없어? 말을 타러 밖에 나갔을 때 말야."

"그 집시 할머니 말인가요? 아뇨."

"어쩐지 당신 대답에 자신이 없어 보이는데, 엘리?" 내가 다시 다그쳐 물었다.

엘리가 대답했다.

"얼핏 본 적은 있는 것 같아요. 숲 속에서 나를 노려보고 서 있는 것 같았지만 멀리 떨어져 있어서 확실하게 알 수는 없었어요."

그런데 하루는 말을 타러 나갔던 엘리가 창백하게 질린 얼굴로 두려움에 떨며 집으로 돌아왔다. 그 노파가 숲 속에서 뛰쳐나왔다는 것이다. 엘리는 노파에게 말을 하려고 고삐를 잡아당겨 말을 멈추었다. 그런데 그 노파가 자기에게 주먹을 흔들어 보이며 속삭이듯 으스스한 목소리로 뭐라고 중얼거렸다고 했다. 엘리가 말했다.

"이번에는 나도 정말 화가 났어요. 그래서 내가 그 노파한테 말했죠. '도대체 여기서 뭘 바라는 거죠? 여긴 당신 땅이 아니에요. 여긴 우리 땅이고, 우리 집이란 말이에요.'

그러자 그 노파가 이렇게 말했어요. '여긴 결코 너희 땅이 될 수 없어. 너희들의 개인 소유물이 될 수 없어. 내가 이미 두 번씩이나 경고를 했지. 다시는 경고하는 일이 없을 게야. 이제는 시간이 별로 남지 않았거든. 분명히 말하지만 난 죽음을 볼 수 있어. 너의 왼쪽 어깨 뒤에 숨어 있지. 네 곁에는 죽음의 사신이 서 있고, 그 죽음이 너를 삼켜버릴 게야. 네가 타고 있는 그 말은 한쪽 다리가 하얗구먼. 한쪽 다리가 하얀 말을 타면 불행이 닥친다는 걸 몰라? 나는 죽음을 볼 수 있어. 그리고 너희가 지은 그 대궐 같은 저택도 순식간에 무너져 폐허가 되고 말 게야!' 하고 말예요."

"이건 도저히 그냥 놔둘 수가 없어." 내가 화가 난 어조로 말했다.

엘리도 이번에는 그 일을 웃어 넘기지 못했다. 그녀와 그레타는 둘 다 몹시 마음이 어지러워 보였다. 나는 곧바로 마을로 내려갔다. 우선 리 부인의 오두막부터 찾아보았다. 한동안 살펴보았지만 불도 꺼져 있고 아무런 인기척도 들리지 않아 경찰서를 찾아갔다. 그곳에는 나와 안면이 있는 킨 경관이 당직 근무를 서고 있었다. 그는 네모난 얼굴에 상당히 분별이 있어 보이는 사람이었다. 내 말을 끝까지 듣고 나서 이윽고 그가 입을 열었다.

"그런 일이 있었다니 정말 유감이군요. 그 할멈은 나이도 아주 많은데다가 사람들을 귀찮게 할 수도 있을 겁니다. 하지만 요즈음에는 그런 짓을 한 적이 없었는데……. 다시는 그런 짓 하지 못하도록 단단히 일러두겠습니다."

"그렇게만 해주신다면야 더 이상 바랄 게 없죠."

내가 말했다.

그는 잠시 뜸을 들이더니 다시 말했다.

"사실 이런 말씀을 드리고 싶진 않지만…… 로저스 씨, 혹시 이 근처에 누군가 사적인 일로 당신이나 부인한테 앙심을 품고 있을 만한 사람이 있는 것은 아닐까요?"

"그런 일은 결코 없을 거라고 생각합니다만 어째서 그런 생각을 하시는 거죠?"

"리 할멈이 요즈음 돈을 물쓰듯이 하고 있거든요. 나로서는 그 돈의 출처가 어딘지 알 수가 없으니······."

"무슨 말씀을 하시려는 건가요?"

"누군가······ 누군가가 당신들을 이곳에서 몰아내려는 사람이 돈으로 그녀를 매수할 수도 있거든요. 오래 전에도 그런 일이 있었습니다. 그 할멈이 마을의 누군가한테서 돈을 받고——한 이웃을 겁주어서 몰아낸 거죠. 공갈, 협박, 경고 따위 여러 가지 간교한 술책을 써서 말입니다. 시골 마을들은 대개 미신을 믿거든요. 영국에도 상당히 많은 마을에 소위 말하는 비밀 무당이 있다는 사실을 알면 당신도 놀라실 겁니다. 그때 우리의 경고를 받고는, 지금까지 내가 알고 있기로는 리 할멈은 다시는 그런 수작을 부린 적이 없었는데 ······ 하지만 가능성은 있다고 봅니다. 그 할멈은 돈을 좋아하니까 누군가가 많은 돈을 건네 준다면······."

하지만 나는 그의 의견을 받아들일 수가 없었다. 나는 킨 경관에게 우리가 이곳에서는 완전히 이방인이라는 사실을 지적해 주었다.

"누군가와 원수가 될 만큼 이곳에서 오래 살지도 않았습니다."

나는 근심만 잔뜩 안고 집으로 돌아왔다. 테라스 모퉁이를 돌아나왔을 때, 나는 엘리의 희미한 기타 소리를 들을 수 있었다. 그때 창가에서 집 안을 들여다보고 있던 웬 키 큰 사람이 나를 향해 돌아섰다. 순간 나는 혹시 집시가 아닐까 생각했지만 샌토닉스라는 것을 알고는 안도의 한숨을 내쉬었다.

"세상에, 당신이었군! 대체 어디 숨어 있다가 나타난 건가? 한동안 소식을 들을 수 없었는데?"

그는 대답하지 않았다. 대신 내 팔을 붙잡고 창가에서 물러났다.

이윽고 그가 말했다.

"결국 이곳에 살게 되었군! 그리 놀랄 일도 아니지만. 어쨌든 조만간 이곳에 찾아올 거라고 예상했으니까. 그런데 자네는 어째서 여기서 지내도록 내버려 두었나? 그녀는 위험한 존재야. 그걸 알아야 해."

"엘리 말인가?"

"아니, 아냐. 엘리를 말하는 게 아냐. 다른 여자를 말하는 거라고! 이름이 뭐라고 했지? 그레타라고 했던가?"

나는 멍한 얼굴로 그를 주시했다.

"자넨 도대체 그레타가 어떤 여자인지 아나 모르나? 그녀가 찾아온 건가? 결국 자기 목적을 이루었군! 이제는 결코 그녀를 몰아낼 수 없을 걸세. 영원히 이곳에 머무르게 될 거야."

"엘리가 발목을 삐어서." 내가 변명이라도 하듯 말했다. "그레타는 엘리을 돌보려고 온 거야. 하지만 곧 떠나겠지."

"자네는 도통 모르고 있구먼. 그레타는 노상 이곳에 올 궁리만 하고 있었던 거야. 한창 이 집을 짓고 있을 때 그녀가 이곳에 찾아온 것을 보고 나는 그녀의 의도가 무엇인지 알 수 있었다네."

"엘리가 그녀를 원하는 것 같아서." 내가 중얼거렸다.

"오? 그랬을 테지. 그녀는 엘리와 오랫동안 같이 지내지 않았나? 그러니 엘리를 어떻게 다루어야 할지 잘 알고 있는 걸세."

리핀코트 씨도 그와 같은 말을 했었다. 그의 말이 진실이라는 걸 그제서야 알게 되었다.

"자네도 그녀가 여기 있기를 바라나, 마이크?"

"난 도저히 그녀를 쫓아낼 수가 없어." 내가 화를 내며 말했다. "그녀는 엘리의 오랜 친구야. 가장 친한 친구지. 그러니 제길, 내가 뭘 할 수 있겠나?"

"맞아, 자네는 어쩔 도리가 없을 걸세. 그렇지 않나?"

그는 말없이 나를 주시했다. 아주 낯선 시선이었다. 샌토닉스는 도무지 알 수 없는 인물이었다. 그의 말이 도대체 무엇을 뜻하는지 전혀 알 수가 없었다.

그가 다시 입을 열었다.

"자네는 지금 자신이 뭘 하고 있는지 알고 있나, 마이크? 앞날에 대해 무슨 대책이라도 서 있나? 내 생각에 자네는 아무것도 모르는 것 같아."

"그렇지 않아. 나도 잘 알고 있다고. 나는 지금 내가 원하는 것을 하고 있고, 내가 바라는 대로 나아가고 있는 걸세."

"그래? 궁금하구먼. 자신이 원하는 게 무엇인지, 자네가 정말로 알고 있는지 궁금하군. 자네가 그레타와 함께 있다는 것이 마음에 걸려. 그녀는 자네보다 강하니 말일세."

"도대체 무슨 말을 하는 건지 모르겠군. 그건 누구의 힘이 더 강하느냐 하는 문제와는 관계가 없는 거야."

"관계가 없다고? 나는 관계가 있다고 생각하는데. 그녀는 강한 여자야. 언제나 자기 수단을 동원할 수 있는 그런 여자란 말일세. 자네야 물론 그녀를 여기서 지내도록 할 생각이 없었을 테지. 자네 입으로도 그렇게 말했고. 하지만 그녀는 지금 이곳에 있고, 나는 지금까지 그녀들을 지켜보았어. 그녀와 엘리는 자네 집에서 나란히 붙어 앉아 웃고 떠들며 진을 치고 있네. 그렇다면 자넨 뭔가, 마이크? 구경꾼인가? 흥, 자네가 구경꾼에 불과하다고 할 수 있지 않겠는가?"

"그런 말을 하다니 제정신이 아닌 모양이군. 그게 무슨 소린가, 내가 구경꾼이라니? 나는 엘리의 남편이야, 그렇지 않은가?"

"자네가 엘리의 남편인가, 아니면 엘리가 자네 아내인가?"

"도무지 영문을 모르겠군. 그게 그거지, 뭐가 다르다는 말인가?"

그가 한숨을 내쉬었다. 그리고는 갑자기 온몸의 힘이 다 빠져 나가기라도 한 듯이 어깨를 축 늘어뜨렸다.

샌토닉스가 말했다.

"난 도저히 자네를 잡을 수가 없구면. 자네에게 내 말을 알아듣도록 할 수가 없어. 도무지 자네를 이해시킬 수가 없단 말일세. 때로는 자네도 뭔가 이해하는 듯 싶지만, 또 어떤 때는 자네 자신이나 다른 사람들에 대해서 자네는 전혀 이해를 못하고 있는 것 같기도 하니……."

"샌토닉스, 나는 자네한테서 배울 것이 아직도 많네. 자네는 훌륭한 건축가야. 하지만……."

그의 얼굴이 묘하게 일그러졌다.

"그래! 나는 훌륭한 건축가지. 이 집은 내가 지은 것 중에서도 가장 훌륭한 작품이야. 나 역시도 더할 수 없이 만족하고 있다네. 자네는 바로 이런 집을 원했지. 엘리도 이런 집에서 자네와 함께 살고 싶어했어. 그녀도 소원을 이루었고, 자네 역시 그 소원을 이루었네. 그러니 제발 그 여자는 내보내게, 마이크, 너무 늦기 전에 말일세."

"내가 어떻게 엘리 마음을 상하게 할 수 있겠나?"

"그 여자는 자기가 원하는 대로 자네를 끌고가고 있어." 샌토닉스가 말했다.

"샌토닉스, 나도 그레타를 싫어하네. 자꾸 내 신경을 건드려서 도저히 참을 수 없게 만들거든. 저번에는 그녀하고 한바탕 싸우기까지 했으니까. 하지만 그녀를 몰아낸다는 것이 자네 생각처럼 그렇게 간단한 일이 아니야."

"하지만 그녀가 함께 있으면 일이 더 복잡해질 걸세."

"누구나 이곳을 집시 언덕이라고 부르면서 저주받은 땅이라 무슨 불행이 닥칠지도 모른다고들 하네." 내가 분통을 터뜨리며 말했다.

"돼먹지 못한 집시 나부랭이가 숲 속에서 불쑥 뛰쳐나와 우리한테 주먹을 흔들어 보이며 우리가 이곳을 떠나지 않으면 끔찍한 재앙을 겪게 될 거라고 경고를 하더군. 하지만 무슨 일이 있어도 이곳은 아름다움과 선한 것들로 가득차 있어야 해."

그 마지막 대사는 말하기가 좀 어색했다. 막상 입에서 내뱉기는 했지만, 내가 아닌 누군가 다른 사람이 말하는 것 같은 기분이었다.

샌토닉스가 말했다.

"그래, 자네 말이 맞아. 여긴 꼭 그렇게 되어야 해. 하지만 만일에 무슨 악마 같은 것이 진짜로 들러붙어 있다면 어떻게 할 텐가?"

"정말로 그런 걸 믿고 있지는……?"

"나는 괴상한 것들을 많이 믿고 있다네. 나는 악에 대해서 알고 있어. 자네는 내가 악마를 닮았다는 것을 느끼지 못했나? 응? 악은 늘 존재해 왔어. 그래서 나는 알고 있는 걸세. 그 악이 내 가까이에 있다는 것을 알고 있어. 비록 그 악이 어디에 있는지 정확하게는 모르지만……. 나는, 내가 지은 집에서 악을 몰아내고 싶다네. 자네, 이해하겠나?" 갑자기 그의 어조가 음산해졌다. "이해하겠나? 그것이 바로 내가 해결해야 할 문제라네."

그리고는 갑자기 태도를 바꾸었다.

"자, 이제 말 같지도 않은 소리는 그만두기로 하세. 어서 들어가서 엘리를 보세나."

우리가 창문을 통해 안으로 들어가자 엘리는 환호성을 지르며 샌토닉스를 맞이했다.

샌토닉스는 그날 저녁 이상한 태도는 전혀 보이지 않았다. 그의 본래 모습인 듯, 매력 있고 쾌활한 태도가 조금도 꾸밈이 없어 보였다. 그는 주로 그레타와 이야기를 나누었다. 자신의 매력을 특별히 그녀에게 베풀어 주기라도 하듯이 한껏 과시하는 것이었다. 사실 그는 상당한 매력을 갖고 있었다. 누가 보더라도 그가 그레타에게 반해서, 그녀를 기쁘게 해주려고 애를 쓰는 것 같았다. 그것은 나로 하여금 샌토닉스가 정말로 위험하기 짝이 없는 인물이라는 생각을 하게 했다. 그는 그때까지 내가 알고 있는 것보다 훨씬 많은 것들을 감추고 있었던 것이다.

그레타는 언제라도 보는 이의 감탄을 자아내기에 충분할 만큼 아름다운 여인이었다. 그녀는 자신의 장점을 최대한 과시할 줄 알았다. 때로는 자신의 아름다움을 감추기도 했고, 그 아름다움을 한껏 드러내 보이기도 했는데, 이날 밤은 그때까지 내가 보아온 중에서도 가장 아름다운 모습이었다. 마치 무엇에라도 홀린 것처럼 매혹적인 웃음을 띤 채 샌토닉스의 이야기에 귀 기울이고 있었다. 샌토닉스의 그런 태도 이면에는 과연 무엇이 숨겨져 있을지 궁금했다. 샌토닉스는 정말 불가사의한 사람이었다. 엘리는 그에게 며칠 동안 같이 있어 주면 좋겠다고 했지만, 그는 고개를 가로저으면서 자기는 내일 떠나야 한다고 했다.

"다른 집을 짓고 있나요? 그렇게도 바쁘세요?"

엘리가 물었다.

그게 아니라 병원에서 막 나온 길이라고 그는 대답했다.

"한 번 더 수리를 받아야 하거든요. 하지만 아마 이번이 마지막이 될 겁니다."

"수리를 받아요? 대체 뭘 어떻게 한다는 거죠?"

"내 몸에서 나쁜 피를 뽑아내고, 대신 건강하고 신선한 피를 집어넣는 거죠." 그가 말했다.

"어머나!" 엘리는 가볍게 몸서리를 쳤다.

"걱정하지 말아요. 당신한테는 결코 그런 일이 없을 테니까." 샌토닉스가 아무렇지도 않은 듯이 말했다.

"하지만 어째서 당신이 그런 고통을 겪어야 하죠? 그건 너무 잔인해요."

"아니, 그렇지 않아요. 그건 조금도 잔인한 게 아니랍니다. 나는 방금 당신이 부르는 노래를 들었어요.

　　사람은 기쁨과 슬픔으로 이루어졌대요
　　우리가 그걸 알 때쯤이면
　　편안히 눈을 감으리……

나는 내가 왜 여기 있는지 알고 있기 때문에 세상을 떠날 때 편히 눈을 감을 수 있는 거죠. 그리고 엘리 당신은

　　매일 아침 매일 밤
　　행복한 인생이 태어나네

이 노래처럼 행복하게 살아가는 바로 그런 사람이지요."

"안전하다는 기분을 느껴 봤으면 좋겠어요." 엘리가 말했다.

"그렇다면 자신이 안전치 못하다고 생각합니까?"

엘리가 다시 말했다.

"난 위협 같은 건 받고 싶지 않아요. 누군가가 나한테 저주를 하는 것도 싫고요."

"그 집시를 말하는 건가요?"

"예."

샌토닉스가 말했다.

"그런 건 잊어버려요. 오늘 밤만큼은 다 잊어버리고 행복에 젖어 보기로 합시다. 엘리, 그대의 건강을 위하여…… 부디 오래오래 건강

하게 살도록…… 그리고 나에게는 빨리 자비로운 종말이 닥치기를. 그리고 마이크, 자네에겐 행운이 있기를……." 그는 말을 멈추고 그 레타를 향해 잔을 높이 치켜들었다.

"뭐죠? 나에게는?" 그레타가 물었다.

"그리고 당신에게는 무엇이든 이루어지길! 아마도 성공하겠죠?" 그는 어쩐지 비꼬는 듯한 어조로 덧붙였다.

그는 다음날 아침 일찍 떠났다.

"정말 알 수 없는 사람이에요." 엘리가 말했다. "도무지 이해할 수가 없어요."

"그의 말은 반도 알아들을 수가 없어." 내가 대꾸했다.

"그 사람은 뭔가 알고 있어요." 엘리가 생각에 잠긴 목소리로 말했다.

"앞날에 대해서 알고 있다는 거야?"

"아니에요, 그걸 말하는 게 아니에요. 내 말은 그가 사람들에 대해서 알고 있다는 거예요. 전에도 당신한테 그런 얘기를 했잖아요? 사람들이 그 자신을 알고 있는 것보다 그가 남들을 훨씬 더 잘 알고 있어요. 그래서 그는 그들을 증오하기도 하고, 때로는 그 때문에 연민을 느끼기도 하죠. 하지만 나한테는 그런 연민을 느끼지 않아요." 그녀는 생각에 잠긴 얼굴로 말을 맺었다.

"그건 어째서?" 내가 물었다.

"왜냐하면……." 엘리는 말끝을 흐렸다.

어머니와 아들

다음날 오후, 좀 빠른 걸음으로 울창하게 자란 소나무들이 하늘을 가려 어쩐지 음산한 느낌마저 주는 어두운 숲 속을 빠져나오고 있었다. 바로 그때 웬 키 큰 여인이 드라이브길에 서 있는 것을 보게 되었다. 순간 나는 서둘러 오솔길에서 빠져나왔다. 처음에는 그 집시 노파가 찾아온 것이라고 생각했는데, 막상 누군지 확인하게 되자 그만 움찔 뒤로 물러서고 말았다. 어머니였다. 훤칠한 키에 엄한 표정과 잿빛 머리를 단정하게 빗은 어머니가 그곳에 서 계셨던 것이다.

내가 놀라며 물었다.

"이렇게 놀라게 하시다니! 어떻게 이곳에 오셨어요, 어머니? 저희를 보러 오셨군요? 저희도 어머니가 오시기를 기다렸답니다."

그건 사실이 아니었다. 마지못해 한번 들러 주십사고 한 게 전부였다. 어머니가 우리의 초청을 승낙하지 않을 것이라는 사실을 미리 예상하고 그런 편지를 보냈던 것이다.

어머니가 말했다.

"네 말이 맞다. 너희들을 보려고 이렇게 찾아왔어. 너희들이 잘 지내는지 보고 싶어서 말이다. 그래, 이곳이 너희들 집이로구나. 굉장히 으리으리한걸?"

이미 짐작한 대로 어머니의 말투에는 비난하는 기색이 담겨 있었다.

"나 같은 인간이 살기에는 너무 으리으리하다 이거죠, 예?" 내가 대꾸했다.

"난 그런 말 하지 않았다, 얘야."

"하지만 그렇게 생각하시잖아요?"

"여긴 네 고향도 아니고, 또한 자기 본분에서 벗어나 봐야 좋을 게 하나도 없는 법이야."

"어머니 말씀대로라면 모든 사람들이 죽을 때까지 고향을 떠나지 말아야겠군요?"

"네가 무슨 말을 하는 건지 나도 잘 알고 있다. 하지만 야망을 가졌다고 해서 누구나 다 잘 되는 것은 아니지. 특히 너한테는 그 야망이 썩은 해산물이 될 수도 있는 게야."

"제발 그런 불길한 소리는 하지 마세요! 자, 어서 가서 우리 집이나 구경하세요. 으리으리한 집도 직접 보시고, 원하신다면 지체 높으신 제 마나님도 어떻게 생겼는지 살펴보세요."

"네 아내? 그 아이는 벌써 만나 보았다."

"뭐라고요! 제 아내를 벌써 만나 보셨다니요?" 나는 깜짝 놀라서 되물었다.

"그애가 말 안 하던?"

"뭘 말입니까?"

"날 보러 갔다고 말이다."

"엘리가 어머니를 뵈러 갔다고요?" 나는 망연자실하며 되물었다.

"그래. 어느 날 벨 소리가 나서 나가 보니 웬 아가씨가 좀 겁먹은 표정을 짓고 문 밖에 서 있더구나. 아주 근사한 옷차림을 한 무척 예쁘고 귀여운 모습이었지. 나한테 '마이크 어머니시죠?' 하고 묻길래, '내가 마이크 에미되는 사람인데, 아가씨는 누구지?' 하고 내가 다시 물었지. 그랬더니 '제가 그이의 아내예요. 어머니를 찾아 뵈어야 도리일 것 같아서요. 어머니께 인사를 드려야……' 하더구나. 그래서 내가 말했지. '네 남편은 그걸 바라지 않았을 게야.' 네 아내가 말을 못 하길래 내가 다시 말했지. '굳이 나한테 변명하려 들지 않아도 된다. 나도 내 아들이 어떤 인물이고, 뭘 바라는지 알고 있으니.' 그랬더니 '어머니께서는 혹시 제가 부자라서 그이가 자기와 어머니가 가난한 것을 부끄럽게 여길 거라고 생각하실지 모르지만, 그건 전혀 그렇지가 않답니다. 그건 전혀 그이답지 않은 생각이에요. 정말이에요.' 하더구나. 그래서 내가 다시 말했지. '괜히 그애 때문에 애쓰지 말아라, 애야. 나도 내 자식의 결점이 무엇인지 잘 알고 있으니까. 그애가 부끄러워하는 건 자기 출신이나 이 에미가 가난하다는 것 따위가 아니란다. 나를 부끄럽게 여기지는 않지. 오히려 나를 두려워한다고 해야 옳을 게야. 왜냐하면 이 에미가 자기에 대해서 너무 잘 알고 있다고 생각하거든' 하고. 그런데 그 말이 그애를 즐겁게 한 것 같더구나. 그애가 말했지. '어머니들은 모두 그렇게 여기시는 모양이에요. 자기 아들에 대해서는 모르는 게 없다고 말이죠. 그리고 아들들은 그 때문에 항상 어머니에게 쩔쩔매게 되는 것 같고요!' 하고 말이다.

나도 그게 사실인 것 같다고 했지. 젊었을 때는 항상 세상으로 뛰쳐나가고 싶은 충동을 느끼는 법이니까. 어려서 숙모님 댁에서 지낼 때, 나도 그러했으니까. 내 침대 머리맡의 벽에는 금박을 입힌 액자 속에서 나를 지켜보는 커다란 눈이 있었단다. 거기에는 이런 말이 씌어 있었지. '주께서 나를 지켜 보신다.' 그것은 내가 잠들기 전까지 나를 두려움에 떨게 하곤 했단다."

"엘리는 어머니를 뵈었다는 말을 나한테 했어야 했는데 어째서 그런 사실을 숨겼는지 모르겠군요. 나한테 말해야 하는데 말이에요."

나는 화가 치밀어올랐다. 정말로 화가 났다. 엘리가 나한테 그런 비밀을 감추고 있을 줄은 정말 몰랐다.

"그애도 자기 행동에 대해서 약간 걱정하고 있는 것 같았지만, 그렇다고 해서 너를 두려워할 필요는 전혀 없겠지."

"자, 어머니, 어서 집으로 가요."

나는 어머니가 우리 집을 마음에 들어할지 자신이 없었다. 사실, 마음에 들어하지는 않을 것 같았다.

어머니는 집 안을 둘러보더니 눈살을 찌푸리고는 테라스로 통하는 방으로 들어갔다. 엘리와 그레타가 앉아 있었다. 밖에서 막 들어왔는지 그레타는 진홍색 모직 외투를 어깨에 걸치고 있었다. 어머니는 그녀들을 가만히 바라보았다. 마치 못이라도 박힌 듯이 한동안 꼼짝 않고 서 있었다. 그때 엘리가 벌떡 일어나서 어머니 쪽으로 다가갔다.

"어머나, 이분은 마이크 어머니이셔."

엘리는 그레타를 돌아다보았다. "우리 집을 보러 오신 거야. 우리가 어떻게 사는지 보시려고. 어머니, 이쪽은 제 친구인 그레타 앤더슨이에요."

그리고는 어머니의 두 손을 꼭 잡았다. 어머니는 엘리의 어깨 너머로 그레타를 살펴보았다. 아주 엄격한 시선으로 말이다.

"이제 알겠구면, 알겠어!"

어머니는 혼잣말처럼 중얼거렸다.

"무슨 말씀이세요?" 엘리가 물었다.

"궁금했단다. 대체 어떤 곳일지 무척 궁금했거든." 어머니가 대답했다. 그리고는 주위를 둘러보았다.

"그래, 참 좋은 집이로구나. 멋진 커튼과 멋진 의자들, 그리고 훌륭한 그림까지."

"차 좀 드셔야죠?" 엘리가 물었다.

"차 마실 시간은 이미 지나지 않았을까?"

"차야 언제라도 마실 수 있는 게 아니겠어요." 대답하고는, 엘리는 그레타에게 말했다. "고용인을 부르느니, 대신 차를 좀 끓여다 주지 않겠어?"

"물론이에요."

그레타는 어깨 너머로 거의 겁에 질린 듯한 시선을 어머니한테 힐끗 던지고는 방에서 나갔다.

어머니는 자리에 앉았다.

엘리가 말했다. "짐은 어디에 두셨어요? 이곳에 오래 머무르실 거죠? 제발 그렇게 해주세요."

"아니란다, 아가, 난 오래 머무를 수가 없어요. 앞으로 30분 있다가 기차를 타고 돌아갈 생각이야. 단지 너희가 어떻게 사는지 보고 싶었을 뿐이거든." 그리고는 마치 그레타가 돌아오기 전에 말을 마치고 싶기라도 한 듯 서둘러 말을 이었다. "이제 아무 걱정 말아라, 아가. 네가 나를 찾아온 일을 죄다 마이크한테 얘기해 주었단다."

"미안해요, 마이크. 당신한테 미리 말하지 않아서 말예요." 엘리는 단호한 어조로 덧붙였다. "당신한테 말하지 않는 것이 더 나을 거라고 생각했거든요."

어머니가 말했다.

"네 아내는 진정에서 우러나서 나를 찾아왔던 게야. 넌 정말 참한 아가씨와 결혼한 게지. 더욱이 예쁘기도 하고. 그럼, 정말 예쁘고말고." 그리고는 들릴 듯 말 듯 나직한 음성으로 덧붙였다. "미안하구나."

"미안하시다뇨?" 엘리가 좀 멍한 표정으로 물었다.

"전에 내가 품었던 생각 때문에 미안하다는 거란다." 어머니가 말했다. 그리고는 얼마쯤 굳은 표정으로 다시 말을 이었다. "어머니들은 다 그런 법이지. 늘 며느리에 대해서 의심을 하려 들거든. 하지만 나는 너를 보고 나서 내 아들이 정말 행운아구나 생각했단다. 네가 너무 마음에 들어 이게 꿈이 아닌가 싶기까지 했거든."

"정말 너무 하시는군요." 내가 빙긋 웃으며 말했다. "나야 늘 고상한 취미를 가지고 있었잖아요."

"늘 사치스런 취미를 가지고 있었다고 해야 옳지." 어머니는 이렇게 말하고 고급 비단으로 짠 커튼을 바라보았다.

"사치스런 취미를 가진 것이 무슨 죄가 된다고 생각지 않아요." 엘리는 어머니에게 빙긋 웃어 보였다.

"때때로 네가 마이크의 헤픈 씀씀이를 보살펴 주거라. 그게 저 애의 성격을 바로잡는 데도 도움이 될 게다."

"저는 제 성격을 굳이 고칠 생각은 없어요." 내가 말했다. "아내가 있어서 좋은 점은, 아내가 남편의 부족한 점을 보충해 주어서 아무 탈 없게 해주는 데 있는 거예요. 그렇지 않아, 엘리?"

엘리는 다시 행복에 젖은 표정을 하고 있었다. 그녀가 웃으며 말했다.

"좀 분수를 아세요, 마이크! 그저 자기 자랑만 늘어놓으니."

그때 그레타가 찻주전자를 들고 들어왔다. 어머니와 우리 사이의 조금 불편한 관계가 이제 막 해소된 참이었다. 그런데 그레타가 나타나자 어쩐지 다시 긴장감이 되살아나는 것 같았다. 어머니를 머무르게 하려는 엘리의 끈질긴 설득에도 어머니의 고집은 어쩔 수가 없었다. 결국 엘리도 더 이상 설득하기를 포기했다. 엘리와 나는 어머니를 모시고 숲 속으로 난 꾸불꾸불한 드라이브길을 따라 대문까지 걸어 내려갔다.

"너희들은 이곳을 뭐라고 부르느냐?"

어머니가 불쑥 물어 보았다.

엘리가 말했다.

"집시 언덕이라고 해요."

"아, 그래서 근처에 집시들이 있는 거로구나?"

"어머닌 그걸 어떻게 아셨죠?" 내가 물었다.

"아까 올라오는 길에 어떤 집시를 보았거든. 이상한 눈빛으로 나를 쳐다보더구나."

"별 것도 아닌 노파예요, 실은." 내가 말했다. 그리고는 다시 덧붙였다. "머리가 좀 이상할 뿐이지 다른 건 없어요."

"어째서 그 집시 여인이 머리가 돌았다는 게냐? 아주 이상한 눈빛으로 나를 쳐다보는 것 같던데, 혹시 너희들한테 무슨 원한이라도 품고 있는 게 아니냐?"

엘리가 말했다.

"아니에요, 그 할머니가 그렇게 생각하는 것 같아요. 우리가 자기를 자기네 땅에서 쫓아냈다고 말이에요."

다시 어머니가 말했다.

"내 생각에는 그 여자가 돈을 바라고 있는 것 같더구나. 집시들이란 다 그렇거든. 큰소리로 노래를 부르고 춤을 추는 등 온갖 소란을 피우며 돌아다니지만, 그네들 손에 돈이라도 몇 푼 쥐어 주면 곧 잠잠해지기 마련이지."

"어머니는 집시를 싫어하는군요." 엘리가 말했다.

"그들이 도둑질을 일삼으니 그렇지. 힘들여 일해서 먹고 살 궁리는 안 하고, 자기네 물건도 아닌 것을 훔치려고만 들거든."

"뭐 그렇다고 해도 저희는 더 이상 신경쓰지 않기로 했어요." 엘리가 말했다.

어머니는 잘 있으리라고 하고 나서는 문득 생각났는지 다시 말을 이었다.

"너희들과 함께 살고 있는 젊은 여자는 어떻게 되는 사이지?"

엘리는 그레타가 결혼하기 전에 자기와 3년 동안 같이 지냈다는 것과, 그녀가 없었다면 아마도 비참한 생활을 하게 되었을지도 모른다는 것 등을 설명해 주었다.

"그레타는 저희를 위해서 무척 애를 써주었답니다. 참 훌륭한 여성이에요. 저는 그녀 없이 어떻게 살까 모르겠어요."

"그 여자는 너희들과 함께 살고 있는 게냐, 아니면 잠깐 들른 게냐?"

"오, 뭐라고 해야 할까요……." 엘리는 그 질문을 교묘하게 회피했다. "지금은 우리와 함께 지내고 있어요. 왜냐하면 제가 발목을 삐어서 누군가가 저를 보살펴 줄 사람이 있어야 했거든요. 하지만 이제 다 나았어요."

"신혼 때는 둘이서만 지내는 것이 제일 좋은 게야." 어머니가 좀 못마땅하다는 투로 말했다.

우리는 대문 옆에 서서 어머니가 언덕 아래로 사라져 가는 모습을 지켜보았다.

"어머니는 아주 개성이 강한 분이세요." 엘리가 생각에 잠긴 얼굴로 말했다.

나는 엘리에게 화가 나 있었다. 나한테 알리지 않고 어머니를 찾아간 그녀의 행동에 대해서 정말 몹시 화가 났었다. 하지만 한쪽 눈썹을 상큼 올리고 겁을 먹은 듯 만족해하는 듯, 갈피를 잡을 수 없는 앳된 웃음을 빙긋 지은 얼굴로 나를 가만히 올려다보고 있는 그녀를 보자 어쩔 수 없이 노여움도 풀리고 말았다.

"이런 깜찍한 거짓말쟁이 같으니라고 ! " 내가 말했다.

"가끔은 거짓말을 할 수도 있는 거예요. " 엘리의 얼굴에는 여전히 앳된 웃음이 감돌고 있었다.

"마치 셰익스피어 연극을 보는 듯한 기분인데 ? 내가 학교 다닐 때 그 연극을 공연한 적이 있거든. " 그리고는 좀 멋쩍은 표정으로 대사 한 구절을 인용했다. "그 여식은 자기 아버지를 속였으니 그대도 속일 수 있소. "

"당신은 무슨 역을 맡았죠, 오델로 역인가요 ? "

"아니, 난 그 여자의 아버지 역을 맡았지. 그래서 아직도 그 대사를 외우고 있는 거야. 실제로 내가 해야 할 대사는 그것뿐이었거든. "

"그 여식은 자기 아버지를 속였으니 그대도 속일 수 있소. " 엘리도 조심스럽게 그 대사를 되뇌었다. "하지만 나는 결코 아버지를 속인 적이 없어요. 살아 계셨더라면 혹시 모르죠. "

"그분이 살아 계셨다면 당신이 나와 결혼하는 것을 흔쾌히 허락하시지는 않았을 것 같은데 ? 당신 계모보다 더 반대하셨을걸, 아마도. "

엘리가 말했다.

"그래요, 그렇게 호락호락 허락하시지는 않았을 거예요. 아버지는 무척 보수적인 분이셨거든요. " 그리고는 다시 그 묘한 앳된 웃음을 빙긋 지어 보였다.

"아마 나도 데스데모나처럼 아버지를 속이고 당신과 함께 도망쳐야 했을 거예요. "

"어째서 그토록 우리 어머니를 보고 싶어한 거지, 엘리 ? " 내가 궁금한 표정으로 물었다.

"뭐, 그렇게 뵙고 싶었던 건 아니에요. 하지만 그렇게 하지 않고서는 견딜 수가 없었어요. 당신은 어머니에 관해서 별로 말이 없었지만, 내 생각에는 당신을 위해서는 뭐든지 하실 분 같아요. 당신이 훌륭한 교육을 받을 수 있도록 힘들여 일하시고, 당신 하나를 잘 키우기 위해 모든 수고를 아끼지 않으신 것 같았어요. 그래서 내가 어머니를 찾아뵙지 않은 것은 재산이 좀 있다고 해서 건방이나 떠는 몹쓸 짓이라고 생각한 거죠."

"그야 당신 잘못이라고 할 수 없지. 모두 내 잘못이야."

"내가 당신 어머님과 만나기를 바라지 않았던 당신 심정을 이해할 수 있을 것 같아요." 엘리가 말했다.

"내가 어머니에 대해서 열등감을 가지고 있다고 생각하는 거야? 그건 절대로 그렇지 않아. 엘리 내 말을 믿어. 그것 때문이 아니었다고."

"알아요." 엘리가 심각한 표정으로 말했다. "그건 나도 알고 있어요. 그건 당신이 어머니의 잔소리를 듣고 싶지 않기 때문이었을 거예요."

"어머니의 잔소리라고?" 나는 멍한 얼굴로 물었다.

"다른 사람들이 무엇을 해야 할지 어머니는 잘 알고 계시는 분이란 걸 알 수 있었어요. 내 말은, 당신 어머니는 당신이 확실한 직업을 갖기를 원하셨다는 거예요."

내가 말했다.

"맞아. 확실한 직업을 갖고, 안정된 생활을 하기를 바라셨지."

"그건 이젠 중요하지 않을지도 몰라요. 물론 아주 훌륭한 충고라고는 할 수 있죠. 하지만 당신에게는 맞지 않는 충고일 거예요, 마이크. 당신은 한곳에 머물러 살 수가 없는 사람이거든요. 안정된 생활을 원치 않아요. 당신은 세상을 여기저기 돌아다니며 구경도 하고 여러 가지 다양한 경험을 쌓고 싶은 거예요."

"나는 당신과 함께 여기 이 집에서 안주하고 싶어." 내가 말했다.

"한동안은 그럴 테죠. 그래도 언제나 이곳으로 돌아오고 싶어할 거라고는 생각해요. 나도 그럴 거예요. 우리는 매년 이곳으로 돌아올 테고, 다른 어느 곳에서보다 행복하게 지낼 테죠. 하지만 당신은 곧 떠나고 싶을 거예요. 여러 곳을 돌아다니며 견문을 넓히고, 새로운 물건도 사고……. 우리, 정원을 꾸밀 새로운 계획을 세우는 게 어때요? 이탈리아 정원도 보고, 일본 정원도 구경하고……세상의 온갖 정원을 다 구경해 보는 거예요."

"정말 멋진 생활이 될 것 같은데, 엘리! 내가 화를 내서 미안해." 내가 말했다.

"오, 아니에요. 당신 때문에 걱정하지는 않아요." 엘리가 말했다. 그리고는 미간을 찌푸리며 다시 말을 이었다. "어머니는 그레타를 좋아하시지 않는 것 같아요."

"그레타를 좋아하지 않는 사람은 많아." 내가 말했다.

"당신을 포함해서 말이죠."

"엘리, 어째서 늘 그런 식으로 말하는 거지? 그렇지 않아. 처음에는 그녀를 조금 질투하기는 했지. 하지만 그뿐이야. 우리는 지금 아주 사이가 좋다고." 그리고는 다시 덧붙였다. "내 생각에는 그녀가 사람들에게 경계심을 느끼도록 만드는 것 같아."

"앤드류 아저씨도 그레타를 싫어하죠, 안 그런가요? 그분은 그레타가 나한테 지나친 영향력을 행사한다고 생각하세요." 엘리가 우울하게 말했다.

"그레타가?"

"그렇게 모르는 체 시치미 떼지 마세요. 그래요, 아마 그럴 거예요. 당연하잖아요? 그레타는 좀 지배적인 성격을 갖고 있고, 나는 누군가 의지하고 신뢰할 수 있는 사람이 필요했거든요. 누군가 나를 두둔해 줄 그런 사람 말이에요."

"그리고 당신의 생활을 누릴 수 있도록 망을 봐줄 사람 말이지?"
나는 웃음을 터뜨렸다.

우리는 팔짱을 끼고 집으로 들어갔다. 여러 가지 이유로 그날 오후
는 유달리 어두컴컴한 것 같았다. 아마도 햇볕이 테라스에 머물러 있
다가 어둠만 남기고 막 사라져 버려서 그런가 보다고 생각했다. 엘리
가 말했다.

"왜 그래요, 마이크?"

"모르겠어, 갑자기 소름이 쫙 끼치면서 몸서리가 쳐 지는걸?"

"그런 걸 흔히 거위가 그 사람 무덤 위를 걷는다고 하죠, 호호!"
엘리가 웃었다.

그레타는 보이지 않았다. 고용인들 말로는 외출했다고 했다.

이제 어머니는 내 결혼에 대해서 모든 것을 알게 되었고 엘리도 만
나 보았다. 그래서 나는 한동안 벌러 왔던 일을 했다. 어머니한테 거
액 수표를 보내는 것이었다. 나는 어머니한테 좀더 좋은 집으로 이사
를 가고 마음에 드는 가구라도 사라고 했다. 물론 어머니가 그 수표
를 받을지, 아니면 돌려 보낼지 자신이 없었다. 그건 내가 일해서 번
돈도 아니었고, 또한 내가 번 돈입네 할 수도 없는 노릇이었기 때문
이다. 과연 예상했던 대로 어머니는 그 수표를 반으로 찢어서 돌려
보내고는 거기에다 이렇게 썼다. '나한테는 이런 돈 따위 받을 일이
없다. 너는 조금도 달라지지 않았구나. 이젠 그걸 확실히 알겠다. 하
느님의 가호가 있기를.'

나는 그것을 엘리 앞에 내던지며 말했다.

"당신도 우리 어머니가 어떤 분인지 똑똑히 알게 되었을 거야. 내
가 돈 많은 여자와 결혼해서 아내의 돈으로 살고 있다고 어머니는
못마땅하게 여기시는 거라고!"

"너무 걱정하지 마세요." 엘리가 말했다. "많은 사람들이 그렇게 생각할 거예요. 하지만 어머니는 차차 잊으실 거예요. 어머니는 당신을 몹시 사랑하고 계시거든요, 마이크."

"그런데 어째서 어머니는 언제나 내가 달라지기를 바라시는걸까? 나를 당신처럼 만들려 하시거든. 나는 나야, 나는 다른 누구의 본을 따를 수가 없다고. 나는 이제 어머니가 원하는 모양으로 빚어지는 어린애가 아냐. 나는 나일 뿐이야. 이젠 어른이라고. 나는 바로 나란 말이야!"

"당신은 당신이에요. 그리고 나는 그런 당신을 사랑해요." 엘리가 말했다. 그리고는 아마도 내 기분을 바꿔 줄 생각인지 좀 들뜬 목소리로 덧붙였다. "이번에 새로 들어온 고용인들을 어떻게 생각하세요?"

나는 그에 대해선 생각해 본 적이 없었다. 대체 뭘 생각한단 말인가? 내 사회적 지위를 얕잡아보는 듯한 기색을 전혀 감추려고 하지 않았던 저번 고용인보다는 새로 들어온 고용인이 내 마음에는 더 들었다.

"괜찮은 편이지. 그런데 그건 왜?"

"그가 믿을 만한 사람인지 그게 좀 의심스럽거든요."

"믿을 만한 사람이라니? 그게 무슨 뜻이지?"

"사립탐정이 아닌가 해서요. 앤드류 아저씨라면 충분히 그럴 수 있거든요."

"앤드류 씨가 왜 그런 짓을 하지?"

"글쎄요, 내가 납치당할지도 모른다고 생각할 수도 있죠. 미국에서는, 아시겠지만 우린 대개 경호를 받았거든요. 특히 이런 시골에서는 말이에요."

돈 많은 사람들의 또 다른 불리함이었다. 내가 전혀 짐작도 못하고 있던!

"정말 생각만 해도 끔찍하군!"

"난 모르겠어요. 아마도 내가 그런 일에 익숙해져있기 때문인가 봐요. 그게 무슨 상관이 있나요? 사실 아무도 신경쓰지 않잖아요?"

"그렇다면 그 아내란 여자도?"

"그럴 거예요. 그녀가 비록 요리는 아주 잘하지만요. 앤드류 아저씨나 아니면 스탠퍼드 로이드 씨 둘 중 누군가가 그런 생각을 해냈을 거예요. 저번에 있던 고용인들한테는 돈을 줘서 나가도록 했고, 자기들과 연락이 되어 있는 이번 고용인들을 대신 들여보낸 거죠. 그런 일은 눈감고도 해치울 수 있을걸요?"

"당신한테는 한 마디 말도 없이?" 나는 여전히 믿을 수가 없었다.

"나한테 사전에 알린다는 생각은 아예 하지도 않았을걸요. 그랬다면 내가 큰 난리를 피웠게요? 하지만 내가 그들에 대해서 잘못 생각하고 있는 것인지도 몰라요." 그녀는 꿈을 꾸는 듯한 표정으로 계속말을 이었다. "언제나 그런 사람들한테 둘러싸여 있는 것이 몸에 배었기 때문에 이런 생각을 하게 되는 건지도 몰라요."

"정말 가엾은 부자로구먼!" 내가 무정하게 말했다.

엘리는 그러한 내 어조는 전혀 개의치 않았다.

"어쩌면 당신 표현이 적절할 거예요." 그녀가 말했다.

"엘리, 당신에 대해서는 여전히 모르는 것 투성이야." 심각한 표정으로 내가 말했다.

죽음의 그림자

잠이란 참으로 신비한 것이다. 집시, 보이지 않는 적들, 은밀하게 배치된 사립탐정, 납치당할 위험성 등 걱정거리를 잔뜩 안고 잠자리에 들지만, 일단 잠이 들면 잠은 그 모든 것들로부터 해방시켜 준다. 어딘지 알 수도 없는 곳으로 멀리 여행을 떠나지만, 잠에서 깨어나면 전혀 새로운 세계가 기다리고 있는 것이다. 아무런 걱정도 근심도 없는 곳. 9월 17일, 내가 잠에서 깨어났을 때 터질 듯한 흥분이 나를 감싸고 있었다.

"멋진 날씨로군!" 나는 스스로에게 확인을 시켜 주었다. "오늘은 멋진 날이 될 거야."

진심이었다. 나는 마치 어디든 갈 수 있고, 무엇이든 할 수 있다고 하는 광고에 나오는 사람이라도 된 듯싶었다. 나는 머릿속으로 모든 계획들을 다시 검토해 보았다. 그날 나는 우리 집에서 24킬로미터쯤 떨어진 어느 시골 장원에서 열리는 경매장에서 필포트 촌장과 만나기로 약속이 되어 있었다. 그곳에는 상당히 훌륭한 물건들이 꽤 있었는데, 나는 이미 목록을 보고 두세 가지 물건을 점찍어 놓고 있었다.

그런 모든 일들을 생각하자 나는 더욱 흥분이 되었다.

필포트 촌장은 옛날 가구라든가 은식기 같은 것들에 대해서 아주 잘 알고 있었다. 그건 예술적인 안목이 있어서가 아니었다. 그는 사실 운동광이라고 해야 옳았을 테니까. 그냥 잘 알고 있는 것뿐이었다. 그의 집안 사람들은 대체로 박식한 편이었다.

나는 아침을 먹으면서 다시 그 목록을 살펴보았다. 엘리는 승마복 차림으로 식당에 내려왔다. 그녀는 이제 거의 매일 아침, 혼자가 아니면 클로디아와 함께 승마를 즐겼다. 여전히 미국인의 습관을 버리지 못한 그녀는 아침 식사 때 커피와 오렌지 주스 한 잔 말고는 거의 들지 않았다. 나로서는 마치 빅토리아 시대의 대지주 식탁처럼 풍성한 아침상을 굳이 마다할 이유가 없었다. 나는 멋진 접시에 담긴 뜨거운 음식들을 좋아했다. 그날 아침에는 강낭콩과 소시지, 그리고 베이컨 등으로 든든하게 배를 채웠다. 참으로 맛있는 아침이었다.

"당신은 뭘 할 생각이오, 그레타?" 내가 물었다.

그레타는 채드웰 역에서 클로디아 하드캐슬과 만나 화이트 세일(흰 섬유제품의 대매출)이 열리는 런던에 다녀올 거라고 했다. 나는 화이트 세일이 뭐냐고 물었다.

"거기서는 정말로 흰 물건들만 파는 거요?"

그레타는 경멸하듯이 나를 쳐다보고는 화이트 세일이란 집에서 쓰는 리넨 천이나 담요, 수건, 침대보 등을 파는 것을 뜻한다고 설명했다. 그녀는 카탈로그 한 장을 받았는데, 본드 거리의 한 상점에서 특별 바겐세일이 열린다는 것이었다.

내가 엘리에게 말했다.

"그레타는 오늘 하루 런던에 다녀온다는데, 바팅턴에 있는 조지 식당으로 나오지 않겠어? 필포트 촌장 말로는 그곳 음식이 일품이라는 거야. 당신도 함께 왔으면 하던데. 1시 정각이야. 채드웰을 지나 한 5킬로미터쯤 가면 모퉁이가 나오는데, 그 모퉁이를 돌면 표지판이 보일 거야."

"알겠어요. 그리로 갈게요." 엘리가 말했다.

내가 말에 올라타는 것을 거들어주자, 엘리는 말을 타고 숲 속으로 달려갔다. 엘리는 승마를 즐겼다. 그녀는 구불구불한 길을 돌아 구릉지대로 나서게 되면 집으로 돌아오기 전까지 힘껏 질주를 하곤 했다. 엘리를 위해서 주차시키기에 편한 작은 차를 남겨두고 나는 커다란 크라이슬러를 몰고 나왔다. 나는 경매가 시작되기 바로 전에 바팅턴 장원에 도착할 수 있었다. 필포트는 미리 와서 나를 위해 자리를 잡아두고 있었다.

그가 말했다.

"이곳에는 꽤 훌륭한 물건들이 제법 있다오. 훌륭한 그림도 한두 점 있고. 롬니와 레이놀즈 작품이지. 당신도 그 그림에 관심이 있을지 모르겠구먼."

나는 고개를 가로저었다. 그즈음 나는 현대 작가의 그림에 흥미가 있었기 때문이다.

필포트 촌장이 계속 말을 이었다. "상인들이 몇몇 이곳에 왔다오. 런던에서도 두 사람이 내려왔지. 저기 입술을 굳게 다물고 있는 깡마른 사람이 보이시오? 저자가 크레싱튼이라오. 이 분야에서는 아주 유명한 인물이지. 당신 부인은 함께 오지 않았소?"

"아뇨, 아내는 경매라면 아주 질색을 하거든요. 어쨌거나 오늘은 특히 그녀를 데리고 올 생각이 없습니다."

"아니, 그건 또 왜?"

"엘리를 놀라게 해주고 싶었거든요. 42번 품목을 보셨습니까?" 내가 말했다.

그는 카탈로그를 흘끗 들여다보고 나서 방 저쪽을 건너다보았다.

"흠, 저 옻칠한 책상 말이오? 그렇구먼, 상당히 아름다운 소품인데. 이제껏 내가 본 칠기 중에서는 가장 뛰어난 제품이로구먼. 게다가 옻칠한 책상이란 것도 희귀하지. 테이블 위에 올려 놓고 사용하는 휴대가 간편한 서류책상은 꽤 종류가 많긴 하지만, 이것은 가장 초기의 제품이네. 나는 이런 물건은 처음 보네."

그 앙증맞은 물건에는 윈저 성 모양이 상감되어 있었고, 양옆에는 장미와 엉겅퀴, 토끼풀 등의 문양이 화려하게 장식되어 있었다.

"보존 상태도 좋구먼!" 필포트 촌장이 말했다. 그리고는 호기심 어린 눈빛으로 나를 쳐다보았다. "당신이 저런 물건에 취미가 있는 줄은 몰랐는데? 하지만……."

"아, 그런 건 아닙니다. 내가 좋아하기에는 좀 지나치게 화려하고, 여자들이나 좋아할 물건이죠. 엘리는 저런 물건들을 좋아한답니다. 다음 주 아내의 생일에 저것을 선물할 생각이지요. 깜짝 놀라게 해주고 싶은 겁니다. 그래서 오늘 경매장에 아내를 데려오지 않은 거죠. 하지만 아내가 마음에 들어할지는 모르겠습니다. 아마 놀라기는 할 거예요."

우리가 자리를 잡고 앉자 곧 경매가 시작되었다. 내가 점찍었던 그 물건은 값이 상당히 치솟았다. 런던에서 온 두 상인도 그 물건을 탐내고 있는 것 같았고, 그 중 한 사람은 그 방면에 도통한 사람인지 거의 눈에 뜨이지 않을 정도로 자신의 의사를 더할 수 없이 미세하게 표시하곤 했지만, 그래도 경매인은 세밀하게 그의 움직임을 지켜보고 있었다. 나는 화려하게 장식된 치펜데일(곡선이 많고 장식
적인 가구 형태) 형식의 의자도 하나 샀는데, 홀에다 놓으면 잘 어울릴 것 같았다. 그리고 아주 화려한 무늬의 비단으로 짠 커튼도 샀다.

"기분이 꽤 좋아 보이시는군?" 필포트 촌장은 경매인이 오전 경매가 끝났다는 것을 알리자 자리에서 일어나며 말했다. "오후 경매에도 참가할 생각이오?"

나는 고개를 가로저었다.

"아뇨, 나머지 물건 중에는 사고 싶은 것이 없습니다. 침실용 가구라든가 카펫 같은 것들이 대부분이던데요."

"그럴 거요. 당신한테는 관심이 없을 거요. 그렇다면……." 그는 시계를 들여다 보았다. "그럼 슬슬 떠나도록 합시다. 엘리와는 조지 식당에서 만나기로 했다고?"

"예, 그곳으로 올 겁니다."

"그리고 앤더슨 양은?"

"아, 그레타는 런던에 갔습니다." 내가 말했다. "뭐, 화이트 세일 인가 하는 게 열린다고 하더군요. 아마 하드캐슬 양과 갔을 겁니다."

"맞아, 언젠가 클로디아가 그것에 대해서 말한 적이 있지. 요즘에는 시트 따위의 값도 엄청나게 비싸다더구먼. 당신, 리넨 베갯잇 한 장에 얼마나 하는지 알고 있소? 35실링이나 한다오. 예전에는 6실링이면 살 수 있었던 것이 말이오."

"촌장님은 일용품 가격을 잘 알고 계시나 보군요?" 내가 물었다.

"글쎄, 집사람이 그런 것들에 대해서 늘 불평을 늘어놓곤 해서 좀 아는 편이지." 필포트는 빙긋 웃어 보였다. "당신은 기분이 최고인 것 같구먼. 아주 유쾌해 보이는데?"

내가 말했다.

"옻칠한 책상을 샀기 때문일 테죠. 그렇습니다. 그것도 내가 기분 좋은 이유 중 하나가 될 겁니다. 오늘 아침 잠에서 깨어났을 때 정말 말할 수 없이 기분이 좋더군요. 왜 그런 날 있잖습니까? 모든 일이 다 잘 될 것 같은 그런 날 말입니다."

"흠." 필포트는 심각한 표정을 지었다. "조심하시오, 그건 죽음의 그림자가 닥쳐올 전조일 수도 있으니까."

"죽음의 그림자라뇨?" 내가 의아해 하며 되물었다. "무슨 스코틀랜드의 미신 같은 겁니까?"

필포트 촌장이 말했다.

"그건 재앙이 닥치기 전에 겪는 현상이라오. 당신의 들뜬 마음을 좀 가라앉히는 게 좋을 거요."

"아, 나는 그런 미신 따위는 믿지 않습니다." 내가 말했다.

"집시의 예언 같은 것도 믿지 않겠구먼?"

"요즘 들어와서는 집시도 통 보지 못했습니다. 뭐 요즘이라고 해봐야 채 1주일도 안 되지만요."

"아마 어디 다른 데로 떠나기라도 한 모양이지." 필포트가 말했다.

그가 내 차를 함께 타고 갈 수 있겠냐고 해서 나는 그렇게 하라고 했다.

"두 대씩이나 끌고갈 필요는 없지. 돌아오는 길에 여기다 내려 주시오. 부인은 자기 차를 가지고 올 건가?"

"예, 소형차를 몰고 올 겁니다."

필포트 촌장이 말했다.

"조지 식당의 음식이 맛이 있었으면 좋겠구먼. 상당히 배가 고픈 걸."

"뭘 사셨습니까? 나는 너무 흥분해서 제대로 살펴보지도 못했거든요." 내가 물었다.

"그래, 당신은 자기 일에만 온통 정신이 팔려 있더구먼. 하지만 경매장에서는 다른 사람들의 움직임도 눈여겨 봐야 해. 나는 사지 않았소. 한두 가지 입찰에 응해 봤지만 모두 내 예상 가격을 초과해서 말이오."

필포트 촌장은 인근에 엄청난 땅을 소유하고 있지만 실제 수입은 별로 많지 않다고 들었다. 말하자면 그는 가난한 대지주라고 할 수 있었다. 땅을 얼마쯤 팔아야 그런 대로 쓸 만한 돈이 들어올 텐데 그는 결코 자기 땅을 팔려고 하지 않았다. 그는 땅을 사랑하기 때문이다.

조지 식당에는 이미 많은 차들이 몰려와 있었다. 대부분이 경매장에서 온 사람들인 것 같았다. 하지만 엘리의 모습은 보이지 않았다. 우리는 안으로 들어가 찾아보았지만, 그녀는 아직 도착하지 않은 것 같았다. 그렇다고 해도 1시가 조금 지났을 뿐이었다.

엘리를 기다리는 동안 우리는 바에 가서 한잔 들이켰다. 그곳은 사람들로 붐비고 있었다. 나는 식당 안을 들여다보았지만, 우리가 잡아 놓은 자리는 여전히 비어 있었다. 안면이 있는 사람들도 꽤 있었다. 창가에도 상당히 낯익은 사람이 앉아 있었다. 분명히 안면이 있는 사람이었지만 언제 어디서 그를 보았는지 도무지 생각이 나질 않았다. 그는 이 지방 사람이 아닌 것 같았다. 차림새부터가 이곳 사람들과는 달랐다. 물론 살아오는 동안 나는 무수한 사람들을 만났으니 그들을 일일이 쉽게 기억해 낸다는 것은 좀처럼 있을 수 없는 일이었다. 하지만 이 사람은 내가 근래에 보았던 인물인 것 같았다. 경매장에서 본 사람은 아니었다.

에드워드 시대풍의 검정 실크 옷차림을 한 조지 식당의 여주인이 치맛자락을 끌며 내게로 다가와 말했다.

"곧 식탁으로 가실 건가요, 로저스 씨? 자리가 나기를 기다리는 사람들이 있어서요."

"아내가 조금 있으면 올 겁니다." 내가 말했다.

나는 필포트 촌장한테로 돌아왔다. 아마도 엘리 차가 펑크라도 난 모양이라고 했다.

"그만 자리로 가시지요. 우리 때문에 꽤 신경이 쓰이는 모양입니다. 오늘은 손님이 많군요. 아마도 엘리가 늑장을 부리나 봅니다."

필포트 촌장이 구식 노인답게 한 마디 했다.

"아, 부인네들이란 늘상 남자들을 기다리게 하는 법이지, 그렇잖소? 난 괜찮소, 마이크, 우리 먼저 점심을 들기로 합시다."

우리는 식당으로 들어가 스테이크와 강낭콩 파이를 주문하고 식사를 시작했다.

내가 말했다.

"우릴 이렇게 기다리게 하다니 엘리도 정말 너무했는데." 그리고는 아마 그레타가 런던에 올라갔기 때문일 거라고 했다. "엘리는 늘 그레타가 약속 따위를 기억하고 있다가 때가 되면 알려주고, 시간이나 장소 등을 챙겨주곤 하는 게 습관이 되어 있거든요."

"당신 부인은 앤더슨 양에게 몹시 의지하는가 보구먼?"

"예, 그렇다고 볼 수 있죠." 내가 대답했다.

우리는 스테이크와 강낭콩 파이를 다 먹고는 디저트로 나온, 밀가루를 살짝 바른 사과 파이까지도 먹어치웠다.

"혹시 엘리가 약속을 까맣게 잊고 있는 거나 아닌지 모르겠군요." 내가 갑자기 말했다.

"집에 전화를 해보는 게 어떨까?"

"예, 그렇게 해봐야겠습니다."

나는 밖으로 나가 전화를 걸었다. 요리사인 카슨 부인이 전화를 받았다.

"아, 로저스 선생님이세요? 부인께서는 아직 집에 안 돌아오셨는데요."

"그게 무슨 소리요! 집에 돌아오지 않았다니? 어딜 간다고 했소?"

"말을 타고 나가셔서는 아직 돌아오시지 않았습니다."

"아니, 그건 아침의 일인데. 집사람이 오전 내내 말을 탈 수야 없는 게 아니겠소?"

"부인께서는 달리 무슨 말씀도 하시지 않았습니다. 저도 부인께서 돌아오시기를 기다리고 있었는데요."

"그런데 어째서 나한테 전화를 걸어 그런 사실을 알리지 않은 거요?" 난 화난 어조로 물었다.

"저는 선생님이 어딜 가신 건지, 또 어디 계실지 알 수가 없었거든요."

나는 그녀에게 내가 바팅턴에 있는 조지 식당에 있다는 것과 전화번호를 알려주었다. 그녀는 엘리가 돌아오거나 무슨 소식이라도 듣게 되면 곧 전화하겠다고 했다. 나는 다시 필포트 촌장한테로 돌아왔다. 그는 내 얼굴을 보고 무엇이 잘못되었다는 것을 알아차렸다.

내가 말했다.

"엘리가 아직 집에 돌아오지 않았답니다. 오늘 아침 말을 타고 나갔는데 말입니다. 아내는 거의 매일 승마를 하지만, 고작해야 반시간에서 한 시간쯤밖에는 타지 않거든요."

"걱정은 아직 일러요." 그가 친절하게 말했다. "당신 집은 매우 한적한 곳에 위치하지 않았소? 혹시 말이 다리를 다쳐서 집까지 걸어오고 있는 중인지도 모르지. 숲 너머로는 온통 황무지와 구릉지대뿐이거든. 그러니 집으로 연락을 취할 만한 다른 수단이 없지 않겠소?"

"만일 아내한테 무슨 피치 못할 사정이 생겨서 계획을 바꾸게 되었다면, 어떻게 해서든 이리로 연락했을 겁니다."

"아무튼, 아직 흥분하기에는 일러요." 필포트는 침착하게 말했다. "내 생각에는 지금 당장 그리로 가서 우리가 직접 무슨 일이 생겼는지 알아보는 게 좋을 것 같은데?"

우리가 주차장에서 차를 빼낼 때, 다른 차가 한 대 그곳을 빠져나갔다. 그 차에는 내가 식당에서 본 그 사람이 타고 있었다. 갑자기 나는 그 사람이 누구인지 깨닫게 되었다. 스탠퍼드 로이드나 그와 비슷한 사람이었다. 대체 그가 무슨 일로 이곳에 온 걸까? 우리를 만나러 온 걸까? 만일 그렇다면 사전에 우리한테 알렸을 텐데, 그렇게 하지 않은 것은 좀 수상쩍은 일이었다. 또한 그 옆자리에는 클로디아 하드캐슬처럼 보이는 여인이 타고 있었다. 하지만 그녀는 분명히 그레타와 함께 쇼핑하러 런던에 올라간다고 했었다. 모든 게 온통 뒤죽박죽인 것 같았다.

차를 타고 가는 동안 필포트 촌장은 한두 번 나를 흘끗 돌아다보았다. 나는 그의 시선을 알아차리고는 비통한 목소리로 말했다.

"맞았습니다! 촌장님이 오늘 아침 나한테 죽음의 그림자가 닥쳤다고 한 것 말입니다."

"글쎄, 아직 그런 생각을 하기에는 일러요. 당신 부인은 단지 말에서 떨어져 발목을 삐었을지도 모르니까. 물론 당신 부인은 말타는 솜씨가 일급이라고 할 수 있지만서도, 나도 부인이 말을 타는 것을 본 적이 있소. 정말로 무슨 사고가 일어났을 거라는 생각은 들지 않아."

내가 말했다.

"사고란 언제 어디서든 일어날 수 있는 게 아닙니까?"

우리는 좀더 속력을 내서 이윽고 우리 집으로 통하는 언덕길에 이르게 되자 속력을 늦추고 주변을 살펴보기 시작했다. 이따금씩 우리는 차를 멈추고 사람들에게 물어 보았다. 토탄(土炭)을 캐고 있는 사람을 붙잡고 물어 보자 드디어 엘리의 소식을 들을 수 있었다.

"사람이 타고 있지 않은 말을 보았습니다." 그가 말을 이었다. "아마 두 시간쯤 되었을 겁니다. 내가 그 말을 붙들려고 가까이 다가가자 그 말은 껑충 뛰면서 달아나 버렸습니다. 말에는 아무도 타고 있지 않았습니다."

필포트 촌장이 말했다.

"어서 집으로 가봅시다. 혹시 부인의 소식이 와 있을지도 모르니."

집으로 가보았지만 아무런 소식도 들을 수가 없었다. 우리는 마부를 불러서 황무지로 나가 엘리를 찾아보라고 했다. 필포트 촌장은 자기 집에 전화를 걸어 한 사람을 황무지로 보내라고 했다. 그리고 나서 나도 그와 함께 오솔길을 따라 숲 속을 수색하며, 엘리가 이따금 말을 달리던 구릉지대까지 나아갔다.

처음에는 아무것도 찾을 수가 없었다. 그런데 우리가 숲 가장자리를 따라가다가 다른 길과 갈라지는 곳에 이르게 되었을 때 드디어 그녀를 발견할 수 있었다. 우리는 멀리서 구겨진 옷더미 같은 물체를 보게 되었다. 말도 그곳으로 돌아와서 옆에서 풀을 뜯어먹고 있었다. 나는 달리기 시작했다. 필포트 촌장도 나를 따라 달렸는데, 그만한 나이를 먹은 노인이 그렇게 빨리 뛸 수 있으리라고는 짐작도 하지 못했다.

그녀는 거기 있었다. 구겨진 옷더미처럼 내팽개쳐져서 그 작고 하얀 얼굴을 하늘로 향한 채 누워 있었다.

나는 부르짖었다.

"이럴 수가…… 이럴 수가……!" 차마 말을 맺지 못하고 나는 고개를 돌렸다.

필포트 촌장이 다가가서 그녀 곁에 무릎을 꿇고 앉았다. 그리고는 채 몇 초도 지나지 않아서 다시 일어났다.

그가 말했다.

"의사를 불러야 할 것 같소, 쇼 박사 말이오. 이 근처에 의사라곤 그 사람밖에 없으니까. 하지만…… 그가 온다고 해도 소용이 없을 것 같소, 마이크."

"그게 무슨…… 아내가 죽었다는 말입니까?"

"그래요, 그렇지 않은 체해 봐야 소용이 없을 테니……."

"오, 하느님!" 하고 외치며 나는 고개를 돌렸다. "난 믿을 수가 없어요. 이건 엘리가 아니에요."

"자, 이걸 좀 마셔 봐요."

필포트 촌장은 주머니에서 술병을 꺼내어 마개를 열고 나에게 주었다. 나는 사양하지 않고 몇 모금 들이켰다.

"고맙습니다."

그때 마부가 당도하자 필포트 촌장은 그를 보내 쇼 박사를 불러오게 했다.

재앙

쇼 박사는 다 낡은 랜드로버를 타고 왔는데, 아마도 날씨가 궂은 날 멀리 떨어져 있는 농가에 왕진갈 때 타고 가는 차인 것 같았다. 그는 우리에게는 거의 눈길조차 주지 않고 곧장 엘리한테로 가서 몸을 굽히고 살펴보았다. 이윽고 그가 우리에게 와서 말했다.

"부인은 죽은 지 적어도 서너 시간은 된 것 같소, 대체 이게 어찌된 일이오?"

나는 그에게 그녀가 평소처럼 아침 식사 후에 말을 타고 나갔다고 했다.

"전에도 말에서 떨어진 적이 있었소?"

"그런 적은 한 번도 없었습니다. 아내는 말을 잘 다루었거든요."

"그래, 나도 당신 부인이 말을 잘 탄다는 걸 알고 있어요, 말을 타고 달리는 모습을 한두 번 본 적이 있거든. 당신 부인은 어렸을 때부터 승마를 배운 것으로 알고 있는데, 내가 궁금한 것은 혹시 부인이 최근에 무슨 사고라도 당한 적이 있어 그 일로 부인의 신경이 날카로워져 있지는 않았나 하는 거요, 혹시 말이 갑자기 뒷걸음질이라도 쳐서……."

"말이 엘리의 지시를 거부하고 뒷걸음질을 쳤을 거라고요? 그 말은 아주 온순한……."

"그 말에는 아무런 이상이 없다오." 필포트 촌장이 대신 나섰다. "길이 잘 들여진 온순한 말이거든. 어디 뼈라도 부러졌소?"

"아직 종합적인 조사는 해 보지 않았지만, 겉으로 드러나 보이는 외상은 없는 것 같소. 혹시 내상을 입었을지도 모르지. 무슨 쇼크를 받은 게 아닌가 합니다만."

"하지만 쇼크를 받았다고 해서 사람이 죽을 수는 없습니다." 내가 말했다.

"쇼크로 목숨을 잃는 사람들이 허다하다오. 혹시 당신 부인이 심장이 약했다면……."

"미국에 있는 아내의 친지들은 내 아내가 심장이 약하다고……. 하여튼 몸이 좀 약했다고 했습니다."

"흠, 내가 당신 부인을 검진했을 때만 해도 그런 징후는 찾아볼 수가 없었는데. 하기야 무슨 심전도기 같은 것이 있었던 것도 아니고 하니 지금으로서는 그 점을 확인해 볼 길이 없구먼. 뭐 곧 알게 되겠지. 검시가 끝나면 말이오."

그는 그윽한 눈길로 나를 쳐다보더니 내 어깨를 가볍게 토닥거렸다.

"당신은 집으로 돌아가서 좀 쉬시오." 그가 부드러운 어조로 말을 이었다. "쇼크를 받은 사람은 바로 당신일 테니까."

이상하게도 주위에는 사람들이 몰려들지 않아, 우리 옆에는 불과 서너 사람밖에 없었다. 한 사람은 도보여행자로 큰길에서 우리가 모여 있는 것을 보고 다가온 것이고, 장밋빛 얼굴을 한 여인은 지름길로 해서 농장으로 가는 중이었던 것 같았다. 그리고 나이가 많은 도로 인부가 있었다. 그들은 놀람의 탄식을 터뜨리며 저마다 한 마디씩 했다.

"젊은 부인이 가엾게도!"

"쯧쯧, 저렇게 젊은 여인이…… 말에서 떨어졌나 보군요?"

"아무튼 말이란 동물은 알 수 없는 거예요."

"로저스 부인 아닌가요? 탑에 살고 있는 그 미국 부인 맞죠?"

모두들 한 마디씩 떠들어대는데도 여전히 입을 다물고 있던 나이 많은 도로 인부가 이윽고 입을 열었다. 그는 우리에게 중요한 정보를 알려주었다. 고개를 가로저으며 그가 말했다.

"무슨 일이 있었는지 내가 봤지. 내가 봤다고!"

쇼 박사가 날카롭게 그를 돌아다보았다.

"무엇을 봤다는 거요?"

"어떤 말이 쏜살같이 들판을 달리는 것을 보았습니다."

"저 부인이 말에서 떨어지는 것도 보았소?"

"아니, 그건 보지 못했습니다. 내가 부인을 보았을 때, 부인은 말을 달려 숲 꼭대기까지 올라가고 있었는데, 그 뒤 나는 몸을 돌려 하던 일을 계속했지요. 그때 나는 길을 내느라고 돌덩이들을 캐내고 있었거든요. 그런데 말발굽 소리가 들려 돌아다보니 그 말이 쏜살같이 달리고 있더군요. 무슨 사고가 났을 거라고는 생각지 않았습니다. 혹시 부인이 말을 놓쳤거나, 아니면 혼자 뛰어다니도록 놓아주었겠거니 생각했지요. 그 말은 나와는 반대쪽으로 달려 갔습니다."

"부인이 땅에 쓰러져 있는 것은 보지 못했소?"

"못 보았습니다. 나는 시력이 약해서 멀리는 보지 못하거든요. 그 말을 본 것은 말이 언덕 등성이를 따라 달렸기 때문이지요."

"부인 혼자서 말을 달리고 있었소? 누구와 같이 있진 않았소?"

"부인 곁에는 아무도 없었습니다. 내내 부인 혼자였지요. 부인은 내 곁을 지나 숲 쪽으로 말을 몰았는데, 아뇨, 부인과 말밖에는 아무도 볼 수 없습니다."

"아마 그 집시가 부인을 위협했을 거예요." 장밋빛 얼굴을 한 여인이 말했다.

나는 고개를 돌렸다.

"집시라니? 언제 말입니까?"

"오, 그러니까 그게…… 서너 시간쯤 되었을 거예요. 오늘 아침 내가 큰길을 내려갈 때였으니까요. 9시 50분쯤이었을까? 내가 그 집시 할멈을 본 게 말이에요. 마을에 있는 오두막에 살고 있는 그 노파죠. 그 할멈이었을 거예요. 사실 얼굴을 확인할 만큼 가까이 있지는 않았거든요. 하지만 붉은 망토를 쓴 여자는 이 근처에서 그 사람뿐이에요. 숲으로 통하는 오솔길을 걸어가고 있었어요. 사람들이 말하기를 그 할멈이 이 가엾은 미국 부인한테 몹쓸 소리를 했다고 하더군요. 부인을 위협했다고 말예요. 이곳을 떠나지 않으면 부인한테 무슨 재앙이 닥칠 거라고 하며 몹시 위협을 했다고 들었거든요."

"집시라고?" 내가 말했다. 그리고는 비통한 어조로 소리쳤다. "집시 언덕이라고? 정말 다시는 보고 싶지 않은 곳이야!"

제3부

심리

이상하게도 그 뒤 일어난 일들은 기억이 잘 나지 않는다. 어떤 순서로 일이 진행되었는지 말이다. 그때까지만 해도 모든 것들이 명료하게 마음속에 자리잡고 있었다. 어디에서부터 이야기를 시작해야 할지 다소 곤란했던 것 말고는 아무런 문제도 없었다. 그때 엘리의 죽음은 마치 예리한 칼날로 내 인생을 둘로 갈라놓은 것 같았다. 지금 와서 생각해 보면 엘리가 죽은 이후로 나의 삶은 내게 닥쳐오는 일들을 아무런 준비도 없이 맞이하면서 지속해 나갔던 듯싶다. 많은 사람들과 여러 가지 일들이 마구 뒤엉켜 달려들었지만 내게는 더 이상 그런 상황을 통제할 능력이 없었다. 나한테 무슨 일이 일어난 것이 아니라, 그런 일들이 온통 내 주위를 둘러싸고 있었다. 그것이 바로 내가 처한 상황이었다.

모두 아주 친절하게 나를 대해 주었다. 분명하게 기억할 수 있는 것은 그것뿐인 듯싶다. 나는 술취한 사람처럼 비틀거리면서, 그저 망연자실한 표정으로 도대체 뭘 해야 할지 아무런 생각도 할 수 없었다. 그레타는 자신의 능력을 십분 발휘했던 것 같다. 여자로서는 감당하기 어려운 상황을 혼자서 떠맡고 모든 일을 도맡아 처리하는 놀라운 능력을 소유하고 있었다. 누군가가 처리하지 않으면 안 될 아주 사소한 일들까지 그녀는 알아서 처리해 주었다.

그때 이후로 내가 확실하게 기억할 수 있는 것 중 하나는, 사람들이 엘리의 시신을 옮겨갔고 나도 집으로——우리 집으로——바로 그 집으로 돌아왔는데, 쇼 박사가 나한테 와서 말을 건 일이다. 그게 얼마 뒤의 일이었는지는 알 수가 없다. 그는 조용하고 친절하며 상당히 합리적인 사람으로, 모든 것을 분명하고 친절하게 설명해 주었다.

합의, 나는 그가 '합의'라는 말을 썼던 것을 기억하고 있다. 정말 지겹도록 싫은 단어다. 그 말로 모든 것을 대신한다. 인생에 있어서 중요한 의미를 가지고 있는 모든 것들. 사랑, 성, 삶, 죽음, 증오. 이런 것들이 인간의 존재를 완전히 결정하는 요소는 아니다. 그것 말고도 여러 가지 지저분하고 좀스러운 것들이 많다. 사람이란 막상 그런 일이 닥치기 전까지는 전혀 생각해 보지도 못한 온갖 일들을 겪어야 하기 마련이다. 장의사라든가, 장례절차에 대한 합의. 그리고 고용인들은 이 방 저 방 다니면서 블라인드를 내린다. 엘리가 죽었다고 해서 블라인드를 내려야 할 까닭이 있는 걸까? 모두가 어리석기 짝이 없는 짓들이다!

그것이 내가 쇼 박사에 대해서 커다란 고마움을 느낀 이유였으리라. 그는 그런 일들을 아주 친절하고 분별 있게 처리해 주는 한편, 어째서 그런 일들을 해야 하는 것인지에 대해서도 세세하게 설명해 주었다. 그 모든 것에 대해서 내가 분명히 납득할 수 있도록 끈기 있게 이야기해 주었던 것이다.

심리가 있었다. 나로서는 처음 경험하는 일이었다. 이상하게도 나에게는 비현실적이고 서툴게만 느껴졌다. 검시관은 코안경을 낀 조금

좀스러워 보이는 키가 자그마한 사람이었다. 나는 확인 증언을 해야
했다. 내가 엘리를 마지막으로 본 것은 그날 아침 식탁에서였는데,
엘리는 평소처럼 말을 타러 나갔고 우리는 나중에 점심 식사 때 만나
기로 약속을 했다는 사실을 증언했다. 그녀는 평소와 전혀 다름없이
아주 건강해 보였다고 했다.

쇼 박사의 증언은 좀 애매모호했다. 치명적인 상처는 전혀 없이 쇄
골이 어긋나고 타박상이 약간 있었는데, 그것은 말에서 떨어질 때 생
긴 상처로 보이며 더욱이 심각한 상처라고는 할 수 없고, 그런 상처
를 입었을 때는 이미 목숨이 끊어진 상태였을 거라고 했다. 말에서
떨어진 다음에는 움직인 흔적이 전혀 없다고 했다. 그의 생각으로는
거의 즉사한 것 같다고 했다. 사인이 될 만한 특별한 상처가 하나도
없으니, 결국 쇼크로 인한 심장마비로 목숨을 잃게 되었다는 설명 말
고는 달리 설명할 방법이 없다고 했다. 그들이 주고받는 의학용어로
미루어볼 때, 엘리는 호흡곤란, 즉 질식으로 죽었다고 하는 것 같았
다. 그녀의 신체기관이나 위장의 내용물 등은 모두 정상이라고 했다.

그래타도 증언을 했는데, 그녀는 엘리가 3, 4년 전부터 만성적인
심장질환을 앓고 있었다는 것을 전에 쇼 박사한테 말한 것보다 더 강
조해서 증언했다. 엘리가 특별히 그 문제에 대해서 언급하는 것은 듣
지 못했지만, 엘리의 친척들이 이따금씩 그녀의 심장이 약하기 때문
에 절대로 과로해서는 안 된다고 하는 말을 들었다고 했다. 그 이상
구체적인 사실에 대해서는 들은 바가 없다고 했다.

다음은 사건이 일어났을 당시 주변에 있었던 사람들 차례였다. 토
탄 덩어리를 캐고 있던 노인이 먼저 증언대에 앉았다. 그는 자기 옆
을 지나가는 그녀를 보았는데, 자기 하고는 15미터쯤 떨어져 있었다
고 했다. 그녀와는 한 번도 이야기를 나눈 적이 없었지만, 그녀가 누
구인지는 알고 있었다고 했다. 새로 지은 집에서 살고 있는 부인이란

걸 말이다.

검시관이 그에게 물었다.

"당신은 그 부인의 얼굴을 보았습니까?"

"아니오, 얼굴을 정확하게 볼 수는 없었지만 부인이 타고 있던 말은 확인할 수 있었습니다. 한쪽 다리에 흰 털이 난 말이죠. 원래는 셰틀그룹 너머에 사는 캐어리 씨 소유였습니다. 내가 듣기로는 온순하고 길이 잘 들여져 있어서 숙녀분들이 타기에 적당한 말이라고 합니다만."

"당신이 그 말을 보았을 때 그 말이 무슨 말썽 같은 것을 피우지는 않았습니까? 앞발을 쳐든다거나 하고 말이오?"

"그렇지는 않습니다. 아주 얌전했습니다. 그날 아침은 날씨도 좋았거든요."

주위에는 사람도 별로 없었다고 했다. 그리고 자기도 사실 주의해 보지는 않았다고 했다. 그 황무지로 통하는 길은 이따금씩 지름길로 이용하는 농부들 말고는 거의 사용하지 않는 길이었다. 그 길 말고 황무지를 가로지르는 길은 그곳에서 1.6킬로미터 이상 떨어져 있었다.

그날 아침 그는 행인을 한두 사람 보긴 했지만, 그렇게 눈여겨 보지는 않았다고 했다. 한 사람은 자전거를 타고 갔고, 다른 한 사람은 그냥 걸어서 가고 있었던 것 같다고 했다. 아무튼 그와는 너무 멀리 떨어져 있어서 그들이 누구인지는 알 수가 없었다는 것이다. 그리고 말을 타고 달리는 부인의 모습을 보기 전에 리 할멈, 아니 그녀라고 여겨지는 여인을 보았다고 했다. 그녀는 자기 쪽으로 길을 올라오다가 옆으로 돌아서 숲 속으로 들어갔다는 것이었다. 그녀는 종종 황무지를 거닐기도 하고 숲 속을 드나들기도 했다고 했다.

검시관은 리 할멈한테 출두하라는 소환장을 보낸 것으로 알고 있는

데 어째서 법정에 출두하지 않았는지 물었다. 서기는 리 할멈이 며칠 전에 마을을 떠났는데, 정확히 언제 떠났는지는 아무도 모르고 있다고 했다. 어디로 간다는 말도 남기지 않았다. 늘 그런 식이었다. 이따금 아무도 모르게 마을을 빠져나갔다가 언제인지도 모르게 다시 돌아오곤 해서, 이번에도 별다른 점은 없었다. 실은 그녀가 사건이 나기 전날 이미 마을을 떠난 것 같다고 말하는 사람도 한두 명 있었다. 검시관은 그 노인에게 다시 물었다.

"하지만 당신이 본 그 여인이 리 할멈이었을 거라고 하지 않았습니까?"

"뭐 꼭 그렇다고 장담할 수는 없습니다. 그녀가 아닐 수도 있으니까요. 웬 키가 큰 여인이 성큼성큼 걷고 있었는데, 몸에는 리 할멈이 종종 입는 것과 같은 진홍색 망토를 걸치고 있었거든요. 하지만 특별히 주의해서 보지는 않았습니다. 그때 나는 일을 하느라고 바빴으니까요. 그게 집시 할멈일 수도 있고, 아니면 다른 여자였을 수도 있는 거 아닙니까? 그건 아무도 장담할 수 없지요."

그리고 나머지는 우리에게 이미 한 이야기를 되풀이한 것에 불과했다. 부근에서 말을 타고 달리는 부인의 모습을 보았다는 것과, 전에도 그녀가 말을 타고 달리는 것을 본 적이 있었다고 했다. 별로 주의해서 보지는 않았지만, 나중에 그 말이 혼자서 쏜살같이 달려가고 있는 것을 보고 무언가에 놀란 모양이라고 생각했다는 것이다. 그가 말했다. "아무튼 그건 그렇게 보일 수도 있었습니다." 그때가 언제였는지에 대해서는 알지 못했다. 11시나, 아니면 그보다 좀 일렀을지도 모르겠다고 했다. 나중에 멀리서 그 말을 다시 볼 수 있었다고 했다. 숲 쪽으로 되돌아가는 것 같았다는 것이다.

이윽고 검시관이 나를 다시 불러서 리 부인, 포도나무 오두막에 사는 에스더 리 부인에 대해서 몇 가지 질문을 했다.

"당신과 부인은 리 부인을 알고 있습니까?"

"예, 잘 알고 있습니다."

"당신은 그녀와 이야기해 본 적이 있습니까?"

"예, 몇 번 됩니다. 아니 오히려……." 나는 다시 말을 바꾸었다. "그녀가 우리한테 말을 했다고 해야 옳겠군요."

"그녀가 당신이나 부인한테 위협을 한 적이 있습니까?"

나는 잠시 생각해 보았다. 그리고는 천천히 입을 열었다.

"그랬다고도 볼 수 있죠. 하지만 나는 결코……."

"결코 뭡니까?"

"나는 결코 그녀가 정말로 그럴 의도가 있었다고는 생각지 않았습니다." 내가 말했다.

"그녀가 당신 부인에 대해서 무슨 원한 같은 것을 품고 있는 것 같지는 않았습니까?"

"아내가 한번 그런 말을 한 적이 있었습니다. 리 부인이 자기한테 무슨 원한을 품고 있는 것 같은데, 도무지 그 이유를 모르겠다고 했지요."

"당신이나 부인이 혹시 그녀에게 당신네 땅을 떠나라고 하거나 무슨 시비 같은 것을 건 적은 없습니까?"

"시비를 걸어온 것은 오히려 그녀 쪽이었습니다." 내가 말했다.

"리 부인이 정신적으로 온전치 못하다는 인상을 받은 적은 없습니까?"

나는 잠시 생각에 잠겼다. 그리고는 말했다.

"그렇습니다, 그런 인상을 받았습니다. 그녀는 우리가 자기, 아니 자기네들의 땅에다가 집을 지었다고 믿고 있는 것 같았습니다. 무슨 강박관념 같은 것을 가지고 있는 게 아닌가 싶었습니다." 그리고는 다시 천천히 말을 이었다. "내 생각에는 시간이 지날수록 그러한 그녀의 강박관념이 더욱 강해진 것 같습니다."

"알겠습니다. 혹시 그녀가 당신 부인한테 육체적인 공격 같은 것을
한 적은 없습니까?"

내가 천천히 말했다.

"아니, 그런 일이 있었다고는 생각지 않습니다. 그녀가 한 짓이라
고는 이를테면 집시의 경고 같은 것이 전부였습니다. '이곳을 떠나
지 않으면 재앙이 닥칠 것이다' 또는 '이곳을 떠나지 않으면 너희에
게 저주가 내릴 거야' 등등 말입니다."

"그녀가 죽음이라는 말을 입에 올린 적이 있습니까?"

"예, 그런 적이 있는 것 같습니다. 하지만 우리는 그녀의 말을 대
수롭지 않게 여겼습니다. 아니, 적어도 나는 대수롭지 않게 여겼습
니다."

"당신 부인은 그 말을 진지하게 받아들였던 것 같습니까?"

"아내는 때때로 그 말에 대해서 심각하게 생각하는 것 같았습니다.
아시겠지만, 그 노파는 제법 심상치 않게 굴곤 했거든요. 하지만
그녀가 자기 말이나 행동에 대해 무슨 근거가 있으리라고는 생각지
않습니다."

그날 심리는 2주 뒤로 연기한다고 검시관이 알림으로써 끝났다. 모
든 점에서 볼 때 엘리의 죽음은 우발 사고로 여겨졌지만, 그 원인이
될 만한 증거가 충분치 못했다. 그래서 검시관은 리 부인의 증언을
들을 수 있을 때까지 심리를 연기하기로 한 것 같았다.

불안

심리가 열린 다음날, 나는 필포트 촌장을 찾아가서 솔직하게 그의 의견을 듣고 싶다고 했다. 그날 아침, 에스더 리 부인으로 여겨지는 여자가 숲 쪽으로 가는 것을 토탄을 캐던 노인이 보았다는 이야기를 해주었다.

내가 말했다.

"촌장님은 그 노파를 잘 알고 계실 테니 드리는 말씀인데, 정말로 그녀가 개인적인 양심으로 그런 엄청난 일을 저지를 만한 사람이라고 생각하십니까?"

"아니, 난 그런 이론을 받아들일 수가 없다오, 마이크." 그가 신중한 어조로 말을 이었다. "그런 짓을 저지르려면 아주 강력한 동기가 필요할 거요. 상대방으로 인해 개인적으로 커다란 손해를 입고 깊은 원한에 사로 잡혀 있다든가 하는. 그런데 엘리가 그녀한테 무슨 원한살 일이라도 했소? 없지! 그런 일은 전혀 없었지."

"납득이 안 가는 일이란 건 나도 알고 있습니다. 하지만 어째서 그녀는 밤낮 없이 엘리 앞에 나타나서 위협을 하고 떠나라고 협박했을까요? 그걸 보면 그녀는 분명 엘리한테 무슨 원한을 품고 있었던 것 같은데, 하지만 무슨 일일까요? 우리가 이곳에 오기 전에는 그녀는 엘리를 한 번도 만난 적도 없는데 말입니다. 그녀한테 엘리는 완전히 낯선 미국인에 불과하잖습니까? 그들 사이에는 무슨 숨겨진 과거라든가 관계 따위는 전혀 없다고 할 수 있는데 말입니다."

필포트 촌장이 말했다.

"알아요, 그건 나도 잘 알고 있소. 내 생각에는, 마이크, 여기에는 틀림없이 우리가 알지 못하는 무엇인가가 있을 거요. 나는 당신 부인이 영국으로 건너와서 결혼하기까지 어떻게 지냈는지 거의 아는 바가 없다오. 부인은 영국에서 얼마나 오래 지냈소?"

"그렇게 오래 지내지는 않았을 겁니다. 하지만 나로서도 그 문제에 대해서는 뭐라고 말씀드리기가 어렵군요. 사실 엘리에 대해서는 나도 아는 게 없는 형편입니다. 내 말은, 그녀가 누구인지, 어디서 왔는지조차도 몰랐다는 거죠. 우리는 그저 만난 겁니다." 문득 나는 말을 멈추고 그를 쳐다보았다가 곧 다시 말을 이었다. "우리가 어떻게 해서 만나게 되었는지 모르시죠? 아마 모르실 겁니다. 우리가 어떻게 해서 만나게 되었는지 아마 짐작도 안 가실 겁니다." 그리고는 갑자기 나도 모르게 웃음을 터뜨렸다. 이윽고 나는 정신을 차리고 자신을 자제했다. 아마도 히스테리 직전 상태까지 갔던 듯싶다.

그는 참을성 있는 얼굴로 내가 다시 정신을 차릴 때까지 기다려 주었다. 고마운 사람이었다. 거기에는 의문의 여지가 없었다.

"우리는 이곳에서 만났습니다. 바로 여기 집시 언덕에서 말입니다. 그때 나는 탑집을 경매에 붙인다는 벽보를 읽고 큰길을 따라 언덕 꼭대기까지 올라갔지요. 그곳에 대한 호기심 때문이었습니다. 그런데 거기서 엘리를 만나게 된 거죠. 그녀는 거기 전나무 아래에 서 있었습니다. 그녀는 나 때문에 놀랐죠. 아니, 내가 그녀 때문에 놀랐다고 해야 할까요. 아무튼 그렇게 시작되었습니다. 그렇게 해서 우리는 여기, 이 망할 놈의 저주받은 불길한 곳에서 살게 된 거죠." 내가 말했다.

"당신은 줄곧 불행해질지도 모른다는 생각을 가지고 있었소?"

"아니, 예, 그랬습니다. 아니, 사실은 나도 모르겠군요. 나는 그런 걸 인정하지 않았습니다. 결코 인정하고 싶지가 않았던 거죠. 하지만 아내는 늘 불안감에 시달렸던 것 같습니다." 그리고는 다시 천천히 말을 이었다. "누군가 고의로 그녀를 불안에 떨도록 만든 것이 아닌가 의심스럽습니다."

그가 다소 날카로운 어조로 물었다.

"무슨 뜻으로 그런 말을 하는 거지? 도대체 누가 그녀를 불안하게 만들고 싶어했을 거라는 말이오?"

"그 집시 노파였을 수도 있죠. 하지만 거기에 대해서는 어쩐지 확신이 서지 않는데…… 아시겠지만, 그 노파는 늘 엘리를 기다리고 있다가 이곳이 재앙을 불러올 것이라고 떠들어대곤 했습니다. 엘리한테 이곳을 떠나라고 협박한 거죠."

"제길!" 그의 목소리는 화난 기색이 역력했다. "문제에 대해서 좀더 신경을 썼어야 했는데. 그 에스더 할멈한테 단단히 일러둘 걸 그랬어. 그런 짓을 하지 못하도록 단단하게 단속하지 못했던 것이 한이 되는구먼."

"그 여자가 무엇 때문에 그런 짓을 했을까요? 무엇 때문에?" 내가 물었다.

필포트 촌장이 말했다.

"다른 사람들처럼 그녀도 자신을 중요한 존재로 보이고 싶었던 거지. 그녀는 사람들에게 경고를 하거나 점을 쳐주고, 그들의 행복한 삶에 대해서 예언을 해주고 싶었던 거지. 마치 자기가 앞날을 훤히 내다볼 줄 아는 것처럼 행세하고 싶었던 거야."

"가령 말입니다, 누군가가 그녀를 돈으로 매수한 것이라고 볼 수는 없을까요? 듣기로는 그녀가 돈에 대한 욕심이 무척 많다고 하던데요."

"맞아, 그녀는 돈에 대한 욕심이 지나치다고 할 수 있지. '누군가가 그녀한테 돈을 주었다', 그게 당신이 하고 싶은 말이오? 도대체 누가 당신 머리에 그런 생각을 심어 주었지?"

내가 말했다.

"킨 경사가 그런 말을 하더군요. 나로서는 전혀 짐작도 못할 일이었죠."

"그랬구먼." 그는 믿을 수 없다는 듯이 고개를 가로저었다.

"그 할멈이 그런 비극적인 사건이 일어날 정도로 당신 아내를 의도적으로 위협했다는 것은 도무지 있을 수 없는 일이오."

"그 여자도 그런 끔찍한 사고가 일어날 줄은 미처 생각지도 못했을 테죠. 단지 말을 놀라게 할 생각으로 폭죽을 터뜨리거나, 아니면 흰 종이 같은 것을 흔들어 보이거나 했는지도 모릅니다. 가끔은 이런 생각이 들기도 합니다. 그녀가 정말로 엘리한테, 내가 전혀 알지 못하는 어떤 이유로 엘리한테 개인적인 원한을 품고 있었던 건 아닌가 하는 생각 말입니다."

"그건 너무 억지 같은데……?"

"그곳이 혹시 그녀의 소유였던 적은 없습니까?" 내가 물었다. "우리 땅이 말입니다."

"그런 적은 없었소. 집시들이 그곳에서 쫓겨난 것도 아마 한두 번은 넘을 거요. 집시들은 늘 쫓겨다니는 신세지만, 그렇다고 해서 평생토록 원한을 품을 거라고는 생각지 않소."

"그렇겠군요. 그건 너무 억지로 갖다붙인 감이 없지 않군요. 하지만 우리가 모르고 있는 어떤 이유가 있지 않을까요. 그녀한테 말입니다."

"우리가 모르고 있는 어떤 이유라…… 대체 그게 뭘까?"

나는 잠시 생각해 보았다.

"물론 내 말이 모두 지나친 상상일 수도 있습니다만, 킨 경관의 말대로 누군가의 사주를 받아서 그녀가 한 짓이라고 치죠. 그렇다면 그 사람은 대체 뭘 원한 걸까요? 우리를 그곳에서 몰아내고자 한 것일지도 모릅니다. 그래서 엘리만을 집중 공략한 것이고, 그건 내가 엘리처럼 쉽게 겁을 집어먹지 않았기 때문일 겁니다. 엘리를 두려움에 떨도록 만들고, 우리 둘 다 이곳을 떠나도록 하려는 것이었겠죠. 그렇다면 틀림없이 우리 집이 다시 부동산 시장에 나오기를 원하는 무슨 이유가 있을 겁니다. 누군가 어떤 이유로 우리 땅을 차지하고 싶어할 지도 모르지 않습니까?"

필포트 촌장이 말했다.

"상당히 논리적인 생각이군. 하지만 어째서 그 땅을 그토록 원했을까? 나로서는 도무지 짐작도 할 수 없구먼."

"어떤 중요한 광물이 매장되어 있는지도 모르죠. 아무도 모르고 있는 광물."

"흠, 과연 그럴까?"

"보물 같은 것이 묻혀 있을 수도 있고요. 물론 엉터리 같은 소리란 걸 나도 잘 알고 있습니다만."

필포트 촌장은 여전히 고개를 가로젓고 있었지만 그 정도가 얼마쯤 약해졌다.

내가 말을 이었다.

"달리 추론할 수 있는 거라고는 이것밖에 없습니다. 그러니까, 한

걸음 뒤로 물러나서 리 부인을 사주한 그 배후 인물이 엘리의 알려지지 않은 적일 수도 있다고 보는 거죠."

"그럼 당신은 그럴 만한 자가 누군지 짐작이라도 가는 거요?"

"모르겠습니다. 이곳에는 엘리가 아는 사람이 전혀 없으니까요. 그건 확실합니다. 아내는 과거에 이곳과 아무런 연관도 없었습니다." 나도 자리에서 일어났다. "내 이야기를 들어주셔서 정말 고맙습니다."

"더 큰 도움이 되지 못해서 미안하오."

나는 주머니 속에 들어 있는 물건을 만지작거리면서 문을 나섰다. 그리고는 갑자기 마음을 굳히고 다시 돌아서서 필포트 촌장이 있는 방으로 돌아갔다.

내가 말했다.

"보여 드리고 싶은 것이 있습니다. 사실은 킨 경관한테 가지고 가서 조사해 달라고 하려던 것이지요."

나는 주머니를 뒤져서, 글씨가 인쇄되어 있는 구겨진 종이에 싸인 돌멩이 하나를 꺼냈다.

"오늘 아침 식사 때 이것이 창문을 깨고 날아들었습니다. 나는 창문이 깨지는 소리를 듣고 아래층으로 내려가 보았죠. 전에도 한번 우리가 이사 온 첫날 밤에 돌멩이가 날아들었던 적이 있었습니다. 이것이 같은 사람의 소행인지 아닌지는 나도 모르겠습니다."

나는 돌멩이를 싸고 있던 종이를 벗겨서 그에게 내밀었다. 더러운 종이였다. 그 종이 위에는 희미한 잉크로 뭔가가 인쇄되어 있었다. 필포트 촌장은 안경을 끼고 그 종이쪽지를 살펴보았다. 거기에는 간단한 말이 적혀 있었다. '당신 아내를 살해한 사람은 여자였소'라는 말이.

이윽고 필포트 촌장이 고개를 들고 말했다.

"정말 보기 드문 방법이로군. 당신이 처음 받은 것도 이런 식으로 인쇄가 되어 있었소?"

"지금은 잘 생각이 나지 않는군요. 그건 단지 여길 떠나라는 경고였습니다. 정확히 어떤 말들이 씌어 있었는지 지금은 기억조차 못하겠어요. 아무튼 그건 불량배들의 짓이 분명한 것 같았습니다. 그런데 이번 것은 전혀 다른 것 같거든요."

"당신은 이것이 뭔가를 알고 있는 누군가가 던진 것이라고 생각하시오?"

"익명의 편지치고는 너무 심할 정도로 잔인한 악의가 담겨 있는 것 같거든요. 촌장님은 이곳 사람들에 대해서 잘 알고 계실 테니, 혹시 그게 누구 짓인지 아실 것 같아서요."

그는 그 종이쪽지를 나한테 돌려 주었다.

"나는 당신의 직감이 옳았다고 생각하오. 그것을 킨 경관에게 보여 줘야겠다고 생각한 것 말이오. 그러면 이런 익명의 편지 같은 것들에 대해서 나보다 훨씬 더 잘 알고 있을 테니."

킨 경관은 경찰서에 있었다. 그는 비상한 관심을 보였다.

"여기에는 뭔가 수상쩍은 음모가 숨어 있는 것 같군요." 그가 말했다.

"이게 무슨 의도라고 생각하십니까." 내가 물었다.

"뭐라고 단정해서 말하기가 어렵군요. 어떤 특정 인물을 고발하려는 악의가 깃들어 있는지도 모르지요."

"리 부인을 고발하려는 의도가 담겨 있다고 볼 수는 없을까요?"

"아니오, 난 꼭 그런 식으로만 설명될 수 있을 거라고는 생각지 않습니다. 그러니까, 이럴 수도 있다는 거죠. 하긴 나는 오히려 이런 쪽으로 생각하고 있습니다만, 뭐냐하면 누군가가 뭔가를 보았거나 들었습니다. 아니면 말이 그 사람 곁을 지나서 달려갔고, 얼마 안 있어 그 사람은 어떤 여인을 보거나 만나게 되었을 겁니다. 하지만 그 여인은 집시와는 전혀 다른 여인이었을 거라는 생각이 드는군요. 왜냐하면, 사람들은 그 집시의 모습을 여러 가지로 혼동해서 생각하기 때문입니다. 그러므로 이 여인은 그 집시 노파와는 전혀 다른 여인이 아니었을까 생각합니다."

내가 말했다.

"그렇다면 집시 노파는 대체 어떻게 된 겁니까? 그 여자에 대한 무슨 소식을 들었습니까? 아니면, 그 여자가 발견되기라도 한 건가요?"

그는 천천히 고개를 가로저었다.

"우리는 그녀가 이곳을 떠나면 흔히 찾아가곤 하는 곳을 알고 있지요. 이를테면 이스트 앵글리아 같은 곳 말입니다. 그곳에 있는 집시 무리 중에 그녀의 친구들이 상당히 있거든요. 그들 말로는, 그녀가 그곳에 있지 않다는 겁니다. 하기야 그들은 늘 그런 식으로 말하지만요. 아시겠지만, 집시들은 입이 무거운 편이랍니다. 그녀는 그런 집시들 세계에서도 제법 이름이 난 여인인데 아무도 그녀를 보지 못했다는 겁니다. 그거야 어쨌거나, 나는 그녀가 이스트 앵글리아까지는 가지도 못했을 거라고 생각합니다."

그의 말 속에는 뭔가 특별한 의미가 담겨 있는 것 같았다.

"무슨 말씀이신지요?" 내가 물었다.

"이런 식으로 한번 생각해 보십시오. 그녀는 지금 신변에 위협을 느끼고 있는 거라고 말입니다. 그녀한테는 그럴 만한 충분한 이유가 있습니다. 그러니까 그녀는 당신 부인을 위협하고 겁을 주어서 결국 치명적인 사고를 유발하게 만들었고, 그로 인해 부인은 목숨을 잃게 된 거죠. 따라서 경찰은 당연히 그녀를 쫓을 테지요. 그녀도 그걸 알고 있고 당연히 지구 끝까지라도 도망을 갈 겁니다. 가능한한 자기와 우리 사이의 거리를 멀리 떼어놓으려고 하겠죠. 그러니 결코 자신의 모습이 노출되기를 원치 않을 겁니다. 물론 대중 교통수단도 이용하려 하지 않을 테고요."

"하지만 당신네들은 그녀를 찾아내게 되겠죠? 그녀는 사람 눈에 잘 띄는 여자가 아닙니까?"

"아, 물론 우리는 결국 그녀를 찾아낼 겁니다. 시간이 좀 걸리겠지만요. 그녀에 대한 혐의가 사실이라면 말입니다."

"그렇다면 당신은 사건을 다른 각도에서 보고 있는가 보군요?"

"글쎄요, 어쩐지 내 마음속에는 줄곧 이런 의문이 자리하고 있으니까요. 누군가가 그녀에게 돈을 주고 그런 짓을 하도록 사주한 게 아닐까 하고요."

"그게 사실이라면 그녀는 더더욱 몸이 달아 도망가려고 했을 겁니다." 내가 말했다.

"하지만 그녀 말고도 몸이 단 사람이 또 있을 겁니다. 그 점을 유의해야 합니다, 로저스 씨."

내가 천천히 말했다.

"그러니까 그녀를 사주한 사람 역시 몸이 달아올랐을 거라는 말이군요?"

"그렇습니다."

"이를테면 그…… 그녀를 사주한 인물이 여자일 수도 있겠군요?"

"그리고 누군가가 그러한 생각을 유추해 냈을 수도 있는 거죠. 그래서 이런 익명의 쪽지를 보내게 된 겁니다. 그 여자 역시 신변에 위험을 느꼈을 테죠. 그녀는 아마 일을 이 정도로까지 확대시킬 생각은 없었을 겁니다. 다만 그 집시 노파를 시켜 당신 부인을 겁주어 이곳을 떠나도록 만들 생각이었지, 로저스 부인을 죽음으로 몰아넣을 생각은 없었을 겁니다."

내가 말했다.

"그렇습니다. 내 아내의 죽음을 의도하지는 않았을 겁니다. 단지 우리, 아니 내 아내를 위협하고 덩달아 나도 불안을 느끼게 만들어서 우리가 이곳을 떠나게 되기를 바랐을 테죠."

"그런데 지금은 과연 누가 불안에 떨고 있을까요? 이번 사건을 일어나게 한 그 여자지요. 바로 에스더 리 할멈입니다. 그렇다면 그녀는 모든 것을 깨끗하게 밝히고자 하지 않을까요? 다시 말해, 그건 그녀의 책임이 아니었습니다. 그녀는 자기가 돈을 받고 그런 짓을 했다는 것을 기꺼이 인정하려 할 겁니다. 그리고는 자기를 사주한 사람의 이름을 밝힐 테죠. 누가 자기를 사주했는지 말할 겁니다. 그런데 과연 그 당사자가 그렇게 되기를 바랄까요, 로저스 씨?"

"그렇다면 그 미지의 여인이 우리가 자신의 정체를 알게 되도록 그대로 놔두지 않을 거라는 말인가요?"

"남자든 여자든 그 집시 노파를 사주한 그 인물이, 아무튼 그 미지의 인물은 그녀를 될 수 있으면 신속히 침묵시키려고 하지 않겠습니까?"

"그녀가 이미 죽었을지도 모른다고 생각하시는 겁니까?"

"가능한 생각이지요. 그렇지 않습니까?" 킨 경관이 말했다. 그리고는 수상할 정도로 갑자기 화제를 바꿨다. "당신도 그 숲 끝에 위치한 괴상한 장소를 알고 있죠, 로저스 씨?"

"그렇습니다만. 그런데 그게 무슨 문제가 됩니까? 아내하고 나는 그곳을 수리하고 그런 대로 지낼 수 있도록 꾸며 놓았지요. 우리는 가끔 그곳에 올라가서 시간을 보내기도 했습니다만. 물론 최근에는 한 번도 가보지 않았는데 그건 왜 묻습니까?"

"흠, 그러니까 우리는 수색을 하다가 그곳을 발견하게 된 겁니다.

문이 잠겨 있지 않더군요. "

내가 말했다.

"물론입니다. 우리는 한 번도 그곳을 잠가 둘 생각을 해본 적이 없거든요. 거기에는 뭐 값나갈 만한 물건도 없이 의자 같은 가구가 몇 개 있을 뿐이니까요. "

"우리는 리 할멈이 그곳을 이용하고 있었을지도 모른다고 생각했지만, 그녀의 흔적은 전혀 찾아볼 수가 없었습니다. 대신 이것을 발견했지요. 나중에라도 당신한테 보여줄 생각이었습니다. " 그는 서랍을 열고 금세공이 된 작고 섬세한 라이터 하나를 꺼냈다. 그것은 여자용 라이터로 'C'라는 이니셜이 다이어몬드로 새겨져 있었다. "혹시 당신 부인의 라이터 아닙니까? "

"아니오, 내 아내는 C라는 이니셜을 쓰지 않습니다. 아니에요, 이건 엘리의 물건이 아닙니다. 그녀는 이런 라이터 같은 것은 가지고 있지 않았어요. 그리고 앤더슨 양의 물건도 아닙니다. 그녀의 이름은 그레타니까요. "

"이 라이터가 그곳에 떨어져 있었다는 것은 누군가가 그곳에 올라갔다는 말이 됩니다. 이건 상당히 고급 제품으로 값도 꽤 나갈 겁니다. "

"C라……? " 나는 신중하게 그 이니셜을 되뇌어 보았다. "우리와 관계 있는 사람들 중에서 C라는 이니셜을 가진 사람은 코라 말고는 없는 것 같은데. 그녀는 내 아내의 계모인 반 스타입슨 부인입니다. 하지만 그녀가 그 험한 숲을 헤치고 그곳까지 올라가리라는 것은 도저히 있을 수 없는 일입니다. 게다가 상당히 오랫동안 우리와 함께 지내지 않았거든요. 아마 한 달은 넉넉히 되었을 겁니다. 그리고 이런 라이터를 사용하는 것을 한 번도 본 적이 없는 것 같군요. 혹시 내가 주의해서 보지 못했는지도 모르지만. 아마 앤더슨 양이라면 알아볼지도 모르겠습니다."

"그렇다면 그걸 갖고 가서 그녀에게 한번 보여 주십시오."

"그러지요. 하지만 만일…… 만약 이것이 코라의 것이라면, 우리가 최근에 그곳에 갔을 때 이것을 발견하지 못했다는 것이 좀 납득이 가지 않는군요. 그곳에는 물건도 별로 없는데 말입니다. 이것이 그곳에 있었다면 아마 바닥에 떨어져 있었을 텐데. 이걸 바닥에서 발견했습니까?"

"그렇습니다. 그 기다란 소파 바로 근처에 떨어져 있더군요. 물론 누구나 그곳을 이용할 수 있겠지요. 그곳은 연인들이 아무 때나 밀회의 장소로 이용할 수 있는 곳이니까요. 이곳 사람들한테서도 그 일을 알아봐야겠습니다. 하지만 이런 걸 사용할 만한 사람은 있을 것 같지 않군요."

내가 말했다.

"클로디아 하드캐슬이 있기는 하지만, 그녀한테 이런 라이터를 가지고 다니는 취향이 있을지는 의문이 아닐 수 없군요. 게다가 그녀가 그 괴상한 곳에 가서 도대체 뭘 할 수 있겠습니까?"

"그녀는 당신 부인과 아주 친한 사이라고들 합니다만?"

"맞습니다, 그녀는 이곳 사람들 중에서 엘리와 가장 친한 사람일 겁니다."

"그렇군요." 킨 경사가 말했다.

나는 좀 험악한 눈초리로 그를 쏘아보았다. "설마 클로디아 하드캐슬이 엘리의 적이었다고 생각하는 건 아니겠지요? 그건 정말 터무니없는 생각일 겁니다."

"그녀한테 그럴 만한 아무런 이유가 없는 것 같다는 데 나도 동감입니다만, 여자들이란 도무지 알 수 없는 존재거든요."

"이를테면……" 나는 서두를 꺼내다가 그만 멈추었다. 그런 말을 한다는 것은 좀 수상쩍게 들릴 수도 있을 것 같았기 때문이다.

"무슨 말을 하시려는 겁니까, 로저스 씨?"

"클로디아 하드캐슬 양이 미국인, 로이드라는 성의 미국인과 결혼한 적이 있었던 것으로 알고 있습니다만. 사실 그 로이드라는 성은 내 아내의 재산 관리인인 미국에 있는 스탠퍼드 로이드 씨의 성과 같거든요. 하지만 세상에는 로이드라는 성을 가진 사람이 수백 명은 될 테고, 따라서 그 두 사람이 동일인물일 가능성은 매우 희박하다고 할 수 있겠죠. 그게 이번 사건과 무슨 관계가 있을까요?"

"그럴 가능성은 전혀 없을 것 같군요. 하지만……." 그는 뒷말을 잇지 않았다.

"이상한 것은 그 스탠퍼드 로이드 씨를 이곳에서, 그것도 사건이 있던 바로 그날 바팅턴에 있는 조지 식당에서 점심을 먹고 있는 것을 본 것 같다는 겁니다."

"당신을 만나러 온 것이 아니었습니까?"

나는 고개를 가로저었다.

"그는 클로디아 하드캐슬 양으로 보이는 여인과 같이 있었습니다. 하지만 내가 잘못 본 것일 수도 있지요. 혹시 당신도 우리 집을 지은 사람이 바로 그녀의 오빠였다는 사실을 알고 있습니까?"

"그렇지는 않을 것 같습니다. 그녀는 자기 오빠의 건축 양식을 별로 좋아하지 않는 것 같거든요."

나는 자리에서 일어났다. "더 이상 시간을 빼앗아서는 안 될 것 같군요. 아무튼 그 집시 노파를 찾아내는 데 힘 좀 써주십시오."

"우리도 결코 포기하지 않을 겁니다. 검시관도 그녀를 원하고 있으니까요."

나는 그에게 작별을 고하고 경찰서를 나왔다. 그런데 호랑이도 제 말하면 온다더니, 내가 우체국 앞을 지나고 있을 때 클로디아 하드캐슬이 그곳에서 나오는 것이었다. 우린 둘 다 걸음을 멈추고 마주섰다. 근간에 가족을 잃은 사람을 만나게 되면 누구나 다 그러하듯 그녀도 얼마쯤 당황해하며 말을 걸었다.

"정말 안됐어요, 마이크. 엘리가 그렇게 되다니…… 더 이상 무슨 말을 해야 좋을지 모르겠군요. 물론 이런 말을 하는 건 당신을 너무 괴롭히는 게 되겠지만, 실은 당신한테 꼭 하고 싶은 말이 있어서요."

내가 말했다.

"알고 있습니다. 당신은 정말 엘리한테 잘 대해 주셨지요. 그녀가 이곳을 마치 고향처럼 느끼도록 말입니다. 나는 그 점이 늘 고마웠습니다."

"저, 한 가지 묻고 싶은 게 있었는데, 당신이 미국으로 떠나기 전에 그 말을 하는 것이 좋을 것 같아서요. 당신이 곧 떠날 거라고 들었거든요."

"가능한 한 곧 떠날 생각입니다. 미국에서 볼 일이 많거든요."

"그게 저…… 만일에 그 집을 내놓을 생각이라면, 물론 떠나기 전에 그 집을 팔아 버릴 테죠? 나도 그렇게 생각해서…… 만일에, 만일에 그럴 생각이라면 나한테 우선권을 주었으면 해서요."

나는 멍하니 그녀를 바라보았다. 그녀의 말은 정말로 나를 놀라게 했다. 그건 내가 전혀 예상치도 못한 말이었다.

"그러니까, 당신이 그 집을 사고 싶다는 말인가요? 당신이 그런 건물에 관심이 있을 줄은 정말 몰랐는데요?"

"루돌프 오빠 말로는 그 집이 자기가 지은 건물 중에서도 최고의 작품이라더군요. 오빠의 말이 맞을 거예요. 물론 집값이 엄청나게 비쌀 테지만, 나는 감당할 능력이 있어요. 그래요, 나는 그 집을 갖고 싶어요."

정말 이상한 일이 아닐 수 없었다. 그녀가 우리 집에 왔을 때만 해도, 그녀는 우리 집에 대해서 눈곱만큼도 흥미를 보이지 않았었다. 전에도 그녀가 정말로 샌토닉스와 이복남매간일까 궁금했었는데, 이번에 역시 도대체 그녀의 속셈이 무엇인지 궁금하기 짝이 없었다. 사실은 그녀가 자기 오빠에 대해서 헌신적인 애정을 가지고 있는 것은 아닐까? 때때로 나는 그녀가 그를 몹시 싫어하고, 아니 거의 증오하는 것 같다는 생각이 들기까지 했었다. 자기 오빠에 대해서 말할 때, 분명히 그녀의 말투는 아주 기이했다. 하지만 그에 대한 그녀의 실제 감정이 어떻든 간에, 그는 그녀에게 어떤…… 무언가 중요한 의미를 지니고 있음이 틀림없었다. 나는 천천히 고개를 흔들었다.

"엘리가 죽었기 때문에 내가 그 집을 팔고 이곳을 떠나고 싶어할 거라고 생각하리란 것은 나도 이해가 갑니다. 하지만 사실은 전혀 그렇지가 않습니다. 우리는 그 집에서 살았고 행복하게 지냈지요. 그 집은 엘리를 기억하게 하는 엘리의 추억이 깃든 곳입니다. 나는 결코 집시 언덕을 팔지 않을 겁니다. 그럴 생각은 추호도 없습니다! 그 점을 분명히 아셔야 할 겁니다."

우리의 눈이 마주쳤다. 그건 이를테면 투쟁이었다. 이윽고 그녀는 눈을 내리깔았다.

나는 다시 용기를 내서 말했다.

"이건 나하고는 상관없는 일입니다만 당신은 한번 결혼한 적이 있었다고요? 혹시 당신 남편의 이름이 스탠퍼드 로이드 씨가 아니었습니까?"

그녀는 아무 말 없이 한동안 나를 주시했다. 이윽고 쌀쌀맞은 어조로 말했다.

"맞아요."

그리고는 돌아서서 가버렸다.

갑작스런 죽음

돌이켜보면 생각나는 것이라고는 모든 것들이 마구 뒤엉킨 혼란, 바로 그것이었다. 신문 기자들의 끊임없는 질문공세와 인터뷰 요청, 수없이 쇄도하는 편지와 전보들, 이러한 것들을 능숙하게 처리하는 그레타.

정말 뜻밖에도 엘리의 가족들은 우리 생각과는 달리 미국에 있지 않았다. 그들 대부분이 영국에 있었다는 사실은 상당히 충격적인 일이었다. 코라 반 스타입슨의 경우였다면 그녀가 영국에 있다고 해도 이해가 갈 만한 일이었다. 그녀는 잠시도 한곳에 머무르기를 싫어하는, 이를테면 방랑벽을 지닌 여인이어서 항상 유럽 전역을 누비고 다니며——이탈리아에서 파리로, 다시 런던으로, 그리고는 다시 미국으로 돌아가서 팜 비치에서 서부 목장지대까지 이곳 저곳 안 가는 데 없이 돌아다녔다. 실제로 엘리가 죽은 그날도 그녀는 영국에서 지낼 집을 구한답시고 집시 언덕에서 불과 24킬로미터도 채 떨어지지 않은 곳에 있었던 것이다. 그녀는 한 2일이나 3일 묵기 위해 런던으로 날아와서는 새로운 부동산업자들을 만나며 새로운 매물들을 살펴보곤 했는데, 사건 당일에도 그녀는 대여섯 군데의 집들을 구경하며 인근 시골을 싸돌아다니고 있었다.

스탠퍼드 로이드 역시 사업상의 모임이 있어서 같은 비행기를 타고 런던에 온 것으로 밝혀졌다. 이들은 우리가 미국으로 보낸 전보를 받고 엘리의 죽음을 알게 된 것이 아니라, 매스컴을 통해서 알았던 것이다.

엘리를 어디에다 묻을 것인지를 놓고 심한 논쟁이 벌어졌다. 내 생각에는 그녀가 죽은, 그녀와 내가 함께 지낸 이곳에 묻히는 것이 당연한 일 같았다.

하지만 엘리의 가족들은 이런 생각에 격렬하게 반대했다. 그들은 시체를 미국으로 가져가서 그녀의 조상들과 함께 묻히도록 해주어야 한다는 것이었다. 그녀의 할아버지와 아버지, 어머니, 그리고 나머지 조상들이 잠들어 있는 곳에다 말이다. 생각을 해보니 사실 그것이 당연한 처사인 듯싶었다.

앤드류 리핀코트가 그 일을 상의하기 위해서 나를 찾아왔다. 그는 이치에 맞게 그 일을 설명했다.

"그 아이는 자기가 죽게 되면 어디에 묻히고 싶다는 것에 대해서는 일언반구의 말도 남기지 않았다네." 그가 말했다.

"그야 당연하지 않습니까?" 내가 열이 나서 소리쳤다. "도대체 엘리가 몇 살이었습니까? 21살이었죠? 그래, 누가 그 나이에 죽음을 생각하겠습니까? 그 나이에는 자기가 죽으면 어디에 묻히고 싶다는 생각 따위는 아예 하지도 않을 겁니다. 만일에 우리가 그 문제에 대해서 생각해 보았다면, 우리가 설사 한날 한시에 죽지 못한다고 하더라도 아마 한곳에 나란히 묻히자고 했을 겁니다. 하지만 도대체 누가 한창 나이에 죽음을 생각하겠습니까?"

"정말 맞는 말일세." 그는 고개를 끄덕였다. 그리고는 다시 말을 이었다. "그렇다고 쳐도, 자넨 역시 미국에 가야 할 걸세. 자네가 알아두어야 할 사업상의 문제들이 산적해 있거든."

"사업상의 문제들이라뇨? 제가 사업과 무슨 관계가 있습니까?" 그가 말했다.

"관계가 있어도 이만저만 많은 게 아닐세. 자네야말로 엘리의 가장 중요한 상속인이라는 사실을 모르나?"

"그러니까 내가 엘리의 남편이기 때문이라는 말씀인가요?"

"그게 아닐세. 그 아이의 유언에 따른 것이지."

"엘리가 무슨 유언장 같은 것을 남겼으리라고는 생각지도 못했는데요."

"아냐, 남겼다네. 엘리는 꽤 사업적인 아가씨였지. 그도 그럴 수밖에 없는 것이, 그 아이는 그런 환경 속에서 살아왔거든. 성년이 되어 결혼하자마자 곧 그 아이는 유언장을 작성했다네. 원문은 런던에 있는 자기 변호사한테 보관시키고, 그 사본을 내게 보냈다네." 그리고는 잠시 머뭇거리다가 다시 입을 열었다. "만일에 자네가 미국에 오게 되면, 덕망 있는 변호사에게 자네 일을 맡기는 게 좋을 걸세."

"왜입니까?"

"부동산, 주식, 여러 가지 투자 재산 등 막대한 재산을 다루게 될 때에는 전문가의 기술적인 조언이 필요하기 때문이라네."

"저야 그런 일에 대해서는 까막눈이나 다름없죠. 정말입니다." 내가 맥없이 말했다.

"나도 충분히 이해가 가네." 리핀코트 씨가 말했다.

"모든 걸 당신께 맡기면 안 될까요?"

"그렇게 할 수 있겠지."

"그런데 무슨 문제가 있습니까?"

"나한테 맡긴다고 하더라도, 자네는 별도로 의사 표명을 해야 될 거라고 생각하네. 그런데 나는 이미 가족의 일원으로 이 일에 관계하고 있고, 따라서 여러 가지 이해관계에 얽힌 갈등이 일어날 수 있거든. 만일에 자네가 나한테 그 일을 맡긴다면, 정말 유능한 대리인으로서 자네의 주장에 따라 자네의 이익을 안전하게 보호하리란 것을 보장할 수 있네."

"고맙습니다, 정말 친절하시군요." 내가 말했다.

"하지만 나 또한 어쩌면 경솔하게 일을 처리할 수도 있으니까." 그렇게 말하는 그의 표정이 조금은 불안해 보였다. 나는 리핀코트 씨가 경솔할 수도 있다고 생각하니 괜히 기분이 좋아졌다.

"예?" 나는 짐짓 의아해하는 듯한 표정을 지으며 물었다.

"내 말은 무슨 서류에든 서명을 할 때는 세심한 주의를 기울여야 한다는 것일세. 어떤 사업에 관한 문서든 마찬가지이지. 일단 서명을 하기 전에 그 서류를 처음부터 끝까지 한 글자도 빼놓지 말고 읽어야 하네."

"제가 읽는다고 해서 그 문서가 대체 뭐에 관한 것인지, 무슨 내용을 담고 있는 것인지 알 수 있을까요?"

"분명하게 이해가 안 될 경우에는 법률 고문에게 의뢰하면 될 걸세."

"누군가를 조심하라는 뜻의 말씀인가요?" 나는 호기심을 억제하지 못하고 불쑥 물었다.

"그건 내가 대답할 만한 적절한 질문이 못 되는구먼. 여기까지는 대답할 수 있겠지. 다시 말해 거액의 돈이 관계된 문제일 경우에는 아무도 믿지 말라는 걸세."

분명 그는 누군가를 조심하라고 나한테 경고하고 있었지만, 그게 누군지 이름을 밝히지는 않았다. 하지만 그게 누군지 알 수 있을 것 같기도 했다. 코라를 조심하라는 것일까? 아니면 그는 상당히 오랫동안 그 쾌활하고 부유하며 태평스럽기 짝이 없는 은행가이자 최근에 사업상의 일로 이곳에 온 스탠퍼드 로이드를 의심하고 있는 것일까? 또는 프랭크 아저씨라는 자가 그럴 듯한 엉터리 서류를 잔뜩 안고 올지도 모른다는 것일까? 갑자기 나는 나 자신의 모습을 볼 수 있었다. 겉으론 다정한 채 거짓 웃음을 짓고 있지만, 실은 흉악하기 이를 데 없는 악어들이 득실거리고 있는 호수에서 수영을 하고 있는 어리석고 순진하며 가련하기 짝이 없는 얼간이의 모습을……

리핀코트가 말했다.

"세상이란 아주 사악한 곳이라네."

좀 어리석은 것 같기는 했지만 나는 그에게 불쑥 한 가지 질문을 했다.

"엘리의 죽음이 누구에게 이익이 됩니까?"

그는 날카로운 시선으로 나를 주시했다.

"그건 정말 묘한 질문이군. 어째서 그런 걸 물어보나?"

"이유는 저도 잘 모르겠습니다. 문득 그런 생각이 들어서요, 그뿐입니다."

"자네에게 이익이 되지." 그가 대답했다.

"물론입니다. 그건 저도 잘 알고 있습니다만, 그러나 제가 물은 참뜻은…… 그러니까 저 말고 또 누가 이익을 보게 되느냐 하는 겁니다."

리핀코트 씨는 꽤 오랫동안 침묵을 지켰다. 이윽고 그가 말했다.

"자네가 묻는 것이 페닐라의 유언이 유증의 방법으로 어떤 사람에게 이익을 줄 것인가 하는 것이라면, 그건 그리 대단한 이익은 되지 않을 걸세. 옛날 고용인들과, 가정교사들, 그리고 자선단체 몇 군데 등이 유증을 받게 될 테지만, 그 어느 것도 그렇게 대단한 액수는 못 된다네. 앤더슨 양한테도 유증이 돌아가지만, 자네도 알다시피 그녀에게는 이미 상당한 몫의 재산을 떼어주었기 때문에 그것도 별로 얼마 되지 않을 걸세."

나는 고개를 끄덕였다. 그 일에 대해서는 엘리한테 들어서 알고 있었다.

"자네는 엘리의 남편이었네. 그 아이한테는 가까운 친척이 전혀 없었지. 그런데 자네의 질문은 그런 걸 물어 본 게 아닌 것 같은데?"

"저도 왜 그런 질문을 드렸는지 잘 모르겠습니다. 다만 말씀을 듣다 보니 문득 어떤 의심 같은 것이 들어서요. 무엇 때문에 그런 의심이 들었는지, 또 누구를 의심하는 것인지는 솔직히 저도 모르겠지만요. 다만…… 그냥 미심쩍을 뿐입니다. 재정문제에 대해서 잘 모르기 때문인지도 모르죠."

"아니야, 그건 아주 명백한 걸세. 나로 말하자면 뭐 하나 제대로 아는 것이 없고, 따라서 누구를 어떻게 의심할 수도 없는 입장이라네. 누군가가 죽게 되면 대개 그 사람과 관계가 있는 일들을 처리해야 할 일이 남게 되는 법이지. 이런 일은 빨리 처리될 수도 있고, 아니면 해결하는 데 몇 년씩 걸릴 수도 있다네."

"그러니까 누군가가 몇 가지 빨리 처리될 수도 있는 일들을 고의로 지연시켜 우물쭈물 넘어가게 할 수도 있다는 말씀이로군요. 무슨 양도 서류 같은 데 서명하게 될지도 모르겠군요."

"만일에 누군가가 페닐라의 재산을 불법으로 유용하고 있었다면, 그 아이의 갑작스런 죽음이 그 사람한테는 이익이 될 수도 있을 걸세. 특히 자네처럼 단순한 사람을 상대로 하게 된다면 보다 쉽게 자신들의 부정 흔적을 은폐시킬 수 있겠지. 아무튼 그 문제에 대해서는 더 이상 거론하고 싶지가 않네. 그건 공정치 못한 일일 테니까."

그곳의 작은 교회에서 간단한 장례식이 있었다. 참석하지 않을 수만 있다면 정말 그렇게 하고 싶었다. 사람들이 교회 밖에 한 줄로 늘어서서 모두들 나를 주시하는 것이 그렇게도 고통스러울 수가 없었다. 그 호기심어린 눈동자들. 그레타는 나를 이끌고 그 모든 것들을 헤쳐 나갔다. 그녀가 그렇게 강하고 믿음직한 여인이란 걸 그때까지는 정말 몰랐었다. 합의를 하고, 꽃다발을 주문하는 등 그녀는 모든 일을 혼자서 처리해 냈다. 어째서 엘리가 그토록 그레타를 의지했는지 그제서야 이해할 것 같았다. 세상에는 그레타 같은 여인도 그리 흔치 않으리라.

교회 안에 있는 사람들은 대부분이 이웃들이지만, 그 중에는 전혀 낯선 사람들도 몇몇 있었다. 그런데 그중 한 사람은 확실치는 않지만 어디선가 본 얼굴이었다. 장례식을 마치고 집으로 돌아오자 카슨이 응접실에 누군가가 나를 찾아와서 기다리고 있다고 했다.

"오늘은 아무와도 만나고 싶지 않으니 그냥 돌려 보내도록 해요. 그런데 어째서 당신 맘대로 사람을 집 안에 들여놓은 거요?"

"죄송합니다. 하지만 그 사람이 자기는 친척이라고 해서요."

"친척이라고?"

갑자기 나는 교회에서 본 그 사람이 생각났다.

카슨은 내게 명함을 한 장 건네 주었다. 전혀 생소한 이름이었다. 윌리엄 R. 퍼드, 나는 그 명함을 뒤집어 보았다. 그리고는 고개를 흔들며 그것을 그레타에게 넘겨주었다.

"이 사람이 누구인지 알고 있습니까? 얼굴은 상당히 낯이 익은데 어디서 보았는지 도무지 생각이 나지 않으니 엘리가 아는 사람인지도 모르겠는데."

그레타는 명함을 받아들고 살펴보았다. 그리고는 말했다.

"물론 알죠."

"누구입니까?"

"루벤 아저씨예요. 당신도 기억하실 거예요. 엘리의 사촌이죠. 틀림없이 엘리가 당신한테 말한 적이 있을 텐데요?"

그때서야 비로소 나는 어째서 얼굴이 낯익다고 생각되었는지 알게 되었다. 엘리는 친척들의 사진을 자기 방에다 아무렇게나 놓아두곤 했는데, 바로 거기서 본 것이었다.

"가봐야겠군요." 내가 말했다.

내가 그 방을 나와 응접실로 들어가자 퍼드 씨가 자리에서 일어났다.

"마이클 로저스? 자네는 나를 모를지도 모르지만 나는 엘리의 사촌이라네. 엘리는 나를 루벤 아저씨라고 불렀지만, 자네와 나는 서로 일면식도 없었지. 그러니까 자네들이 결혼하고 나서는 처음으로 만나 보는 셈이구먼."

"누구신지 저도 잘 알고 있습니다." 내가 말했다.

루벤 퍼드는 한 마디로 설명하기가 쉽지 않은 인물이었다. 우람한 체격에 크고 넓적한 얼굴을 한 그는 어찌 보면 뭔가 다른 데 정신을 팔고 있는 사람처럼 보이기도 했다. 하지만 그와 몇 마디 나누어 본 결과, 그가 생각보다는 훨씬 빈틈없는 사람이란 걸 느끼게 되었다.

"정말이지 엘리가 죽었다는 소식을 듣고는 하늘이 무너진 듯한 충격과 슬픔을 견딜 수 없었다네." 그가 말했다.

"제발, 그 일에 대해서는 더 이상 얘기하고 싶지 않습니다."

"그래, 물론 그렇겠지. 자네의 그런 심정 충분히 이해할 수 있네."

그는 상당히 온정적인 태도였지만, 그에게서는 뭔가 마음을 놓을 수 없는 점이 있다고 느껴졌다. 그레타가 들어오자 내가 말했다.

"앤더슨 양을 아시죠?"

"물론이지. 잘 있었소, 그레타?"

그레타가 말했다.

"나쁘지는 않았어요. 그래, 영국에 오신 지는 얼마나 되셨나요?"

"한두 주일쯤 됐지. 여기저기 돌아다니고 있는 중이라오."

"전에도 한 번 뵌 것 같습니다." 내가 말했다. 그리고는 거의 충동적으로 다음 말을 이었다. "바로 그날 당신을 보았군요. 맞아요."

"그래? 그게 어디였지?"

"바팅턴 장원이라고 불리는 곳에서 열린 경매장에서지요, 아마?"

그가 말했다.

"이제 생각이 나는구먼. 그래, 맞아! 나도 자네 얼굴을 본 것 같아. 그때 자네는 갈색 콧수염을 기른 한 60쯤 되어 보이는 사람하고 같이 있었지?"

"예, 필포트 촌장이라는 분이었죠."

"상당히 기분이 좋아 보이더구먼, 둘 다 말야."

"기분이 나쁠 이유가 없었지요." 나는 떨쳐 버릴 수가 없는 이상한 감정을 느끼며 그 말을 되풀이했다. "기분이 나쁠 이유가 없었지요."

"물론 그때만 해도 자네는 무슨 일이 일어났는지 몰랐을 테니까. 그게 아마 사고가 난 바로 그날이지?"

내가 말했다.

"우린 점심때 엘리와 만나기로 약속을 했었죠."

"비극이야. 정말 비극이야……." 루벤 아저씨는 그만 말끝을 흐리고 말았다.

내가 다시 말했다.

"영국에 계실 줄은 정말 몰랐습니다. 엘리도 그 사실을 몰랐을까요?" 나는 이렇게 말하고 그의 대답을 기다렸다.

그가 말했다.

"내가 편지로 알리지 않았거든. 나는 이곳에서 얼마나 머물게 될지 알 수 없었지만, 생각보다 쉽게 일이 해결되어서 경매가 끝난 뒤에 시간이 있다면 자네들을 찾아가 볼까 생각중이었다네."

"그렇다면 사업상의 일로 영국에 오신 건가요?" 내가 물었다.

"글쎄, 그렇다고도 할 수도 있고, 그렇지 않다고도 할 수 있지. 코라가 한두 가지 문제로 내 도움을 받고 싶다고 했거든. 그녀는 이 근처 어디에다 집을 한 채 구할 생각이라네."

코라도 영국에 있다는 것을 그가 말해 준 것은 바로 그때였다. 다시 내가 말했다.

"우리는 그런 사실을 전혀 모르고 있었는데요."

"그녀는 그날 여기서 얼마 떨어져 있지 않은 곳에서 지내고 있었다네."

"이 근처에요? 무슨 호텔에라도 묵고 있었나요?"

"그게 아니고, 어떤 친구의 집에서 묵고 있었다네."

"이 부근에 그녀의 친구가 있을 줄은 몰랐는데요?"

"어떤 여인인데…… 가만 있자, 이름이 뭐였더라? ……하드 뭐라고 했는데……맞아, 하드캐슬이라고 했지, 아마?"

"클로디아 하드캐슬을 말씀하시는 건가요?" 나는 정말 뜻밖이었다.

"맞아, 그녀는 코라하고는 상당히 친한 친구 사이라네. 코라는 그녀를 미국에 있을 때 알았지. 자넨 모르고 있었나?"

내가 말했다.

"저는 아는 게 거의 없답니다. 엘리의 가족들에 대해서는 거의 아는 게 없는 형편이지요."

나는 그레타를 쳐다보았다.

"당신은 코라와 클로디아 하드캐슬이 친구 사이였다는 걸 알고 있소?"

"나도 그런 말은 전혀 듣지 못했던 것 같아요." 그레타도 뜻밖이라는 표정으로 말했다. "그래서 클로디아가 그날 나오지 않은 거로군요."

내가 말했다.

"그녀는 당신과 함께 기차로 런던에 올라가기로 했지 않았소? 채드웰 역에서 만나……."

"그랬죠. 그런데 그녀는 나오지 않았어요. 내가 집을 나선 바로 직후에 전화를 걸어서, 뜻밖에 미국에서 손님이 찾아왔기 때문에 집을 떠날 수가 없다고 했다더군요."

"그 미국에서 왔다는 손님이 바로 코라였던 모양이로군요." 내가 말했다.

"틀림없을 거야." 루벤 퍼드가 말했다. 그는 고개를 가로저었다. "모든 게 아주 뒤죽박죽인 것 같구먼." 그리고는 다시 말을 이었다. "심리가 연기되었다면서?"

"그렇습니다."

그는 잔을 비우고 나서 자리에서 일어났다.

"이제 그만 가봐야겠네. 혹시라도 내가 도울 일이 생기면 연락을 하게나. 난 채드웰에 있는 머제스틱 호텔에 묵고 있으니까."

나는 그에게 달리 도움 청할 일은 아마 없을 거라고 하면서, 아무튼 고맙다고 했다. 그가 돌아가자 그레타가 말했다.

"도대체 그 사람의 꿍꿍이가 뭘까요? 무슨 이유로 이곳엘 온 거죠?" 그리고는 날카로운 어조로 말했다. "그들이 제발 자기들이 떠나온 곳으로 빨리 돌아가 주었으면 좋겠어요."

다시 집으로

나는 더 이상 집시 언덕에서 할 일이 없었다. 나는 그레타에게 집 안 일을 맡겨놓고 미국행 배에 올랐다. 미국에서 처리해야 할 일도 많았고, 또한 엘리의 화려한 장례식까지 치를 생각을 하니 어떤 두려움마저 느껴지는 것이었다.

"당신은 이제 정글 속으로 들어가는 거예요." 그레타는 이렇게 경고했다. "스스로 자신을 지켜야 해요. 그들이 산 채로 당신 가죽을 벗기도록 내버려 두어서는 안 돼요."

그 점에 대해서는 그녀가 옳았다. 미국에 도착하자마자 나는 그것을 느낄 수 있었다. 나는 정글에 대한 지식이 전혀 없었다. 더구나 그런 종류의 정글에 대해서는 더더욱 그러했다. 나는 깊은 수렁에 빠져들었고, 나 자신도 그걸 잘 알고 있었다. 나는 결코 사냥꾼이 아니었다. 오히려 사냥감이었다. 사냥꾼들이 나를 둘러싸고 덤불 속에 숨어서 나한테 총부리를 겨냥하고 있었다. 때로는 지나친 상상에 지나지 않은 경우도 있었고, 때로는 내 의심이 맞아떨어지기도 했다. 나는 리핀코트 씨가 소개해 준 변호사를 찾아갔다. 그는 꽤 세련된 사람으로, 마치 의사가 환자를 다루듯이 세심하게 신경을 써서 나를 대해 주었다. 나는 별로 확실치가 않은 부동산 권리인증서인 어떤 광산들을 처분할 생각으로 그의 자문을 구했다.

그는 누가 그런 말을 했느냐고 물었고, 나는 스탠퍼드 로이드가 그런 말을 했다고 대답해 주었다.

"좀 더 자세히 조사해 봐야겠습니다. 물론 로이드 씨 같은 분이 잘못 알고 있을 리는 없겠지만 말입니다."

그는 서류를 면밀히 검토해 보고 나서 다시 말했다.

"선생의 부동산 권리증서에는 아무런 하자도 없고, 따라서 로이드 씨가 말한 대로 그 땅을 서둘러 팔아야 할 아무런 이유도 없습니다. 그 재산은 그대로 두도록 하십시오."

그때 나는 내가 옳았다는 생각이 들었다. 모두들 나를 호시탐탐 노리고 있다는 것에 대해서 말이다. 그들은 모두 내가 재정문제에 대해서는 까막눈이라는 사실을 잘 알고 있었던 것이다.

장례식은 굉장했는데, 끔찍하다는 생각이 들 정도였다. 생각했던 대로 요란하기 짝이 없었다. 묘지는 마치 공원처럼 화려한 꽃다발들로 치장되어 있었는데, 부자들의 슬픔을 돈으로 과시라도 하듯이 온통 대리석으로 된 비석들로 가득차 있었다. 엘리가 그런 것을 싫어하리란 것을 나는 확신했다. 하지만 그녀의 가족들에겐 그렇게 하는 것이 당연한 것 같았다.

뉴욕에 온 지 사흘 뒤, 나는 킹스턴 비숍에서 보낸 엽서를 받았다.

리 노파의 시체가 언덕 저쪽에 있는 버려진 채석장에서 발견되었다는 것이다. 죽은 지 벌써 며칠이 지난 시체가 말이다. 전에도 그런 사고들이 있어서 그곳에 울타리를 쳐야 한다는 소리가 있었지만, 여전히 방치된 상태였다. 우연한 사고에 의한 죽음으로 결론이 났고, 따라서 지방 당국에 빨리 그곳에 울타리를 치도록 종용하기로 의견이 모아졌다. 리 노파의 오두막집에서 300파운드가 발견되었는데, 그 돈은 마루판자 밑에 감추어져 있었고 모두 1파운드짜리 지폐였다고 한다.

필포트 촌장은 엽서 밑에 추신을 덧붙였다.

'클로디아 하드캐슬이 어제 말을 타다가 떨어져서 그만 목숨을 잃었다는 사실을 알게 되면 당신도 애도를 금치 못할 거요.'

클로디아가…… 죽었다고? 나는 그걸 믿을 수가 없었다. 온몸에 소름이 끼쳤다. 두 사람이…… 두 주일 만에, 그것도 똑같이 말을 타다가 목숨을 잃다니! 그건 우연의 일치라고 보기에는 너무도 불가능한 것 같았다.

내가 뉴욕에서 보낸 시간에 대해서는 더 이상 생각하고 싶지 않다. 나는 전혀 낯선 이방인이었다. 늘 행동과 말에 조심을 해야 했다. 그곳엔 내가 알고 있던 엘리, 나에게만 속해 있던 엘리는 없었다. 이제는 그곳 친구들과 사업관계자들, 그리고 먼 친척들에게 둘러싸인 한 미국 여인으로서, 5대나 그곳에서 살아온 집안의 일원으로서, 엄청난 재산을 물려받은 상속녀로서 존재하고 있다는 것을 알게 되었다. 그녀는 마치 혜성처럼 나의 별을 잠깐 찾아왔다가 사라져 버린 것이다.

이제 그녀는 집으로 돌아와서 가족들 옆에 묻히게 된 것이다. 나는 그렇게 된 것이 다행이라고 생각했다. 만일 그녀가 집시 언덕이 있는 마을 근처 소나무숲 발치에 아담하게 꾸며진 작은 묘지에 묻혔다면 나는 늘 불안한 마음을 금치 못했을 것이다.

"엘리, 네가 속한 곳으로 돌아가라." 그는 속으로 외쳤다.

내 심금을 울리던 엘리의 기타 소리와 애절한 노래 곡조가 끊임없이 내 귓가를 맴돌고 있다. 그녀가 부드럽게 기타줄을 퉁기던 모습이 생각났다.

매일 아침 매일 밤
행복한 인생이 태어나네

그리고 나는 생각했다. "그건 사실이었지, 너한테는. 너는 기쁨으로 가득한 행복한 인생을 살다 갔으니까. 집시 언덕에서 너는 달콤한 기쁨을 맛보았지. 다만 그 기간이 너무 짧았지만. 이제는 다 끝났어. 이제 너는 그렇게 행복하지도, 별다른 기쁨도 없을지도 모르는 이곳으로 돌아온 거야. 하지만 뭐라고 해도 여기는 너의 고향이야. 이제 너는 네 가족들과 함께 있게 된 거야."

갑자기 나는 내가 어디에서 죽음을 맞이하게 될까 하는 생각이 들었다. 집시 언덕일까? 그럴 것 같았다. 어머니가 와서 무덤에 누운 나를 내려다보시겠지. 나보다 먼저 돌아가시지만 않는다면. 그래 어머니는 영원히 돌아가시지 않을 것 같았다. 그보다는 차라리 내가 먼저 죽는다는 것이 더 실감이 났다. 그렇다, 어머니는 와서 내가 묻히는 것을 볼 것이다. 그래도 여전히 그 딱딱한 표정은 풀리지 않을 테고. 나는 머리를 흔들며 어머니 생각을 떨쳐버렸다. 어머니에 대해서는 생각하고 싶지 않았다. 나는 어머니한테 가까이 가고 싶지도 않았고 뵙고 싶지도 않았다.

마지막 말은 사실이 아니다. 그건 어머니를 뵙고 안 뵙고가 문제가 아니었다. 문제는 늘 어머니가 나를 지켜보는 데 있었던 것이다. 마치 독기처럼 나를 휘감을 듯한 근심을 가득 담고 주시하는 어머니의 시선이 문제였다. 나는 생각했다. 어머니들은 모두 악마 같은 존재야! 어째서 어머니들은 자기 자식들에 대해서 다 알고 있다고 생각하는 걸까? 천만에! 어머니라고 해서 모든 걸 알 수는 없는 법이지. 어머니는 내가 성취한 멋진 인생을 기쁘게 생각하고, 그러한 나를 자랑스럽게 여기셔야 해. 어머니는…….' 나는 다시 고개를 흔들어 어머니에 대한 생각을 떨쳐 버렸다.

미국에 내가 얼마나 오랫동안 머물렀는지 그것조차도 이제는 잘 생각나지 않는다. 그때는 눈에 적의를 가득 담고 얼굴에는 사악한 웃음을 띤 사람들 속에서 조심스럽게 걷던 시기였다. 나는 매일같이 속으로 이렇게 되뇌곤 했다. "이런 상황을 헤쳐나가야 해. 기필코 이것을 극복해 나가야 해. 그러고 나면⋯⋯." 바로 이 두 마디가 그 무렵 내가 즐겨 쓰던 말이었다. 늘 마음속으로 되새기던 말이었다. 매일, 매시간 끊임없이 나는 이 말을 마음속으로 되씹었다. 그러고 나면 이 말은 곧 미래를 뜻하는 말이 되었다. 나는 이 말을 그전에 내가 즐겨 생각했던 말, 내가 바라는 말처럼 사용했던 것이다.

내가 부자가 되었기 때문인지 모두들 나한테 잘 보이려고 온갖 애들을 다 썼다. 엘리의 유언장에 따라 나는 엄청난 부자가 되었다. 그건 정말 이상한 기분이었다. 증권, 주식, 부동산 등 나로서는 알지도 못하는 투자 재산들도 엄청났다. 그리고 그런 것들을 모두 어떻게 해야 할지 전혀 알 수 없었다.

영국으로 돌아오기 전날 리핀코트 씨와 오랫동안 대화를 나누었다. 리핀코트 씨는 나에게 있어서는 언제나 리핀코트 씨였다. 그는 결코 나에게는 앤드류 아저씨가 될 수 없었다. 나는 그에게 스탠퍼드 로이드한테 맡겼던 내 재산에 대한 관리 위탁을 철회하겠다고 말했다.

"그게 정말인가?" 그의 반백이 다 된 눈썹이 치켜올라갔다. 그는 표정을 전혀 바꾸지 않은 채 예리한 시선으로 나를 주시하기만 했고, 나는 그의 '그게 정말인가?' 하는 말의 진의가 무엇인지 궁금하기만 했다.

"그렇게 하는 것이 옳은 처사라고 보십니까?" 내가 궁금한 심정을 가눌 수 없어 물었다.

"그렇게 하는 데는 무슨 이유가 있을 텐데?"

"아니오" 하고 내가 대답했다. "특별한 이유는 없습니다. 다만 그건 육감 때문이지요. 제가 이런 말씀을 드려도 괜찮는지는 모르겠습니다."

"자네야 당연히 무슨 말이든 할 권리가 있지."

"좋습니다, 말씀드리죠. 저는 그가 사기꾼 같다는 생각이 들었습니다!"

"아!" 리핀코트 씨는 흥미를 보였다. "그래, 자네의 육감이 어쩌면 맞을지도 모르지."

그래서 나는 그때 내가 옳다는 것을 알게 되었다. 스탠퍼드 로이드는 엘리의 증권과 투자 재산 등에 대해서 음흉한 수작을 부리고 있었던 것이다. 나는 대리인 위임장에 서명을 하고 그 위임장을 앤드류 리핀코트 씨에게 넘겨주었다.

"이걸 기꺼이 받아주시겠죠?" 내가 물었다.

리핀코트 씨가 말했다.

"재정문제에 대해서는 나를 전적으로 믿어도 좋아. 그 점에 있어서는 내가 자네를 위해 최선을 다하겠네. 내 관리 방식에 대해서는 자네도 무척 만족하게 될 걸세."

그의 그러한 말이 도대체 무엇을 의미하는 것인지 궁금했다. 그의 말 속에는 뭔가 속뜻이 담겨 있었다. 아마도 나를 좋아하지 않았고, 앞으로도 결코 좋아하지는 않을 테지만, 그러나 재정문제에 있어서 만큼은 내가 엘리의 남편이었던 까닭에 자신이 최선을 다하겠다는 의미가 담겨 있었던 게 아닌가 한다. 나는 필요한 모든 서류에 서명을 했다. 그는 나에게 영국으로 돌아갈 때 무엇을 타고 갈 거냐고 물었다. 나는 비행기로 돌아가지 않고, 배를 타고 돌아갈 생각이라고 했다. "자신을 정리할 시간이 좀 필요할 것 같아서요. 배로 여행을 하는 것이 저한테는 좋을 거라고 생각합니다."

"돌아가면 어디서 지낼 생각인가?" 그가 물었다.

"집시 언덕에서 지낼 겁니다." 내가 대답했다.

"아, 자네는 계속 그곳에서 살 생각이로군."

"그렇습니다."

"나는 자네가 그 집을 팔아 버리지 않을까 생각했다네."

"천만에요." 내가 말했다. 그 '천만에요' 하는 소리는 내 생각보다 의외로 강하게 나왔다. 나에게는 집시 언덕을 처분할 생각이 추호도 없었다. 집시 언덕은 내 꿈의 일부였다. 내가 코흘리개 어린아이 시절부터 늘 간직해왔던 꿈의 일부였던 것이다.

"자네가 여기 미국에 있는 동안 그 집은 누가 돌보고 있나?"

나는 그레타에게 집을 맡겨놓고 왔다고 했다.

"아, 그렇지. 그레타가 있었지."

그가 그레타의 이름을 거론할 때 뭔가 못마땅해 하는 듯한 기색이 보였지만, 나는 그걸 가지고 그에게 뭐라고 할 생각은 없었다. 그가 그녀를 싫어한다면 싫어하는 것이다. 그는 늘 그랬다. 잠시 어색한 침묵이 흐르고 나서 나는 생각을 바꾸었다. 뭔가 말을 해야겠다는 기분이 들었기 때문이다.

"그녀는 엘리에게 아주 잘 해주었습니다." 내가 말을 꺼냈다. "그녀는 엘리가 아플 때 정성껏 간호해 주기도 했지요. 그녀는 우리 집에 와서 함께 지내며 엘리를 보살펴 주었답니다. 저는, 저는 정말 그레타에게 어떻게 고마움을 표시해야 좋을지 모르겠습니다. 당신도 그 점을 이해해 주셨으면 합니다. 그녀가 어떤 여자인지 잘 모르실 겁니다. 엘리가 죽고 나서 그녀가 매사에 얼마나 많은 도움이 되어 주었는지 아마 짐작도 못 하실 겁니다. 그녀가 없었다면 내가 그 상황을 어떻게 견뎌냈을지 정말 생각만 해도 아찔합니다."

"그랬을 테지, 물론 그랬을 거야." 리핀코트 씨가 말했다. 그의 말투는 생각보다 훨씬 냉랭했다.

"저는 그녀에게 큰 신세를 지고 있는 셈이지요."

"정말 유능한 여인이지." 리핀코트 씨가 말했다.

나는 자리에서 일어나 작별을 고하며 고맙다고 했다.

"자네가 나한테 고마워할 건 하나도 없다네."

리핀코트 씨의 말투는 여전히 냉랭했다.

그리고는 다시 덧붙였다.

"자네에게 짧은 편지를 보냈네. 항공편으로 집시 언덕으로 보냈으니까, 자네가 배를 탄다면 아마 그곳에 도착했을 때에는 그 편지가 먼저 도착해서 자네를 기다리고 있을 걸세. 아무튼 즐거운 여행이 되길 바라네."

호텔에 돌아와 보니 전보가 기다리고 있었다. 캘리포니아에 있는 병원에서 보낸 것이었다. 전문 내용은 내 친구 루돌프 샌토닉스가 죽기 전에 나를 만나 보고 싶다는 것이었다.

나는 다음 배를 타기로 하고 샌프란시스코로 날아갔다. 그는 아직 죽지는 않았지만, 거의 죽은 거나 다름없었다. 병원 측의 말로는 그가 죽기 전에 의식이 돌아올지도 의문이라는 것이었다. 하지만 그가 나를 몹시 찾았다고 했다. 나는 병실에 앉아서 그를 지켜보고 있었다. 내가 알고 있던 사람의 껍질처럼 보이는 그를. 그는 언제나 병자처럼 보였고 뭔가 섬세하면서도 만지면 깨질 듯 기묘하고 투명한 분위기가 풍겼다. 그는 이제 죽은 듯이 창백한 밀랍 인형 같은 모습으로 누워 있었다. 그의 옆에 앉아서 나는 생각했다. '나한테 말 좀 해주었으면 좋겠는데. 무슨 말이든 해주었으면. 죽기 전에 단 한 마디라도……'

나는 외로웠다. 정말 끔찍하게 외로웠다. 이제는 적들로부터 탈출해서 친구——진정 나의 유일한 친구 곁으로 오게 된 것이다. 그는 어머니를 빼놓고는 나에 대해서 무엇이든 알고 있는 유일한 사람이다. 하지만 어머니에 대해서는 생각하고 싶지 않았다.

한두 번 간호원에게 무슨 수를 써볼 수는 없겠느냐고 물었지만, 간호원은 고개를 가로저으면서 단지 모호한 대답만 할 뿐이었다.

"의식이 돌아올 수도 있고, 영 돌아오지 않을 수도 있어요."

나는 계속 기다리고 앉아 있을 수밖에 없었다. 그런데 드디어 그가 눈을 뜨고 한숨을 내쉰 것이다. 간호원은 아주 조심스럽게 그가 일어나 앉을 수 있도록 등을 받쳐 주었다. 그가 나를 쳐다보았지만, 나를 제대로 알아보는 것인지는 알 수 없었다. 그는 마치 내 뒤에 있는 어떤 것을 보기라도 하듯이 그런 시선으로 나를 멍하니 쳐다보기만 했다. 그러더니 갑자기 그의 눈빛이 바뀌었다. 나는 생각했다. '그는 나를 알아보는 거야. 나를 알아본 거라고.'

그가 아주 미약한 소리로 뭐라고 말해서, 나는 그 말을 알아듣기 위해 그에게로 몸을 굽혔다. 하지만 그건 도무지 알아들을 수 없는 말들이었다. 그때 갑자기 그는 경련을 일으키고는 고개를 뒤로 젖히면서 거칠게 소리쳤다.

"이 바보 같은 친구야! 어째서 다른 길을 택하지 않았나?"

그리고는 무너지듯 고개를 떨구면서 숨을 거두었다.

나는 그가 무슨 말을 하는 것인지 알 수가 없었다. 아니, 자기가 무슨 말을 하는 건지 그 자신이 알고 있는지조차도 의심스러웠다.

그것이 내가 마지막으로 본 샌토닉스의 모습이었다. 내가 그에게 무슨 말을 했다면 과연 그가 내 말을 알아들을 수 있었을까? 나는 그에게, 그가 나에게 지어준 그 집이 내가 세상에서 가장 소중하게 여기는 것이라는 말을 몇 번이고 해주고 싶었다. 그 집이야말로 내게는 가장 소중한 것이라고 말이다. 하나의 집에 지나지 않는 것이 그토록 중요한 의미를 지닐 수 있다는 것은 정말 우스운 일일지도 모른다. 아마도 그것은 이를테면 상징과도 같기 때문이리라. 자신이 원하는 어떤 상징 말이다. 그게 무엇인지도 잘 알지 못하면서 그토록 갈구하던 그 무엇의 상징. 하지만 그는 그게 무엇인지 알았고, 그걸 내게 준 것이다. 그리고 나는 그것을 받았다. 바로 그것이 있는 곳으로 나는 돌아가고 있었다.

집으로 돌아간다. 그것만이 내가 배에 올랐을 때 생각할 수 있는 전부였다. 그리고 처음 한동안은 끔찍하게 지겨웠다. 그러나 이윽고 마치 깊은 샘에서 끊임없이 물이 솟아나듯 걷잡을 수 없는 행복의 물줄기가 가슴속에 넘쳐 흐르기 시작했다. 나는 집으로 돌아가고 있었다. 집으로 돌아가고 있는 것이다.

선원은 돌아왔다
그 먼 바다에서
따뜻한 고향 집으로
그리고 사냥꾼도
저 높은 산에서 돌아와
고향 집에 누웠다

끝없는 밤

그렇다, 바로 그런 상황이었다. 이제 모든 것이 끝났다. 마지막 싸움이, 그 마지막 투쟁이 막을 내린 것이다. 그것이 나의 마지막 여행이었다.

참으로 긴 방황의 시절이었다. '바라고 또 바라던' 시절이었다. 하지만 이제는 다 끝났다. 1년도 못 되어 모든 소망이……

그 모든 것들을 다시 돌이켜보았다. 선실의 침상에 누워서 나는 생각에 잠겼다.

엘리를 만났던 일, 리젠트 공원에서 사랑을 속삭이던 일, 등기소에서 결혼을 했던 일, 샌토닉스가 지어준 그 집이 완성되던 날——내 것, 모두 내 것이었다. 나는 내가 원하던, 언제나 내가 되고 싶었던 그런 모습을 이루었다. 내가 원하던 모든 것을 손에 넣고 이제는 집으로 향하고 있었다.

뉴욕을 떠나기 전에 나는 편지 한 통을 써서 미리 항공편으로 부쳤다. 필포트 촌장한테 편지를 보낸 것이다. 다른 사람은 몰라도 필포트 촌장이라면 이해해 줄 것 같았다.

직접 그에게 말하는 것보다 편지로 알리는 것이 마음이 편했다. 어차피 그도 알게 될 일이었다. 모두가 알게 될 일이었다. 다른 사람은 이해하지 못할지도 모르지만, 그는 이해해 줄 것 같았다. 그는 그레타와 엘리가 얼마나 가까운 사이였으며, 또한 엘리가 얼마나 그레타를 의지하고 있었는지 잘 알고 있었다. 엘리와 함께 지내던 그 집에서 아무 도움도 받지 않고 나 혼자서 외롭게 살아간다는 것이 얼마나 어려운 일인지 그는 이해해 줄 것 같았다. 어떻게 써야 할지 무척 고심했지만 아무튼 최선을 다해 내 심정을 피력했다.

'누구보다도 우선 당신에게 이 사실을 알려 드리고 싶습니다. 촌장님은 저희들에게 무척 친절하게 대해 주었고, 따라서 촌장님만이 제 사정을 이해해 주실 유일한 분이라고 생각합니다. 제가 집시 언덕에서 혼자서 외롭게 살아가지 못할 거라는 사실을 말입니다. 그래서 저는 미국에 있는 동안 내내 생각해 보았습니다. 집에 돌아가자마자 그레타에게 청혼을 하리라고 말입니다. 그녀만이 제가 진정으로 엘리에 대한 내 심정을 털어놓을 수 있는 유일한 사람이란 걸 아실 겁니다. 그녀는 이해해 줄 겁니다. 혹시 그녀가 내 구혼을 거절할지도 모르지요, 하지만 나는 그녀가 내 구혼을 받아줄 것이라고 생각합니다. 그렇게 되면 전에 우리가 셋이서 함께 지내던 시절처럼 그렇게 지낼 수 있게 될 겁니다.'

나는 될 수 있으면 내 심정을 정확하게 전달하려고 세 번이나 고쳐써야 했다. 필포트 촌장은 내가 도착하기 이틀 전에 이 편지를 받아볼 것이다.

배가 영국 땅을 향해 다가가자 나는 갑판으로 나왔다. 나는 가까이 다가오는 육지를 바라보았다. "샌토닉스가 함께 있었으면……." 나는 정말 그것을 바랐다. 모든 것이——내가 계획하고, 내가 생각하고, 내가 원하던 모든 것이 어떻게 실현되는지 그가 알아주었으면 싶었다.

나는 미국에서 벗어났다. 그 사기꾼들과 아첨꾼들. 물론 나도 그들을 증오했지만, 노골적으로 나를 증오하며 비천한 출신이라고 나를 업신여기던 그들로부터 벗어난 것이다! 개선장군처럼 의기양양해하며 돌아가고 있었다. 소나무 숲과 언덕 꼭대기에 세워진 집시 언덕으로 이르는, 위태롭게 굽이굽이 휘어진 그 길로 돌아가고 있는 것이다. 나의 집! 내가 그토록 갖고 싶어했던 두 가지가 기다리고 있는 곳으로 돌아가고 있었다. 나의 집——내가 꿈꾸던, 내가 계획했던, 그 무엇보다도 간절하게 바랐던 그 집. 그리고 놀라운 여인. 나는 늘 그런 놀라운 여인을 만나게 되리라고 언제나 운명처럼 예감하고 있었다. 결국 그녀를 만나게 되었다. 나도, 그녀도 첫눈에 상대방을 알아보았다. 곧 우리는 하나가 되었던 것이다. 놀라운 여인! 나는 그녀를 만나던 바로 그 순간에 완전히, 그리고 영원히 그녀의 포로가 되고 말았다는 것을 알았다. 나는 그녀의 것이었다. 그리고 이제——드디어——나는 그녀에게로 가고 있는 것이다.

아무도 내가 킹스턴 비숍에 도착하는 것을 보지 못했다. 날은 거의 어둑해져 있었고, 나는 기차에서 내린 다음 역을 빠져나와 사람들의 눈을 피해 옆길로 돌아갔다. 마을 사람들과 맞부딪치고 싶지 않았기 때문이다. 그날 밤에는 아무와도……

집시 언덕으로 통하는 길로 접어들었을 때는 해가 완전히 지고 난 뒤였다. 그레타에게는 미리 내가 도착할 시간을 알려 주었다. 그녀는 집에서 나를 기다리고 있을 것이다. 이제 드디어! 우리는 마침내 모든 사기와 기만을 끝낸 것이다. 그녀를 싫어하는 체하며 처음부터 끝까지 조심스럽게 내가 맡은 역할을 훌륭하게 해낸 자신에 대해서 나는 속으로 고소를 금치 못했다. 그레타를 싫어하고, 그녀가 엘리와 함께 지내게 되는 걸 원하지 않는 체했던 것이다. 그렇다, 나는 아주 신경을 써서 그 역할을 해왔다. 모두 틀림없이 그런 거짓 연기에 속아 넘어갔으리라. 엘리가 들으라고 우리가 거짓으로 싸움을 벌였던 일이 생각났다.

그레타는 우리가 처음 만난 그 순간에 벌써 나란 인간이 어떤 인물인지 알아보았다. 우리는 결코 상대방에 대해서 어줍잖은 환영 따위를 갖지 않았다. 그녀도 나와 같은 생각을, 내가 가지고 있는 것과 같은 욕망을 가지고 있었다. 우리는 아무 부족함이 없이 세상을 살고 싶었던 것이다. 세상의 정상에 서기를 원했다. 우리는 모든 야망을 성취하고 싶었다. 우리는 모든 것을 갖고 싶었고, 그러한 자신의 욕망을 결코 억제할 생각이 없었던 것이다. 내가 함부르크에서 그녀를 처음 만났을 때, 나의 미칠 듯한 야망을 숨김없이 그녀에게 털어놓았던 일이 새삼 떠올랐다. 그레타한테는 인생에 대한 나의 지나친 욕심을 그대로 전해 주었다. 그녀도 나와 똑같은 욕심을 지니고 있었다. 그녀가 말했다.

"당신이 원하는 인생을 살기 위해서는 무엇보다도 그만한 돈을 가져야 해요."

"물론이지. 하지만 그걸 어떻게 손에 넣어야 할지 모르겠어."

그레타가 말했다.

"당신은 열심히 일해서 돈을 벌 사람이 아니에요. 당신은 결코 그런 사람이 못 되거든요."

"일을 한다고? 아마 오랫동안 뼈빠지게 일해야 될 거야! 난 그때까지 기다릴 수가 없어. 한참 나이가 들어서 비로소 꿈을 이루는 것 따위는 원치 않아. 당신도 슐리만이라는 사람에 대한 이야기를 알고 있을 거야. 그는 뼈가 빠지게 일해서 상당한 재산을 모으게 되자, 자신의 꿈을 실현시키기 위해 트로이로 가서 트로이 유적을 발굴하기 시작했지. 그는 자신의 꿈을 가지고 있었지만, 그걸 이루기 위해서는 마흔이 될 때까지 기다려야 했어. 하지만 나는 중년이 될 때까지 내 꿈을 미루고 싶지 않아. 다 늙어서 무덤에 한발 들여 놓은 신세가 될 때까지 말야. 나는 젊고 원기왕성한 지금 내 꿈을 이루고 싶어. 그건 당신도 마찬가지일 테지, 그렇지 않아?"

"맞아요, 그리고 나는 당신이 그걸 이룩할 수 있는 방법도 알고 있어요. 쉬운 일이에요. 당신도 어쩌면 벌써 그런 생각을 해보았는지도 모르죠. 당신은 여자들의 마음을 손쉽게 사로잡을 수 있죠, 그렇지 않은가요? 난 그걸 알 수 있어요. 그걸 느낄 수 있어요."

"내가 여자들한테나 관심을 가지고 있다고 생각하는 거야? 정말로 그런 생각을 하는 건 아니겠지? 내가 원하는 여인은 오직 하나밖에 없어. 바로 당신이지. 그리고 당신도 그걸 알고 있을 거야. 난 당신 소유물이라고. 당신을 처음 본 순간 나는 그걸 알 수 있었어. 언젠가는 당신 같은 여인을 만나게 되리란 것을 늘 예감하고 있었거든. 그리고 난 그런 여인을 만났어. 나는 당신에게 속한 사람이야."

"알아요, 나도 그렇게 생각했어요."

그레타가 말했다.

"우린 둘 다 같은 삶을 원하고 있지."

내가 말했다.

그러자 다시 그레타가 말했다.

"아까 말했지만 그건 쉬운 일이에요. 정말이에요. 당신은 그저 돈 많은 아가씨와 결혼하기만 하면 되는 거라고요. 나는 당신이 그 일을 할 수 있도록 방법을 제공해 줄 수도 있어요."

"그런 환상 같은 이야기는 그만두라고." 내가 말했다.

"그건 결코 환상 같은 것이 아니에요. 정말 쉬운 일이라고요."

내가 말했다.

"그렇지 않아. 그런 건 나한테는 다 소용없어. 나는 돈많은 여인의 남편이 되고 싶진 않아. 나한테 모든 걸 사주고 함께 지내며 황금으로 된 새장 안에 나를 가두어 두려고 할 텐데, 내가 바라는 것은 그게 아니야. 나는 돈에 얽매인 노예 신세는 되고 싶지 않아."

"당신은 그렇게 될 필요가 없어요. 그런 신세로 언제까지나 지낼 필요는 없는 거예요. 단지 잠깐이면 돼요. 아내가 죽을 때까지만요."

나는 망연히 그녀를 주시했다.

"놀라셨나 보군요?"

그녀가 말했다.

"아니, 놀란 것은 아니야."

"나도 당신이 놀라지 않을 거라고 생각했어요. 내 생각에는 이미 ……?" 그녀는 내 대답을 기다리듯이 나를 쳐다보았지만, 나는 그런 질문에 대답할 생각이 없었다. 그때까지만 해도 아직 내게는 자위 본능이 남아 있었다. 누구에게나 남에게는 알리고 싶지 않은 비밀이 있기 마련이다. 비밀이 그렇게 많다고는 할 수 없지만, 아무튼 나는 그런 일들에 대해서는 생각조차 하고 싶지 않았다. 그 첫 번째 일은 더더욱 생각하고 싶지 않았다. 비록 어리석고 철없던 시절의 일이기는 했지만. 그리 대단한 일도 아니었다. 그때 나는 학교 친구의 손목에 채워진 고급 손목시계가 그렇게도 탐이 났다. 그것은 친구가 선물로 받은 시계였다. 나는 그것을 갖고 싶었다. 정말 몹시도 갖고 싶었다. 상당히 비싼 손목시계였다. 돈많은 대부(代父)가 그에게 선물한 것이었다.

나는 그걸 갖고 싶었지만 결국 손에 넣지 못할 거라고 생각했다. 그런데 어느 날 우리는 함께 스케이트를 타러가게 되었다. 얼음이 얇게 얼어 있었지만, 우리는 미처 그런 생각을 하지 못했다. 그렇게 해서 일이 벌어지게 된 것뿐이다. 얼음이 꺼져서 나는 그에게 달려갔다. 그는 깨진 얼음에 매달려 있었다. 얼음이 꺼진 구멍에 빠져서 손이 거의 잘려져 나가면서도 악착같이 매달려 있었던 것이다. 물론 처음에는 그를 구해 줄 생각으로 달려갔지만, 막상 달려가 보니 내 눈에는 그의 손목에서 아름답게 빛나고 있는 손목시계만 들어왔다. "만일 이 자식이 그냥 빠져 죽는다면……." 그건 무척 손쉬운 일이 될 거라는 생각이 들었다.

나는 거의 무의식적으로 그의 손목에서 시계를 풀었다. 그리고 그를 끌어내는 대신에 오히려 그의 머리를 물속으로 밀어넣었다……. 단지 그의 머리를 누르고 있기만 한 것이었다. 그는 별 힘도 못 써보고 얼음 밑으로 빠져 들어갔다. 사람들이 우리를 보고 달려왔다. 그들은 내가 그를 구해주려 애썼다고 생각했다! 그들이 가까스로 그를 건져냈다. 그리고 인공호흡을 시켜서 살려내려고 했지만, 이미 때가 너무 늦었던 것이다. 나는 그 시계를——어머니가 보게 되면 어디서 난 거냐고 추궁당할 것들을 어머니 몰래 숨겨 두곤 했던 비밀 장소에 나의 보물을 감추어 두었다. 그런데 어느 날 어머니는 별일도 없이 내 양말을 손질하다가 그 시계를 우연히 발견하게 되었다. 어머니는 그것이 피터의 시계가 아니냐고 물었다. 나는 그렇지 않다고 하고 그것은 학교에서 어떤 친구와 바꾼 것이라고 거짓말을 했다.

나는 늘 어머니에 대해서 불안을 느꼈다. 어머니가 나에 관해서 지나치게 많은 것을 알고 있는 것 같다는 생각을 떨쳐버릴 수가 없었다. 어머니가 그 시계를 발견했을 때도 나는 어머니한테 불안을 느끼지 않을 수 없었다. 어머니는 아마도 의심했을 것이다. 물론 그런 사실을 알지는 못했을 테지만, 그건 아무도 알 수 없었으리라. 하지만 어머니는 이상한 눈빛으로 나를 바라보곤 했다. 다른 사람들은 모두 내가 피터를 구하려고 애를 썼다고 생각했다. 그러나 어머니는 그렇게 생각하지 않았던 것 같다. 어머니는 알고 있었던 게 아닌가 싶다. 알고자 한 것은 아니지만, 문제는 어머니가 나에 관해서 지나치리만큼 잘 알고 있었다는 것이다. 이따금씩 나도 자신에 대해서 죄의식을 느끼곤 했지만, 그런 죄의식은 곧 사라져 버렸다.

그리고 나서 훗날, 군대 시절——훈련을 받던 시절, 나는 에드라는 친구와 함께 도박장에 간 적이 있었다. 나는 운이 따르지 않아 가지고 있던 돈을 몽땅 날려 버렸지만, 에드라는 친구는 많은 돈을 땄다. 그는 칩을 돈으로 바꾸었고, 우리는 부대로 향했다. 그의 주머니에는 지폐가 가득했다. 주머니에 지폐가 가득 든 것이 마치 올챙이 배처럼 불룩하게 튀어나와 있었다. 그때 깡패 두 녀석이 골목에서 튀어나와 우리에게 덤벼들었다. 그들은 잭나이프를 휘둘렀다. 나는 팔에 가벼운 부상을 입었을 뿐이지만, 에드는 상처가 몹시 깊었다. 그는 그 자리에 푹 고꾸라졌다. 사람들 소리가 들리자 그 깡패 녀석들은 달아나 버렸다. 재빨리 처리할 수만 있다면……. 나는 재빨리 행동했다. 내 반사신경은 상당히 빠른 편이다. 나는 손수건을 꺼내어 손에 감고는 에드의 상처에 꽂혀 있던 나이프를 빼서 다시 그의 급소를 두어 번 찔렀다. 그는 헛바람 소리를 내고는 영원히 숨을 거두었다. 물론 처음에 잠깐 동안은 겁이 났지만 모든 게 다 잘 될 거라는 것을 알았다. 나는…… 글쎄, 뭐랄까…… 그렇게 재빨리 생각하고 행동으로 옮길 수 있었던 자신에 대해서 당연히 자부심을 느꼈다! '불쌍한 에드 녀석. 너는 언제나 바보였어.' 하지만 그 돈을 내 주머니로 옮겨넣을 시간이 전혀 없었던 것이다! 기회를 잡는 데는 재빠른 반사신경보다 더 좋은 것은 없다. 문제는 그런 기회가 자주 오지 않는다는 것이다. 사람들은 자신이 누군가를 살해했다는 사실을 깨닫게 되면 겁을 집어먹게 되는 모양이다. 하지만 나는 조금도 두렵지 않았다. 그때만 해도 말이다.

솔직히 말해서 살인이란 그리 자주 할 게 못 된다. 정말 필요하다고 생각될 때가 아니면 말이다. 나는 그레타가 어떻게 해서 그런 걸 나에게서 감지해 냈는지 모르겠다. 아무튼 그녀는 알고 있었다. 아니, 내가 실제로 저지른 두 번의 살인에 대해서 알고 있었다는 것이 아니다. 그녀가 알고 있었던 것은 사람을 죽인다는 생각이 나를 당황하게 만들거나 놀라게 하지 않는다는 것이었다. 내가 말했다.

"무슨 꿈 같은 소리를 하는 거지, 그레타?"

"나는 당신을 도와 줄 수 있는 위치에 있어요. 나는 당신이 미국에서도 가장 돈많은 아가씨와 사귈 수 있게 해줄 수 있거든요. 지금 나는 그녀를 보살펴 주고 있어요. 그녀와 함께 살고 있단 말이에요. 나는 그녀에게 상당한 영향력을 행사할 수 있어요."

"그런 귀한 집 따님이 나 같은 작자에게 눈길이라도 줄 거라고 생각해?"

내가 물었다. 그 당시만 해도 나는 그런 일은 있을 수 없다고 생각했다. 어째서 그렇게 돈많은 아가씨가, 원한다면 얼마든지 매력적인 사내를 골라잡을 수 있는 그런 여인이 나 같은 것에 관심을 두겠는가 하고 말이다.

"당신은 아주 매력 있는 남자예요. 여자들은 모두 당신한텐 맥을 못 추잖아요, 그렇죠?"

나는 멋쩍게 싱긋 웃어 보이며 뭐 그런 편이라고 말했다.

"그녀는 한 번도 그런 걸 경험해 보지 못했어요. 지나치게 보호를 받고 있거든요. 그녀가 만날 수 있도록 허락된 남자들이라곤 전부 판에 박힌 듯 똑같은 남자들밖에 없어요. 은행가 아들, 재벌 아들 등 말예요. 부유한 계층의 남자와 훌륭한 결혼을 하도록 되어 있는 거죠. 그녀의 가족들은 그녀가 재산이나 탐내고 접근하는 잘생긴 외국 남자와 만나게 될까 봐 전전긍긍하고 있는 형편이에요. 그러니 당연히 그녀는 그런 남자들을 갈망할밖에요. 그런 사람들은 그녀에게 있어서는 전혀 경험해 보지 못한 새로운 존재거든요. 당신이라면 그녀에게 멋진 연기를 할 수 있을 거예요. 그녀를 처음 만나자마자 사랑에 빠뜨려 그녀를 사랑의 폭풍으로 정신 못 차리게 만드는 거예요! 무척 쉬운 일이에요. 그녀는 정말로 매력적인 사내한테서 정열적인 구애를 받아본 적이 한 번도 없으니까요. 당신이라면 할 수 있어요."

"과연 내가 해낼 수 있을지." 나는 미심쩍은 듯이 말했다.

"우린 해낼 수 있을 거예요." 그레타가 말했다.

"그녀의 가족들이 끼어들어 방해하지 않을까?"

"아뇨, 그렇게 하지 못할 거예요. 가족들은 그 일에 대해서 아무것도 모르게 될 거예요. 안다고 해도 이미 그때는 너무 늦어 버리게 되는 거죠. 당신이 그녀하고 비밀리에 결혼할 때까지는 알지 못하게 되는 거예요."

"그래, 그게 당신 계획이야?"

우리는 그 일에 대해서 의논했다. 그리고 계획을 세웠다. 하지만 세부적인 계획까지 세운 것은 아니었다. 그레타는 곧 미국으로 돌아갔지만, 나하고는 그 뒤에 계속 연락을 취했다. 나는 여러 가지 직업을 전전했다. 내가 그녀에게 집시 언덕에 대해서 알려주고 그곳을 갖고 싶다고 하자, 그녀는 로맨틱한 이야기를 꾸미기에는 정말 안성마춤인 곳이라고 했다. 우리는 그곳에서 나와 엘리를 만나도록 계획을 짰다. 그레타는 엘리를 부추겨서 성인이 되면 가족들로부터 벗어나 영국에서 지낼 수 있는 집을 한 채 구해 놓으라고 했다.

그렇다, 우리는 그 일을 해낸 것이다. 그레타는 훌륭한 계획가였다. 나로서는 그런 계획을 세우지 못했을지 모르지만, 그래도 내가 맡은 역할은 훌륭히 해낼 자신이 있었다. 나는 언제나 연기하는 것이 즐거웠다. 그렇게 해서 일이 성사가 된 것이다. 그렇게 해서 내가 엘리를 만나게 되었던 것이다.

재미있었다. 미치도록 재미있었다. 왜냐하면, 그 모험에는 언제 발각될지도 모른다는 위험이 항상 따르고 있었기 때문이다. 나를 정말로 불안하게 만든 것은 그레타와 만나는 일이었다. 그것으로 인해서 나의 정체를 노출시키는 일이 결코 없도록 만전을 기해야 했다. 나는 될 수 있으면 그레타를 보지 않으려고 했다. 우리는 내가 그레타를 싫어하고 질투하는 것으로 여기게 만드는 것이 제일 좋은 방법이라는 데에 의견 일치를 보았다. 나는 그 연기를 멋지게 해낼 수 있었다. 그레타가 내려와서 함께 지내던 일이 생각난다. 우리는 심하게 다투었다. 엘리가 들을 수 있도록 크게 다투었던 것이다. 혹시 우리가 너무 지나치게 행동했는지도 모른다. 하지만 나는 그렇게 생각하지 않는다. 간혹 나는 엘리가 뭔가를 눈치채지나 않을까 불안하기도 했지만, 엘리는 아무런 눈치도 못 챘던 것 같다. 하기야 그건 알 수 없는 일이다. 정말 나로서는 알 수 없는 일이다. 나는 결코 엘리에 대해서 알지 못했으니까.

엘리에게 구애를 하는 것은 무척 쉬운 일이었다. 그녀는 아주 착하고 사랑스러운 여인이었다. 그렇다, 그녀는 정말로 착한 여인이었다. 다만 이따금씩 그녀에 대해서 불안을 느낀 것은 나한테 알리지 않고 자기 마음대로 일을 처리하는 경우가 있기 때문이었다. 그리고 그녀가 알고 있으리라고는 짐작조차 못했던 것들을 알고 있는 경우도 있었다. 하지만 그녀는 나를 사랑했다. 그렇다, 그녀는 나를 사랑했다. 때로는 나 또한 그녀를 사랑한 것도 같다……

그렇지만 그건 그레타의 경우와는 달랐다. 그레타는 나를 사로잡은 여인이었다. 그녀는 성욕의 화신이었다. 나는 그녀에게 미치도록 열중했고, 따라서 나는 자신을 억제하지 않으면 안 될 정도였다. 엘리는 좀 달랐다. 나는 그녀와 함께 사는 것을 즐겼다. 그렇다, 지금 와서 생각해 보면 정말 이상한 일이 아닐 수 없다. 나는 그녀와 함께 사는 것을 무척이나 즐겼던 것이다.

내가 이것을 지금 적고 있는 것은 이것이 바로 내가 미국에서 돌아온 그날 밤 생각한 것이기 때문이다. 온갖 모험과 위험이 있었음에도 나아가서는 많은 살인까지도 불사하고 내가 그토록 갈망하던 것들을 모두 손에 넣은, 터질 듯한 기쁨에 들떠서 돌아오는 마당에 그 심정을 이렇게라도 표현해야 했기에 말이다!

그렇다, 그것은 하나의 커다란 사기극이었다. 한두 번 불안을 느끼긴 했지만, 아무도 그걸 알아낼 수 없을 것 같았다. 우리가 어떻게 그 일을 해냈는지 말이다. 이제 모험도, 온갖 위험도 다 지나갔고 나는 여기 집시 언덕을 향하여 올라가고 있었다. 처음에 그 벽보를 보고 나서, 그 뒤 어느 날 다 무너져 가는 그 옛집을 보기 위해 언덕길을 올라갔던 바로 그날처럼. 언덕길을 올라 모퉁이를 돌고, 그리고 그 다음에…… 내가 그녀를 본 것은 바로 그때였다. 내 말은, 바로 그때 엘리를 보았다는 것이다! 사고가 많이 일어난다는 그 위험한 길에서 모퉁이를 돌아나온 바로 그때였다. 그녀는 바로 거기에, 전에도 전나무 그림자 아래 서 있었던 것처럼 바로 그곳에 그녀가 서 있었다. 그녀가 나를 보고 놀랐고, 나도 그녀를 보고 놀랐던 그때처럼 그렇게 서 있었다. 그때 처음 한동안 우리는 말없이 상대방을 쳐다보기만 했고, 이윽고 내가 다가가 그녀에게 말을 걸었다. 갑자기 사랑의 열병에 걸린 소박한 젊은이의 연기를 멋지게 연출해 내면서. 그건 정말 멋진 연기였다! 그렇다, 감히 나는 내가 훌륭한 배우라고 자부할 수 있다!

그러나 이제 와서 그녀를 보게 될 줄은 생각도 못했다. 내 말은, 어떻게 내가 지금 그녀를 볼 수 있겠느냐는 것이다. 하지만 나는 분명히 그녀를 보고 있었다. 그녀는 나를, 나를 똑바로 쳐다보고 있었다. 그런데 거기에는 뭔가 나를 두렵게 만드는 것이 있었다. 나를 몹시도 두렵게 만드는 무엇인가가 있었던 것이다. 그건 마치 그녀가 나를 보지도 못하는 것처럼 여겨졌다. 내 말은, 그녀가 실제로는 거기에 있을 수 없다는 것을 내가 잘 알고 있다는 뜻이다. 나는 분명히 그녀가 죽었다는 것을 알고 있는데, 그런데도 나는 그녀를 본 것이다. 그녀는 죽었고, 그녀의 시신은 미국에 있는 묘지에 묻혔다. 그런데도 그녀는 전나무 밑에 서서 나를 쳐다보고 있었다. 아니, 나를 보고 있는 것이 아니었다. 그녀는 마치 나를 보고 싶어하는 듯한 표정으로 바라보고 있었다. 얼굴에는 가득 애정을, 언젠가 내가 본 것과 같은 애정을 가득 담고서 기타 줄을 부드럽게 퉁기면서 노래를 부르던 그날처럼……. 그날, 그녀는 나에게 이렇게 물었다. "무슨 생각을 하고 있죠?" 그래서 내가 다시 물었다. "어째서 묻는 거지?" 그러자 그녀가 대답했다. "당신은 마치 나를 사랑하는 것처럼 그렇게 바라보고 있었잖아요." 그래서 나는 좀 쑥쓰러워하며 이렇게 말했었다. "그야 당신을 사랑하니까 당연하지."

나는 죽은 듯이 멈춰섰다. 바로 그곳에서 죽은 듯이 못박혀 버렸다. 온몸을 덜덜 떨면서. 나는 크게 소리쳐 불렀다.

"엘리!"

그녀는 움직이지 않았다. 그대로 그곳에 서서 보고 있었다…… 뚫어져라 나를 바라보고 있었다. 두려웠다. 잠시만 생각해 보면 어째서 그녀가 나를 볼 수 없는지 알 수 있었고, 또한 나는 그 이유를 알고 싶지가 않았기 때문이다. 정말이다. 나는 알고 싶지 않았다. 그녀는 나를 똑바로 보고 있다…… 하지만 나를 볼 수 없을 것이다. 나는 뛰기 시작했다. 마치 겁쟁이처럼 나는 우리 집의 불빛이 새어나오는 곳까지, 나를 사로잡고 있는 그 어리석은 공포에서 빠져나올 수 있을

때까지 마구 달렸다. 나의 승리였다. 나는 집에 다다른 것이다. 나는
저 높은 산에서 돌아온 사냥꾼이었다. 나의 집으로 돌아온, 세상의
그 무엇보다도 더욱 간절하게 원했던 내 육체와 영혼을 송두리째 사
로잡은 그 놀라운 여인에게로 돌아온 것이다.

그리고 이제 우리는 결혼해서 나의 집에서 살게 되리라. 그리고 우
리가 원했던 모든 것을 갖게 되리라! 우리는 승리하리라!

문은 잠겨 있지 않았다. 나는 안으로 들어가서 짐짓 발걸음 소리를
크게 내며, 열려 있는 서재로 들어섰다. 그리고 그곳에는 그레타가
나를 기다리며 창가에 서 있었다. 아름다웠다. 그녀는 내가 여지껏
본 중에서도 가장 아름답고 사랑스러운 여인이었다. 마치 찬란한 금
발을 마음껏 과시하고 있는 밸키어리를 연상케 하는 모습이었다. 그
녀에게서는 농염한 육향(肉香)이 풍겼고, 요염한 자태를 한껏 자랑
하고 있었다. 우리는 가끔씩 가진 신전에서의 짧은 밀회를 제외하고
는 너무도 오랫동안 서로를 자제해 왔다.

나는 곧장 그녀의 팔 속으로 뛰어들었다. 마치 먼 바다에서 자기
고향 집으로 돌아온 선원처럼.

이윽고 우리는 현실로 돌아왔다. 내가 자리에 앉자 그녀는 내 앞에
한 묶음의 편지 뭉치를 밀어놓았다. 거의 기계적으로 나는 미국 소인
이 찍혀 있는 편지를 집어들었다. 그건 리핀코트 씨가 항공편으로 부
친 편지였다. 대체 그가 무슨 내용을 썼으며, 어째서 나에게 그런 편
지를 보낸 것인지 무척 궁금했다.

"그래요." 그레타는 안도의 한숨을 길게 내쉬었다. "우리는 해냈
어요."

"승리의 날이야." 내가 말했다.

우리는 마주보며 크게 웃음을 터뜨렸다. 테이블 위에는 샴페인이
준비되어 있었다. 우리는 그것을 따서 서로에게 건배를 들었다.

"이 집은 정말 훌륭한 곳이야." 내가 주위를 둘러보며 말했다. "그 어디보다도 가장 아름다운 집이야. 샌토닉스는, 내 미처 당신에게 말하지 않았군. 샌토닉스는 죽었어."

"오, 저런! 정말 안됐어요. 그토록 병세가 심했나요?"

"물론 그는 몹시 아팠지. 하지만 나는 그걸 믿고 싶지가 않았어. 미국에서 그의 임종을 지켜보았지."

그레타는 흠칫 몸을 떨었다.

"생각만 해도 무서워요. 그래, 그가 무슨 말을 하던가요?"

"별 말은 없었어. 나보고 바보 같은 친구라면서, 어째서 다른 길을 택하지 않았느냐고 하더군."

"그게 무슨 말이죠. 다른 길이라니, 어떤 길을?"

"나도 그가 무슨 말을 한 건지 모르겠어. 헛소리를 한 모양이야. 그도 자기가 무슨 말을 하는지 몰랐을 거야."

"아무튼 이 집은 그를 기념하는 훌륭한 유품인 셈이군요." 그레타는 곧이어 다시 말했다. "우리 이 집에서 계속 살 건가요?"

나는 그녀를 뚫어지게 쳐다보았다.

"물론이지, 그러면 당신은 내가 어디 다른 곳에라도 가서 살 줄 알았어?"

그레타가 말했다.

"하지만 여기서 내내 지낼 수는 없어요. 1년 내내 이곳에서 보낼 수는 없잖아요. 이런 시골 구석에 처박혀서 보내야 한단 말예요?"

"하지만 여긴 바로 내가 살고 싶은 곳이야. 난 언제나 이런 곳에서 살고 싶었어."

"그래요, 물론 그렇겠죠. 하지만, 마이크, 우린 세상을 전부 사버릴 만큼 돈이 있어요. 우린 어디든지 갈 수 있다고요! 온 유럽 대륙을 돌아다닐 수도 있고, 아프리카의 사파리에도 가볼 수 있어요.

우리 모험을 해봐요. 무엇이든 찾으러 돌아다니는 거죠. 멋진 그림을 구할 수도 있고요. 앙코르와트(캄보디아의 고대 유적지. 세계 7대 불가사의 중 하나) 사원에도 가보는 거예요. 당신은 이런 모험적인 생활을 원치 않으세요?"

"글쎄, 그렇게 지낼 수도 있겠지. 하지만 늘 이곳으로 돌아오게 될 거야. 그렇지 않아?"

나는 묘한 기분을 느꼈다. 뭔가 잘못되었다는, 어딘가 잘못되었다는 듯한 기분을. 내가 생각하고 있던 것은 내 집과 그레타, 이것이 전부였다. 그 밖에 다른 것은 원치 않았다. 하지만 그레타는 그렇지 않았다. 나는 그걸 깨달았다. 그녀는 이제 시작하는 중이었다. 무엇이든 원하기 시작한 것이다. 그녀는 자신이 원하는 것은 무엇이든 가질 수 있게 되었다는 것을 알기 시작한 것이다. 나는 갑자기 불길한 예감이 떠올랐다. 나는 온몸이 떨리기 시작했다.

"무슨 일이에요, 마이크? 당신 떨고 있군요. 혹시 감기라도 든 게 아니에요?"

"그래서 그런 게 아냐." 내가 말했다.

"무슨 일이 있었어요, 마이크?"

"엘리를 봤어." 내가 떨리는 목소리로 말했다.

"그게 무슨 소리예요, 엘리를 보다니?"

"아까 언덕을 올라오는데, 모퉁이를 돌아서자 그녀가 있었어. 전나무 아래에서 나를 쳐다보며, 아니 내 쪽을 바라보며 서 있었어."

그레타는 어이없다는 표정을 지었다.

"어리석은 소리 그만해요. 당신은…… 당신은 헛것을 본 거예요."

"헛것을 보았을지도 모르지. 여긴 집시 언덕이니까. 엘리가 거기 있었어, 틀림없이. 그런 표정, 몹시 행복한 표정을 짓고 말야. 마치 언제나 그곳에 있었고 앞으로도 계속 그곳에 있을 듯이 그렇게 서 있었어."

"마이크!" 그녀는 내 어깨를 붙잡고 흔들었다. "마이크, 그런 소리 하지 말아요. 여기 오기 전에 혹시 술 마신 거 아니에요?"

"아냐, 당신하고 여기서 축배를 들려고 한 잔도 마시지 않았어. 당신이 샴페인을 준비해 두고 있을 줄 알고 있었거든."

"엘리 생각은 잊어버리고 우리를 위해 축배를 들어요."

"그건 엘리였어." 나는 고집스럽게 말했다.

"엘리가 거기 있을 수는 없어요! 불빛에 의한 무슨 착각 같은 것이었을 거예요."

"그건 분명 엘리였어. 그녀가 거기 서 있었어. 나를, 내 쪽을 보고 있었다고. 하지만 그녀는 나를 볼 수가 없었던 거야. 그레타, 그녀는 나를 볼 수가 없었던 거야." 내 목소리가 높아졌다. "나는 그 이유를 알아. 왜 그녀가 나를 볼 수 없었는지 나는 알고 있어."

"도대체 그게 무슨 말예요?"

나는 다시 속삭이듯 목소리를 낮추었다.

"왜냐하면 그건 내가 아니었기 때문이야. 그러니 그녀는 '끝없는 밤'밖에 볼 수가 없었던 거야." 그리고는 공포에 젖어 떨리는 목소리로 소리쳤다. "찬란한 기쁨으로 피어나거나 끝없는 밤으로 태어나지. 그게 나야, 그레타, 바로 나라고!

그레타, 당신도 그녀가 저 소파에 앉아 있던 모습을 기억하지? 그녀는 저 소파에 앉아서 기타를 퉁기며 부드러운 목소리로 노래를 부르곤 했어. 당신도 생각날 거야."

그리고는 숨죽인 소리로 그 노래를 불렀다.

매일 밤 매일 아침
서글픈 인생이 태어나고
매일 아침 매일 밤

행복한 인생이 태어나네
찬란한 기쁨으로 피어나거나
끝없는 밤으로 태어나리라

"'찬란한 기쁨으로 피어나는 행복한 인생'은 바로 엘리를 가리키는
말이지. 하지만 나는 달라. 내 어머니는 나를 잘 알고 계셨지. 내
가 '끝없는 밤으로' 태어났다는 걸. 내가 미처 그 끝없는 밤에는 이
르지도 못했는데 어머닌 알고 있었다고. 그리고 샌토닉스도. 내가
끝없는 밤을 향해 걸어간다는 걸 두 사람은 알고 있었어. 하지만
어쩌면 그렇게 되지 않을 수도 있었겠지. 아주 짧은 순간, 정말이
지 어느 짧은 한순간에 나는 그런 생각을 한 적이 있어. 엘리가 이
노래를 부르고 있던 바로 그때야. 엘리와 결혼하여, 어쩌면 내가
진짜로 행복했는지도 모를 일이잖아? 그랬다면 난 영원히 엘리와
행복한 결혼 생활을 보낼 수 있었겠지."

"천만에요, 당신은 그렇게 할 수 없었을 거예요." 그레타가 강한
어조로 말했다. "당신이 용기를 잃고 겁이나 집어먹을 사람인 줄은
정말 몰랐어요, 마이크." 그녀는 다시 내 어깨를 거칠게 흔들었다.
"제발 정신 좀 차리세요."

나는 망연히 그녀를 바라보았다.

"미안해, 그레타. 도대체 내가 무슨 말을 하고 있었지?"

"당신은 미국에서 그들에게 너무 시달렸던 모양이에요. 하지만 잘
해냈잖아요? 재산 문제는 모두 잘 해결되었겠죠?"

"모든 게 다 잘 되었어. 모든 게 다 우리의 미래를 위해서 잘 처리
되었다고. 우리의 찬란한 미래를 위해서 말이야."

"당신 말투가 아주 이상한데요? 그건 그렇고, 어서 리핀코트 씨가
보낸 편지나 뜯어 봐요. 도대체 무슨 편지일까?"

나는 편지 봉투를 뜯었다. 안에는 옛날 신문에서 오려낸 종이 조각이 하나 들어 있을 뿐이었다. 낡고 오래된 것이었다. 나는 멍하니 내려다보았다. 그건 어떤 거리를 찍은 사진이었다. 나는 곧 그 거리가 웅장한 건물이 뒤에 버티고 있는 함부르크의 한 거리라는 것을 알아보았다. 사진에는 정면으로 사람들이 걸어오고 있는 모습이 찍혀 있었는데, 맨 앞에서 팔짱을 끼고 걸어오는 두 사람이 보였다. 그레타와 나였다. 그렇다, 리핀코트 씨는 알고 있었던 것이다. 그는 처음부터 내가 그레타와 알고 있는 사이란 것을 알고 있었다. 누군가가 오래 전에 이 사진을 그에게 보낸 것이다. 아마 특별한 악의는 없이, 다만 그레타 앤더슨이 함부르크의 어떤 거리를 걷고 있었다는 사실을 그에게 알려주는 재미로 그런 것이리라. 그는 내가 그레타를 알고 있다는 사실을 이미 알고 있었기에 그토록 유별나게 나한테 그레타를 만나 본 적이 있는지 없는지 꼬치꼬치 캐물었던 것이다. 물론 나는 그런 적이 없다고 잡아뗐지만, 그는 내가 거짓말하고 있다는 것을 알고 있었다. 그때부터 그는 나에 대해 의심을 하기 시작한 것이 분명하다.

나는 갑자기 리핀코트 씨가 두려워졌다. 물론 내가 엘리를 살해했을 거라는 데까지는 생각이 미치지 못했을지도 모른다. 하지만 나에 대해서 뭔가 의심을 하고 있었으니까 거기까지 의심할 수도 있었다.

내가 그레타에게 말했다.

"그레타, 그는 우리가 예전부터 알고 있는 사이라는 것을 눈치채고 있었어. 처음부터 알고 있었던 거지. 나는 항상 그 늙은 여우가 끔찍이도 싫었는데, 그 역시 당신을 늘 보기 싫어했어. 만일 그가 우리가 결혼할 거라는 사실을 알게 되면, 그의 의심은 더욱 커질 거야."

하지만 그때는 이미 리핀코트 씨도 그레타와 내가 결혼할 거라는 사실을 눈치채고 있었고, 우리가 단순히 서로 알고 있는 사이를 넘어서 연인 사이라는 사실까지도 짐작하고 있었던 것이다.

 "마이크, 그렇게 겁이 질린 토끼처럼 굴지 말아요. 지금 당신 모습은 꼭 겁에 질린 토끼 같다고요. 나는 늘 당신한테 감탄해 왔어요. 그런데 지금은 완전히 겁을 집어먹은 패배자 꼴이로군요. 당신은 모든 사람들을 두려워하고 있어요."

 "그런 소리 하지 마!"

 "하지만 사실인걸요."

 "'끝없는 밤······!'"

 나는 오직 그 말밖에 생각할 수 없었다. 여전히 그게 무슨 뜻인지 궁금하기만 했다. '끝없는 밤'이라니? 그건 암흑을 뜻했다. 그건 내가 그곳에 있어도 보이지 않는다는 것을 뜻했다. 나는 죽은 사람을 볼 수 있지만, 죽은 사람은 내가 살아 있어도 볼 수가 없는 것이다. 그들이 나를 볼 수 없는 까닭은 내가 그곳에 존재하고 있지 않기 때문이다. 엘리를 사랑했던 그 남자도 이제는 그곳에 없었다. 그는 제 발로 '끝없는 밤' 속으로 들어가 버린 것이다. 나는 깊이 고개를 떨구었다.

 "'끝없는 밤'이야." 나는 다시 그 말을 되뇌었다.

 "제발 그만해요!" 그레타가 비명을 지르듯 소리쳤다. "당당하게 구세요. 좀 남자답게 굴란 말예요, 마이크. 그런 어리석은 상상 따위는 그만해요."

 "어떻게 그만둘 수 있지? 나는 집시 언덕에 내 영혼과 육체를 모두 팔아버렸어. 그렇잖아? 집시의 언덕은 결코 안전한 곳이 못 됐어. 누구에게도 결코 안전한 곳이 되지 못했어. 엘리한테도 안전한 곳이 되지 못했고, 나한테도 역시 안전한 곳이 아냐. 아마 당신한테도 안전한 곳은 아닐걸?"

"그게 무슨 말이에요?"

나는 자리에서 일어났다. 그리고는 그녀에게 다가갔다. 나는 그녀를 사랑했다. 그렇다, 그녀를 품고 싶은 간절한 욕망을 자제할 수 없도록 그녀를 사랑했다. 하지만 사랑, 증오, 욕망——이들은 다 같은 것이 아닐까? 셋이 하나가 되고 하나가 셋이 되는 것이다. 나는 결코 엘리를 증오할 수는 없지만, 그레타는 증오할 수 있었다. 나는 그녀를 증오하면서 희열을 느꼈다. 나는 마음속 깊은 곳에서부터 그녀를 증오했고, 그로 인해 걷잡을 수 없는 희열을 맛보고자 하는 욕망에 더더욱 사로잡히게 되었다. 안전한 수단을 강구할 수 있을 때까지 기다릴 수가 없었다. 또 그런 방법을 찾을 수 있게 될 때까지 기다리고 싶지도 않았다.

"이 더러운 계집!" 내가 말했다. "그 아름다운 금발을 뽐낼 줄만 아는 가증스러운 계집 같으니라고! 너도 결코 안전할 수가 없어, 그레타. 너는 내 손에서 빠져나가지 못해. 무슨 말인지 알아? 난 재미를——사람 죽이는 재미를 알았거든. 엘리가 그날 말을 타고 나갈 때, 그녀의 죽음을 상상하며 종일 나는 흥분된 마음을 가눌 길이 없었지. 그날 아침 내내 나는 살인을 한다는 희열에 들떠 있었어. 하지만 지금까지는 살인다운 살인을 해보지 못했어. 이번만은 다르지. 누군가가 아침에 독약이 든 캡슐을 먹었기 때문에 곧 죽을 거라고 생각하는 정도의 즐거움보다 더 크고 짜릿한 즐거움을 누리고 싶은 거야. 힘없는 노파를 채석장에서 밀어 떨어뜨렸을 때의 쾌감보다 더 커다란 쾌감을 맛보고 싶다고. 내 손으로 직접 죽이고 싶어."

그레타는 비로소 겁을 집어먹었다. 그날 함부르크에서 그녀를 만난 이래로 나는 그녀에게 속해 있었다. 그녀를 만나자, 나는 아프다는 핑계를 대고는 하던 일을 내팽개치고 그녀와 함께 그곳에서 지냈었다. 그렇다, 그때부터 나의 육체와 영혼은 모두 그녀의 것이 되었다.

하지만 이제 나는 그녀의 소유가 아니었다. 나는 나였다. 나는 내가 꿈꾸어 왔던 또 다른 왕국으로 들어가고 있었던 것이다.

그녀는 잔뜩 겁에 질려 있었다. 나는 겁에 질린 그녀의 표정을 즐기며 그녀의 목을 졸랐다. 그렇다, 이 모든 것을 적어 내려가고 있는 나 자신과——사실 이건 무척 행복한 작업이다——지금까지 내가 해온 일, 그리고 내가 느낀 감정과 생각, 어떻게 사람들을 속였는지 등에 대해서 적어 내려가고 있는 지금 이 순간까지도, 그것은 정말로 더할 수 없이 기분좋은 일이었다는 생각에는 변함이 없다. 그랬다, 그레타를 살해했을 때의 그 날아갈 듯한 행복감이란!

새로운 시작

그 뒷일에 대해서는 할 이야기도 별로 없다. 다시 말해, 바로 그 순간이 클라이맥스였다는 것이다. 사람들은 모든 게 끝나고 이어서 다른 더 좋은 무엇인가를 할 수 없게 되면 그 뒷일은 그만 새까맣게 잊어버리는 모양이다. 나는 오랫동안 거기서 그렇게 앉아 있었다. 그들이 언제 왔는지도 알 수가 없었다. 그들이 모두 함께 온 것인지, 아니면……모르겠다. 그들은 줄곧 그곳에 있었던 것 같지는 않다. 그랬다면 내가 그레타를 살해하도록 내버려두지 않았을 테니 말이다. 나는 제일 먼저 '신(神)'이 그곳에 있는 것을 보았다. 물론 진짜 신을 말하는 건 아니다. 혼동이 된다. 내 말은 필포트 촌장을 뜻하는 것이다. 나는 항상 그를 좋아했는데, 그건 그가 나한테 아주 잘해주었기 때문이다. 어떤 면에서 그는 신 같은 데가 있었다. 그러니까 내 말은, 신이란 존재가 하늘 어딘엔가 계시는 초자연적인 존재가 아니라 인간과 같은 성격을 지닌 존재라면 그렇다는 얘기다. 그는 아주 공정한, 아주 공정하고 친절한 사람이었다. 그는 사람들을 보살펴 주었고, 그들을 위해서 최선을 다하려고 노력했다.

그가 나에 관해서 얼마나 많이 알고 있었는지는 모르겠다. 그날 아침 경매가 열렸던 방에서 나에게 '죽음의 전조'가 보인다고 하며 나를 주시하던 그의 기묘한 시선이 생각난다. 어째서 그는 그날 나에게 불길한 일이 생길 거라고 생각했을까?

그 다음에 우리는 승마복 차림의 엘리가 구겨진 옷 무더기처럼 내 팽겨쳐져 있는 곳에 함께 있게 되었다. 혹시 그는 내가 무슨 관계가 있을 거라고 생각했거나, 아니면 그 일에 대해서 뭔가 알고 있었던 것은 아닐까?

그레타를 살해한 뒤, 나는 멍하니 샴페인 잔을 내려다보며 그냥 의자에 앉아 있었다. 잔은 비어 있었다. 실로 너무도 공허했다. 우리, 그레타와 나는 한쪽 구석에 작은 등을 켜놓았었다. 조그만 등이라 그리 밝은 빛은 던져 주지는 못했고, 해도 이미 오래 전에 서쪽 하늘로 자취를 감춘 뒤였다. 나는 그대로 거기에 앉아서 이상하리만큼 따분함을 느끼며 과연 다음에 무슨 일이 일어나게 될까, 생각에 잠겼다.

바로 그때, 사람들이 들이닥치기 시작한 모양이다. 아마도 사람들이 일시에 들이닥치지는 않았나 싶다. 그들이 조용하게 들어온 것인지, 아니면 그들이 들어오는 소리를 내가 듣지 못한 것인지 그것도 모르겠다.

아마 샌토닉스가 그곳에 있었다면 내가 뭘 해야 할지 일러 주었을 것이다. 하지만 샌토닉스는 죽고 없었다. 나와 전혀 다른 세계로 떠나 버렸기에 그는 나에게 도움을 줄 수가 없었던 것이다. 사실 아무도 내게 도움이 되어 줄 수 없었으리라.

잠시 뒤 나는 쇼 박사를 보았다. 너무 조용히 있어서 처음에는 그가 있는지도 몰랐다. 그는 내 곁에 바싹 붙어 앉아서 뭔가를 기다리고 있었다. 나는 곧 그가 내 입이 열리기를 기다리는 모양이라는 생각하게 되었다. 나는 그에게 말했다.

"나는 집에 돌아왔습니다."

두어 사람이 그 뒤에서 움직이고 있었다. 그들 역시 뭔가를 기다리고 있는 것 같았다. 그가 다음에 어떤 조치를 취할지 기다리고 있는 것 같았다.

내가 다시 말했다.

"그레타는 죽었답니다. 내가 그녀를 죽였지요. 그 시체를 내가는 것이 좋을 겁니다."

누군가가 플래시를 터뜨렸다. 경찰 감식반이 시체 사진을 찍고 있는 것 같았다. 쇼 박사가 고개를 돌리며 날카롭게 소리쳤다.

"아직 찍지 마십시오."

그리고는 다시 고개를 돌려 나를 쳐다보았다. 나는 그에게 상체를 기울이며 속삭였다.

"오늘 밤 엘리를 보았습니다."

"당신이? 어디서 말이오?"

"전나무 아래 서 있었습니다. 내가 그녀를 처음 만났던 바로 그곳에서 말입니다." 나는 잠시 멈추었다가 다시 말을 이었다. "그녀는 나를 보지 못했어요. 내가 거기 없었기 때문에 엘리는 나를 볼 수가 없었던 거죠." 그리고는 다시 멈추었다가 말을 이었다. "그것이 나를 당혹스럽게 만들었습니다. 나는 정말 몹시 당황했습니다."

쇼 박사가 말했다.

"그건 캡슐 속에 들어 있었지, 그렇지 않소? 그 캡슐 속에 청산가리가 들어있었지? 그 약을 그날 아침 당신이 엘리한테 주었지?"

"그건 엘리의 알레르기 약이죠. 언제나 말을 타기 전에 알레르기를 방지하기 위해서 그 캡슐 약을 먹곤 했거든요. 그레타와 나는 그 캡슐을 몇 개 분해해서 원래의 약 대신 정원에서 쓰는 청산가리를 채워넣고 다시 교묘하게 붙여놓았죠. 우리는 그 작업을 숲 속에 있는 신전에서 했습니다. 멋진 계획이었죠. 그렇지 않습니까?" 그리고는 나는 웃음을 터뜨렸다. 이상한 웃음이었다. 나도 자신의 웃음소리를 들을 수 있었다. 그건 웃음이라기보다는 묘하게 키득거리는 소리 같았다. "당신은 그 약들을 전부 조사해 보셨죠? 엘리의 발목을 진찰하러 오셨을 때 말입니다. 그렇죠? 수면제나 알레르기 약 모두 전혀 이상이 없었잖습니까? 그 약들은 전혀 해롭지 않았던 거죠."

"아무런 해도 없는 약이었소." 쇼 박사가 말했다. "그 약에는 아무런 이상도 없었어."

"그건 정말 교묘한 계획이었죠, 그렇지 않습니까?"

"당신은 정말 영리했소. 하지만 그 정도 영리해서는 충분치 못하지."

"당신이 그걸 어떻게 알아냈는지 알 수가 없군요."

"우리는 두 번째——당신이 전혀 예상치 못한 죽음이 일어났을 때 그걸 알게 되었소."

"클로디아 하드캐슬 말인가요?"

"그렇소. 그녀도 말에서 엘리와 똑같은 식으로 죽음을 당했거든. 사냥터에 말을 타고 나갔다가 말에서 떨어졌지. 클로디아는 건강한 여인이었는데도, 말에서 떨어지자마자 숨을 거두었소. 그렇지만 시간이 얼마 지나지 않았던 거요. 그녀가 말에서 떨어지자 곧 사람들이 그녀를 발견했는데, 그때까지 청산가리 냄새가 남아 있었던 거요. 만일에 그녀의 시체가 엘리처럼 대기 중에서 두 시간 이상 그대로 방치되었다면, 아무런 흔적도, 아무런 냄새도 남아 있지 않았을 거야. 하지만 클로디아가 어떻게 그 약을 먹게 되었는지는 알 수가 없구면. 당신이 그 캡슐을 신전에서 실수로 흘린 것이 아니라면 말이오. 클로디아는 가끔 그 신전을 찾아가곤 했소. 그곳에는 여러 가지 그녀의 지문이 남아 있었고, 그녀의 라이터도 그곳에서 발견되었소."

"우리가 조심하지 못했나 보군요. 좀더 주의를 기울였어야 하는 건데."

그리고는 내가 말했다.

"내가 엘리의 죽음과 무슨 관련이 있을 거라고 의심하셨군요? 여러분도 모두 그러셨습니까?" 나는 주위에 그림자처럼 둘러서 있는 사람들을 돌아보았다. "모두 나를 의심했던 모양이로군요."

"누구나 쉽게 짐작할 수 있는 일이지. 하지만 우리가 대체 무슨 조치를 취할 수 있을지는 사실 자신이 없었소."

"왜, 경고를 하시지 않았죠?" 내가 비난하듯 말했다.

"나는 경찰이 아니오." 쇼 박사가 대답했다.

"그렇다면 대체 뭘 하시는 분입니까?"

"의사지."

"나한테는 의사가 필요없습니다."

"그건 나중에 알아보도록 합시다."

나는 필포트 촌장을 쳐다보았다.

"도대체 뭘 하고 계신 거죠? 나를 심판하러, 내 재판을 주재하러 오신 겁니까?" 내가 물었다.

"나는 그저 치안판사(보통은 명예직)에 지나지 않는다오. 하지만 지금은 친구로서 이곳에 온 것이오."

"내 친구로 말입니까?" 그의 말은 나를 놀라게 만들었다.

"엘리의 친구로서." 그가 말했다.

이해할 수가 없었다. 나로서는 전혀 납득이 가지 않는 소리였지만, 그래도 뭔가 중요한 말이라는 생각을 떨쳐 버릴 수가 없었다. 그들 모두가 거기 있었다! 경찰, 의사, 쇼 박사와 필포트 촌장, 모두가 나름대로 바쁜 사람들이었다. 모든 일이 아주 복잡하게 얽혀 있었다.

나는 점점 머리가 혼란스러웠다. 몹시 피로했다. 갑자기 피로해지면 나는 곧 잠을 자곤 했는데……

모든 것이 오락가락했다. 사람들이 나를 찾아왔다, 온갖 종류의 사람들이. 변호사들, 그리고 일반 변호사와는 다른 사무변호사, 의사 등등. 의사들도 몇 사람이나 되었다. 그들은 귀찮을 정도로 자꾸 물었지만 나는 대답하고 싶지 않았다.

그 중 한 의사가 뭔가 하고 싶은 것이 있느냐고 물었다. 나는 있다고 했다. 내가 하고 싶은 것이 단 한 가지 있다고 말했다. 펜과 종이를 달라고 했다. 나는 지금까지의 그 모든 일이 어떻게 해서 일어났는지 모두 써놓고 싶었다. 내가 무엇을 느꼈으며, 어떤 생각을 했는지 사람들에게 알려주고 싶었던 것이다. 나에 대해서 생각하면 할수록, 나는 내 자신이 모든 사람들의 흥미를 불러일으킬 것 같다는 생각이 더욱 들었다. 그건 내가 흥미 있는 존재이기 때문이다. 나는 정말로 흥미 있는 인간이고, 또 흥미 있는 일들을 해왔던 것이다.

그 의사는 좋은 생각이라고 여기는 것 같았다.

"당신네들은 늘 사람들에게 진술서를 쓰도록 요구하지 않습니까? 그러니 내가 진술서를 쓰지 못할 이유가 있을까요? 언젠가는 아마도 모든 사람이 그것을 읽을 수 있을 겁니다."

나는 글을 쓰도록 허용되었다. 계속해서 오랫동안 써내려가기란 그리 쉬운 일이 아니었다. 나는 종종 피로를 느꼈다. 어느 누구는 죄책감을 덜기 위해서라니, 형을 줄이기 위해서라니 말들이 많았다. 또 누구는 반대도 했다. 온갖 소리를 다 들었다. 때로는 막무가내라고 불평하는 소리도 있었다. 이윽고 나는 법정에 출두하게 되었고, 제일 좋은 옷을 갖다 달라고 부탁했다. 사람들에게 잘 보여야 했기 때문이다. 그들은 한동안 탐정들을 시켜서 나를 감시하도록 한 모양이었다. 새로 들어온 그 고용인들 말이다. 그들은 내 꼬리를 잡도록 리핀코트 씨한테 고용되어 있었던 것 같다. 그들은 나와 그레타에 관해서 지나치게 많은 것들을 알아냈다. 그레타가 죽은 뒤 이상하게도 나는 그녀에 대해서 거의 생각하지 않았다. 내가 그녀를 살해한 뒤, 그녀는 내게 있어서 더 이상 아무런 의미도 없는 존재가 된 것 같았다.

나는 그녀를 목졸라 죽일 때 느꼈던 그 놀라운 승리감을 되살려 보려고 애써보았지만, 그것마저도 저 멀리 달아나 버리고 말았다.

그들은 어느 날 갑자기 어머니를 모셔왔다. 어머니는 문간에 서서 나를 바라보고 있었다. 어머니의 얼굴에는 예전과 같은 그런 근심스러운 기색은 찾아볼 수가 없었다. 어머니의 눈에는 슬픔밖에 보이지 않았다. 어머니는 별로 말씀이 없었고, 나 역시 그러했다.

"나는 노력했단다, 마이크. 너를 안전하게 지켜 주려고 무던히도 애를 써보았단다. 하지만 나는 실패했어. 내가 늘 염려한 것은 혹시라도 내가 실패하면 어쩌나 하는 걱정이었는데 말이다."

이것이 어머니가 한 말의 전부였다.

"괜찮아요, 어머니. 그건 어머니 잘못이 아니에요. 전 제가 원한 길을 택한 것뿐이에요."

그런데 갑자기 샌토닉스도 그런 말을 했다는 사실이 생각났다. 그역시 나를 염려했다. 그리고 그 역시 아무것도 할 수 없었다. 누구도 나를 위해서 아무것도 할 수 없었다. 아마도 나 자신을 빼고는……. 모르겠다, 모든 게 불확실하다. 그러나 이제나저제나 언제나 내 뇌리를 떠나지 않고 선명하게 떠오르는 것이 있었다. 그날 엘리가 한 바로 그 말이다.

"어째서 그런 눈으로 나를 보고 있는 거죠?"

"그런 눈이라니?"

"당신은 마치 나를 사랑하는 것처럼 그렇게 바라보고 있었잖아요?"

어떻게 보면 나는 그녀를 사랑했던 것 같다. 아니, 그녀를 사랑할 수도 있었다. 엘리! 그토록 착하고 다정했던 엘리. 찬란한 기쁨으로 …….

나에게 있어서 문제는 늘 너무 지나치게 많은 것을 원했다는 것이 아닐까 싶다. 그리고 너무 쉽게 얻으려 했고, 너무 탐욕스러웠다.

처음 내가 집시 언덕에 올라갔다가 엘리를 만났던 날, 우리는 그 길을 내려오다가 에스더 노파를 만났다. 그녀를 매수해서 엘리에게 경고를 하도록 해야겠다는 생각이 든 것은 바로 그날이었다. 나는 그녀가 돈이라면 무슨 짓이든 할 사람이란 것을 알았다. 결국 나는 그녀를 매수할 수 있었다. 그녀는 엘리에게 경고를 하기 시작했고, 결국 엘리가 무서워하게 되어서 자신이 위험한 상황에 처했다고 느끼도록 만들었다. 그때 나는 그것이 엘리가 충격을 받아 심장마비로 죽었다는 것을 더욱 그럴듯하게 보이도록 만들어 줄 거라고 생각했다. 하지만 우리가 처음 만났던 그날, 에스더 노파는 정말로 두려워했다는 것을 지금은 분명하게 알 수 있다. 그녀는 정말로 엘리로 인해 두려워했던 것이다. 그녀는 엘리에게 어서 떠나라고, 집시 언덕과는 아무런 인연도 맺지 말라고 경고를 했다. 물론 그녀는 엘리에게 나와 아무런 관계도 맺지 말라고 경고를 하고 있었던 것이다. 나는 그걸 이해할 수 없었다. 엘리 역시 이해하지 못했다.

엘리가 두려워한 것은 나였을까? 그렇다고 해도 그녀 자신도 몰랐을 것이다. 그녀는 자기를 위협하는 어떤 위험이 주위에 도사리고 있다는 것은 본능처럼 알고 있었다. 샌토닉스는 어머니와 마찬가지로 내 속에 들어 있는 악의 존재를 알고 있었다. 그 세 사람 모두 그것을 알고 있었을 지도 모른다. 엘리는 알고 있었지만 결코 그것에 대해 마음을 쓰지 않았다. 그건 이상한, 정말 이상한 일이었지만, 그러나 이제는 그 이유를 알 것 같았다. 우리는 둘이서 무척 행복했다.

그렇다, 무척 행복했던 것이다. 그때 우리가 행복하다는 사실을 깨달 았다면…… 나에게는 기회가 있었다. 누구나 한 번의 기회는 있게 마 련이다. 나는, 그 기회를 차버린 것이다.

이젠 그레타가 전혀 문제가 되지 않으니 정말 이상하지 않은가?

그리고 아름다운 나의 집조차도 아무런 의미가 없다.

오직 엘리만이…… 그런데 엘리는 이제 다시 나를 찾을 수가 없다. '끝없는 밤'…… 내 이야기는 여기서 끝이다.

끝이 곧 시작이라고 사람들은 흔히 말한다.

하지만 그게 도대체 무슨 말인가?

게다가 내 이야기는 도대체 어디에서 시작되는 걸까? 어디 한 번 곰곰히 생각해봐야겠다.

끝없는 밤으로 태어나는 크리스티

'집시 언덕'이라 불리는 땅 그곳에서 마이크는 엘리와 만났다. 저주받은 땅이라고 사람들이 두려워하는 장소이기도 했다. 이 두 사람은 만나자마자 서로에게 끌려 이윽고 결혼을 하게 된다. 그런데 엘리는 미국 제일의 부호의 딸로 막대한 자산을 상속받은 엄청난 부자였다. 주위의 반대를 무릅쓰고 '집시 언덕'에 건축가 샌토닉스가 지은 집에서 신혼생활을 시작한 두 사람에게 서서히 불길한 사건들이 일어나기 시작한다. 그러던 중 말을 타고 산책을 나간 엘리는 싸늘한 시체가 되어 발견되는데……

《끝없는 밤에 태어나다》는 혹시 연애소설이 아닐까 싶을 정도로 풍경이며 경치, 감정, 동작들이 굉장히 섬세하게 묘사되어 있어 크리스티의 여느 작품과는 뚜렷한 구분을 보이고 있다.

여기서 '끝없는 밤'이란 윌리엄 블레이크(William Blake)의 시에서 인용한 것이다. 윌리엄 블레이크는 1757년에서 1827년까지 살았던 영국의 시인이자 화가이다. 그는 런던의 제화직공의 아들로 태어나

어릴 때부터 기이한 환상을 많이 보았다고 한다. 그러던 중 10살에 한 판화가의 제자가 되었고, 12살에는 시를 쓰기 시작했다. 무명으로 빈곤한 생활을 계속하면서도 만년까지 창작활동을 했던 시인이다. 이 시의 제목 〈순결한 예언(Auguries of Innocence)〉은 블레이크가 서정적인 예언자로 불리던 시절의 시로 1800년경의 작품이라 추정된다.

> 매일 밤 매일 아침
> 서글픈 인생이 태어나고
> 매일 아침 매일 밤
> 행복한 인생이 태어나네
> 찬란한 기쁨으로 피어나거나
> 끝없는 밤으로 태어나리라

> Every Night and every Morn
> Some to Misery are born
> Every Morn and every Night
> Some are born to Sweet Delight
> Some are born to Sweet Delight
> Some are born to Endless Night

이 《끝없는 밤에 태어나다》에는 이것 말고도 다른 시도 한 편 더 인용되어 있다. 역시 블레이크의 시로, 《경험의 노래(Songs of Experience)》라는 시집에 들어 있는 〈파리여〉라는 시이다.

> 작은 파리야

즐거운 너의 여름을
내 무심한 손길이
망쳐버렸구나

나 역시도
너 같은 파리 신세 아닐까?
어쩌면 네가
나 같은 인간일지도?

그러니 나도 춤추고
마시고 노래하지
보이지 않는 손이
내 날개짓을 말릴 때까진

생각이 곧 생명이고
힘이며 숨결이 된다면
생각이 없으면
남는 것은 죽음뿐

만약 그렇다면 나는
더없이 행복한 파리
살아 있거나
설령 죽었다 해도

Little Fly
Thy Summer's play

My thoughtless hand
Has brushed away

Am not I
A fly like thee?
Or atr not thou
A man like me?

For I dance
And drink, and sing
Till some blind hand
Shall brush my wing

If thought is life
And strength and breath
And the want
Of thought is death

Then am I
A happy fly
If I live
Or if I die

　‘범죄의 여왕’이라고 하면 애거서 크리스티를, 그리고 애거서 크리스티라고 하면 에르큘 포아로와 미스 마플을 떠올릴 정도로 우리나라에서도 이 두 명탐정과 애거서 크리스티의 이름은 거의 대중적이 되

어 있는데, 미스터리의 대가 크리스티가 시를 쓰고 사랑했다는 사실
은 대중에게 그리 알려지지 않은 듯하다. 작품에서도 인용된 시를 살
펴본 김에 이번에는 크리스티가 지은 〈약국에서〉라는 시를 하나 더
소개해 보기로 한다.

여기 낭만이 있다면
도대체 어디 숨었나?
색깔, 죽음, 졸음,
오로지 마술만 가득한데

반짝이는 소금, 번뜩이는 저울, 순백의 결정
투명한 병 속에 갇혀
높은 선반에 단정히 늘어섰구나
연초록빛 감도는 하얀 쇳조각
또는, 깊이 가라앉은 어두운 갈색
그리고 이름도 모를 낯선 곳에서 찾아온
진기한 병들, 신기한 와인들

약속처럼 가볍고 죄업처럼 고통스런
새털 같은 거품은 키니네
옆에는, 태연한 낯을 한 은색과 검정
바로 바다에서 태어난 요오드
머지않아 오렌지나 갈색이 되어
풍부하게 펼쳐지는 색깔이 되리
타이어항(港)이 번창했던 먼 옛날
페니키아 인도 모두 알던 얘기

여긴 기술과 땀이 만들어낸
끈적하고 달콤한 시럽 종류
저긴 방울방울 귀하게 증류된
향료가 즐비하구나
라벤더, 육두구(肉豆蔻), 백단
계피, 정향, 솔가지
위에 놓인 앵초의 연노랑 빛깔은
유황의 꽃인 양 반짝이누나

더 높은 벽, 자물쇠 속에 가려진
산 자와 죽은 자의 힘
그 하나하나가 전설로 붉게 피칠을 했구나
청록색 작은 병들
그 갸름한 목 밑 깊은 연못에는
수많은 낭만이 숨어 있으리
그래, 여기 낭만이 있다면
도대체 어디 숨었나?

보르지아 시대부터 오늘날까지
그 힘은 시험되고, 증명되었다
염기성 독약이라 불리는 청산염
죽음을 부르는 푸른 소금
여기엔 졸음과 위로, 고통으로부터의 해방
용기와 새로운 활력이 있다
여기엔 공포와 살인, 갑작스런 죽음이 존재하리니
이 청록색 약병들 속에는

이 시는 1920년 초엽에 런던 제프리 출판사에서 자비로 출판된 시집 《꿈길》에 수록된 한 편이다. 이 1920년대라는 것은 제1차 세계대전이 발발하여 17년에 끝남과 동시에 러시아혁명이 일어나는 시기였으므로 당연히 서구사회에서도 정치, 경제, 문화적으로도 구조적인 변화가 일어났다. 그 무렵 크리스티는 적십자병원에서 간호부 및 약제사로 대전 중의 환자와 장애자를 돌보고 있었는데, 바로 그 경험이 이 〈약국에서〉라는 한 편의 시에 고스란히 담겨 있는 것이다. 이때 크리스티의 나이는 24살이었다.

이번에는 열렬한 크리스티의 팬이 그녀에게 보낸 시도 한 편 더 소개해 보자. 시기는 크리스티가 공식적(!)으로 '포아로의 죽음'을 발표한 직후니까 한 1975년 5월에서 조금 지났을 무렵이겠다. 그때 이 놀라운 소식을 들은 한 독자는 크리스티가 즐겨 인용하던 '마더 구스의 노래'를 패러디하여 이런 시를 적어 보냈다고 한다.

어쨌거나 셜록 홈즈에 필적할 만한 명탐정의 죽음이니까 세계 각지에서도 갖가지 반향을 보냈던 것이고, 그 가운데 일어난 작은 일화이겠지만 크리스티는 이 시를 읽고 굉장히 감동했다는 후일담이 전해지고 있다.

에르큘 포아로를 죽인 것은 누구?
'나야' 애거서가 말했다
'내가 날카로운 이 펜으로
에르큘 포아로를 죽였어'

포아로가 죽은 것을 본 사람은 누구?
'우리' 타펜스가 말했다
'토미와 함께 눈 네 개가

포아로의 죽음을 보았지'

수의를 만들 사람은 누구 ?
'내가 하지요' 마플이 말했다
'늘 갖고 다니는 이 뜨개바늘로
새하얀 수의를 뜨기로 하죠'

장례식 서기는 누가 ?
'그건 내가' 엘리어드네가 말했다
'내 아름다운 문장으로
포아로의 공적을 칭송하리다'

장례식 상주는 누구 ?
'내가 하지' 헤이스팅스가 말했다
'유일한 친구를 위해
마지막 눈물을 흘릴 거야'

장례식 사제는 누구 ?
'내가' 할리가 말했다
'무지갯빛 사제복을 몸에 걸치고
내 나라로 인도하리다'

장례식 종은 누구 ?
'내게 맡겨요' 파커가 말했다
'행복으로 이끄는 소망을 담아서
내 힘껏 땡! 땡! 땡!'

세계에서 몰려든 백만 독자
한손에 책을 들고 흐느껴 울면서
위대한 포아로의 위대한 수염과
작은 회색 뇌세포를 그리워하였다

　사람들이 미스터리소설을 즐기기에는 아침부터 밤까지 먹고 살기에 바쁜 각박한 생활로는 도저히 불가능해 보인다. 그렇다고 해서 모두가 부자가 되어버린다면 미스터리소설이라고 하는 취미는 곧 시들해지면서 그 힘을 잃게 마련이다. 다시 말해 중산계층이야말로 미스터리소설을 지탱하는 기반이 되는 셈인데 우리나라는 앞으로 미스터리소설 마니아가 얼마나 양산될지 궁금해진다.
　《끝없는 밤에 태어나다》는 크리스티 스스로 굉장히 마음에 들어한 작품 가운데 하나이다. 참고로 자기 작품 중에서 크리스티가 직접 밝힌 베스트10의 순위는 다음과 같다.

《그리고 아무도 없었다》
《애크로이드 살인사건》
《예고살인》
《오리엔트 특급살인》
《미스마플13수수께끼》
《0시간으로》
《끝없는 밤에 태어나다》
《비틀린 집》
《누명》
《움직이는 손가락》

크리스티의 작품 가운데에는 《끝없는 밤에 태어나다》와 아주 유사한 전개를 하는 단편이 하나 있다. 흔히 '노파 관리인' 또는 '미스 마플 감기를 고치다'로 알려진 〈The Case of Caretaker(1950)〉로 역시 마플 시리즈인데, 기회가 된다면 두 작품을 서로 비교해보는 것도 흥미로우리라 생각한다.

사실 외국의 미스터리작가들은 고딕로망적 요소 내지는 초자연적인 공포를 탐정소설에 접목시키는 솜씨가 뛰어나다. 존 딕슨 카를 그런 경향의 필두로 꼽을 수 있으며, 많은 작가들이 탐정소설의 효과적인 수법 가운데 하나로 이 방법을 즐겨 이용한다. 그런 면에서 보자면 애거서 크리스티는 오히려 그런 경향이 적은 작가 부류에 들어갈 것이다. 그러나 고딕로망적 요소와 같은 것은 특히 여류작가들에게 굉장히 유리한 수법이다. 고성이나 오래된 저택에서 주인공이 위험에 처하거나 공포에 휩싸이는 것을 기본형으로 하는 고딕로망에는 현대에 이르기까지 여류작가가 압도적으로 많은 전통이 있는데, 그녀들만의 섬세한 필치가 서서히 공포감을 불러일으키면서 초자연적인 수수께끼를 그리는 데 적합하기 때문이리라. 헬렌 맥클로이의 《어두운 거울 속》은 그런 대표적인 예로 꼽힌다.

그러나 크리스티는 그러한 공포를 아마 별로 좋아하지 않았던 모양이다. 여사의 뛰어난 이야기꾼으로서의 재능은 일부러 초자연적인 무대를 설치하지 않아도 일상 속에서 충분히 서스펜스를 끌어낼 수 있었기 때문이리라. 그러나 마음만 먹으면 초자연적인 수수께끼나 공포가 얼마나 놀라운 솜씨로 탐정소설에 도입되는지 여사는 이따금 그 놀라운 솜씨를 보여주곤 했다.

단편집 《죽음의 사냥개》에 수록된 단편은 모두 초자연현상에 대한 여사의 깊은 관심을 나타내고 있으며, 《잠자는 엄마》에서는 고딕로망적 요소도 엿보인다. 집시의 저주에 걸린 토지에서 일어나는 비극적인 사건을 다룬 이 책도 그러한 경향의 미스터리 가운데 하나이다. 이 책은 포아로나 마플을 등장시키지 않고 일반소설 같은 형태를 취하고 있는데, 크리스티가 얼마나 뛰어난 이야기꾼인지 독자 여러분도 이 작품 하나로 충분히 맛볼 수 있을 것이다.